白夢《はくむ》の子

下巻

言田みさこ

東京図書出版

女子校特有の問題で悩んだことのある女性のために。
大切なものを失った苦悩の中にいる人のために。
寂しさから生まれ、長年の苦しみが育てた物語だから。

（登場する人物、国等はすべて架空のものです）

白夢の子　下巻✣目次

第三部

一

　ミネルとセバスチャンが物置部屋にずかずかと入り込んできて、机やベッドなどを取り払おうとするので、サリーは、待ってほしい、せめて一週間二週間はこのままにしておいてほしい、と頼んだ。翻訳の仕事を一件キャンセルして、土日の昼間をこの部屋へ来て過ごし、マリアの面影を偲びながら、決心を固めた。売りに出している家の値を下げ、このひと月の間にどうでも売ってしまいたい、それに持ち金を加えて、ひとまず借金だけはきれいにしよう。そのあと、無念だけれどもイギリスへ渡って、親戚の一つに身を寄せよう。渡航費用？　ああ、それも泣きついて送ってもらわねばならない。何とか自立の道が見つかるまで、当分肩身の狭い思いをすることだろう。しかし、マリアを売り飛ばしたこの国になど、もういたくない……あまりに辛すぎる。サリーは仲買人に連絡を取った。

　日曜日の昼食時、あまりヘレンがサリーの元気のなさ、食欲のなさをうるさく責めたてるので、自分は教師を辞めるかもしれない、とうっかり漏らしてしまうと、ヘレンは教職の厳しさと根性論をまくし立て始めた。その最中に馬車の音がしたが、生徒たちが戻ってくるにはまだ早い。と思っていると、ドアが勢いよく開き、レナが食事中に割り込む無礼も詫びずに、興奮して転がり込んできた。

「だって、内金が入れてあるんだから手違いだろう、って先生がおっしゃるの、お父さま」

サリーはレナを落ち着かせ、自分の横に座らせて、十《とお》数える間しゃべってはいけない、と言い渡した。それから、私にわかるように話しなさい、と命じた。レナは深呼吸のつもりのものを一つして、口を開いた。

「うちに帰ってお父さまに、マリアが連れていかれたことを泣いてお話したの。

『それは仕方がないいんだよ、レナ』

って、いいかげんな慰めを言うものだから、そんなにお父さまが心の冷たい人だと思わなかった、とわめいたの。どこの誰がお手付けしたかぐらい、なぜ調べてくださらないのかって。マリアは私の大親友で、お父さまよりも好きなぐらいなのだから、もしマリアがどこへ行ったか、すぐにも聞いてくださらないのなら、金輪際週末にうちへなど帰ってきません、て断言して、そばにいたピピを蹴とばしたの。キャン、と鳴いたので、お父さまも、私が愛犬を蹴飛ばすのはよほどのことだろう、とやっとわかってくださって、孤児院に連絡を取ってくださったの。そうしたら、マーガレット・ホルスさんが半分内金を入れて、マリアをお手付けしているんですって。残りの半分は今月末に支払われる予定で、そうしたらマリアはホルスさんの所へ行くっていうの。でもマリアは今日大きなトラックで、大勢の女の子たちと一緒に連れ去られてしまったのよ、と私が言うと、

『それは変だな』

って、お父さまがもう一度孤児院に問い合わせてくださったの。すると、孤児院の関係者がマリアを預かりに金曜日に学校へ来たんですって。でも校長先生が、マリアは今しがた政府のトラックに乗せられていきました、とおっしゃったので、マリアは孤児院でなくお国が預かる事になったんだな、と解釈して帰ってきてしまったと言うの。

『うちの娘が言うにはですね、親友のマリアが外国へ売られる予定でトラックに乗せられていったのは、絶対確かなんだそうですよ』

お父さまが頑張ってくださったので、孤児院のほうでも『うーん』って首をひねったの。

『マーガレット・ホルスというのは、バオシティ東の田舎で牧夫を集めて牧場を経営している人物で、マリア取得の申請は確かに当孤児院が受けています。それはバオシティの役所にも通してあるのだが、それを知らずに中央官庁が今度の外国船に乗せようと、マリアを連行してしまった可能性がありますね。これはおおごとなので、至急連絡を取ってみます』

ということになったの。その結果は、今朝まで待ってもなかったんだけど、

『内金が半分入れてあれば、これは完全に当局のミスだよ、レナ』

って、お父さまがおっしゃるの。どう思われる？　先生。マリアは帰ってくるのじゃない？

ホルスさんの所へ行くまであと三週間、私たちと一緒にいられるのじゃないかしら？　そうしたら、お別れも言えるし、私たち三人で作った歌も一緒に歌えると思うの、先生。それに、外

国じゃなくてホルスさんの所ならば、二度と会えないということはないでしょう？」

「同じことよ、レナ。外国にしろ、ホルスさんの所にしろ、二度と会えないことは同じだわ。当局の手違いにしても、ここへは帰ってこないでしょう」

そう言いながらサリーは、一縷の望みを抱き、今夜書こうと思っていたイギリスの親戚への無心は、延期しようと考えた。

「あなたがた」

健康ではち切れそうな顔のヘレンが、会話に割り込んできた。

「別れをそういつまでもめそめそするものではない、と何べん言えばわかるんでしょうね。たまに昔を懐かしむというなら許せますよ。しかし、あなた方のように、特にサリー先生のように、担任の生徒を一人、学業半ばで送り出したからといって、やれ朝食は食べないの、昼食は半分だの、やれ浮かない顔をして教職を辞めるだのと、不健全な感情にうつつを抜かして——」

サリーはいたたまれず、立って食事室を出ていった。レナが追った。

「一人にしてほしいの、レナ。ごめんなさい」

サリーの後ろ姿を見送り、一人でガランとした三階へ向かいながら、レナはヘレンの最後のほうの言葉を考えていた。

月曜からサリーはまた教壇に立ったが、力弱く、ときどきぼんやりして、生徒の返答を聞き違えたりした。マリアのせいだと皆わかっており、ミンダは全く面白くなく、暇さえあればサリーに甘えに行ったが、サリーは身を入れて聞いてくれなかった。ネッティは話しかけるチャンスをうかがっていた。昼食後食事室から戻ってくるサリーを、部屋の前で待ち伏せるのが一番確実だったが、サリーはそれを見越して、外を回ってミネルの所へ行った。

「先生様の来なさるような所じゃごぜえましねえ」

そうは言ったが、ミネルは自分の部屋の涼しい東の窓辺に揺り椅子を持ってきて、サリーを座らせてやるのだった。サリーの未練がましさをミネルもなじったが、なぜかヘレンのより耐え易かった。自分を追う生徒から逃れて、チャイムが鳴るまでサリーはそこでぼんやり時間を過ごした。

セバスチャンが通りかかった。

「ねえ、ミネル。セバスチャンの腰に差してある、あのカサカサした小さな花みたいなものは何？」

「あれはマリアがくれたものでごぜえますだ」

「マリアが？」

「いつか例の大女がマリアをかっさらっていこうとしたのを、セバスチャンが助けてやったでごぜえましょう。そのあとマリアが野花を摘んできて、セバスチャンにやったでごぜえますよ。わしも傷を治してやったり、泊まらしてやったり、世話してやるごとにもれえましただが、一日でしおれてしまうだから捨てるでごぜえます。ところがセバスチャンは、どう上手いことやっただか、枯らさずにパリパリに乾かしたでごぜえますよ。だもんで、あのとおりいつも腰に差して歩いてますだ。女の子から花をもらうなんぞ、生まれて初めてのこって、うれしかったんでごぜえましょう」

レナは、教師を辞めるかもしれない、とサリーの口からはっきり聞いてしまうのが恐ろしくて、近寄ることができなくなった。マリアを失い、この上サリーまで失うことは、レナにとって完全な暗黒を意味した。ときどき一人でマリアの詩を口ずさみ、悲しみを紛らそうとした。その楽しいリズミカルな曲が、サリーの耳にはやり切れないほど哀切の情をたたえて聞こえ、教壇に立ち続けるためには耳をふさがなければならなかった。

レナの予想は外れ、マリアは帰ってこなかった。孤児たちを乗せた外国船が出航した、と風の便りに聞こえてきた。一日一日が、サリーにはどんよりと長く、押しつぶされそうに重苦しかった。レナは歌を口ずさみながら泣いていた。かつてのように仲良くしようとするポージも寄せ付けず、ただひたすら、一緒に泣くためにサリーの心が溶けるのを待った。

その週の土曜日の夕方、家が売れそうだ、との通知を受け、留守にしてはいけないような、何か予感めいたものが胸にあったが、サリーは意を決して翌日曜の昼前、ニワースへ馬車を走らせた。

「ごめんなさい、私の聞き間違いではありませんかしら」

と、サリーが問い返すほどの安値で、これでは持ち金を合わせても、借金の半分も返済できない。都会のほうでは建設ラッシュが起きており、不動産の値も上がっているが、ニワースのような田舎では、まず土地を買おうという人がほとんどいないのだ、と言われた。サリーは一も二もなく断りを入れ、最低線をもう一度仲買人と話し合った。

意気消沈して、夕方学校へ戻ってきたが、日曜の夕方というのは折り悪く、登校する生徒たちの馬車が一番込み合う時刻だった。セバスチャンが汗だくで交通整理をやっていた。東門の向こうにサリーを見つけると、彼は急に大あわてになり、ゼスチュアもどかしそうに、腰に差した乾燥花を取り上げて、遠くのサリーに向かって腕がちぎれるほど振り回すのだった。それを見たサリーは馬車を飛び降り、ごった返す荷物や馬車の間を縫って、北玄関へ急いだ。

廊下では新しいタオルを幾枚も持ったヘレンと、杖をついた校長がすれ違うところだった。サリーを見ると二人がいっぺんに話し出したが、サリーはひと言で意味をつかみ、物置部屋へ走った。入り口に立って見物していたノゼッタが、サリーを見て炊事室へ引っ込んだ。部屋の中ではミネルが洗面器の水でタオルを絞っており、私服のままのレナがコップを持って、ベッドの枕元にひざまずいていた。ベッドの上にはマリアが枕を外し、両腕の中に顔をうずめ、毛布を肩までかぶって、うつ伏せに寝ていた。

「マリア――」

サリーは着ていた上着やバッグをテーブルに投げ出し、レナのそばへ行った。

「眠っているの、先生。さっきまでお水を欲しがっていたんだけど、飲まずに眠ってしまったの」

レナはサリーのために場所を譲った。サリーはそっとひざまずき、耳をそばだてて寝息を聞き取ろうとした。そして静かに毛布をめくって、痛々しい全身の包帯を見た。

「お役人がここへ連れてきたときにゃ、むごい鞭の痕が背中じゅういっぱいでごぜえまして、セバスチャンがすぐに馬で医者を呼びに行ったでごぜえますよ」

ヘレンから新しいタオルを受け取りながら、ミネルがさすがに抑えた声でサリーに語った。

「医者は今しがた帰っていっただが、『背中より頭をひどく殴られておって、そちらのほうが心配じゃ』と、首振るでごぜえますだ」

「それでも」と、ヘレンが言った。「お医者がハサミで下着を切ろうとしたら、マリアが『切らないで』と頼んだぐらいだから、頭は大丈夫だと私は思いますがね」

「おめえ様は黙っていなせい、ヘレン。話がおかしくなるでごぜえますだ」

ミネルの声が大きくなってきたので、レナが、シー、と口に人差し指を当てた。サリーはじっとマリアを見守って動かない。入り口がガヤガヤし始めた。サリーはレナに向かってちょっと片手を上げただけだ。サリーと心が通じ合っているレナはそれで了解し、ヘレンに耳打ちした。ノゼッタやネッティやチカノラら物見高い連中の目が、ドアに並んでいるのを見やったヘレンは、レナも含めて部屋から追い出し、自分も出てドアを閉めてから大声を出した。その声でマリアの頭が少し動いた。サリーは顔を近づけて名を呼んだ。マリアの頭がまた動いたが、腕の中から顔を出すまでにはいかない。

「苦しいの？　マリア。どうしてあげたらいい？」

「サリー先生……」

息ばかりのほんのかすかな声が聞こえた。

「こっぴどくやるもんでごぜえますな、まったく。おめえ様のご指示どおり、この部屋をまだ片づけんでおいて、よかったでごぜえますよ。マリアをすぐここに運べたでごぜえますからな。そら、これで頭を冷やしてやりなせえ」

ミネルが冷たい水を含ませた新しいタオルを差し出すと、サリーは涙に濡れた顔で受け取り、熱を持っているマリアの後頭部に、重さを感じさせないようにそっと広げて乗せた。ミネルが洗面器の水を替えに出ていくと、かわりにヘレンが入ってきた。

「ストローを見つけてきましたよ、サリー先生。これで水を飲ますことができるでしょう。どれ、私が試してやりましょうか」

「いえ、ヘレン。私がやりますわ。戻ってきたほかの生徒たちの面倒をみてやってくださいな」

ヘレンは了解し、ストローを渡して出ていった。

「お水を飲むことができそう？　マリア」

しかし、マリアはまた寝入っていた。

夕食を知らせるチャイムが鳴り、ミネルが代わりにマリアを見ているからと言うと、サリーは、その必要はない、それよりマリアのために栄養のあるスープを作ってほしい、と頼んだ。

が、マリアはこんこんと眠り続け、水も、持ってこられたスープも、机の上に置かれたままになった。校長が一度顔をのぞかせた。

「どんなぐあいです？」

「眠っておりますの」

「看病もいいですが、いいかげんのところでミネルに任せて、明日の授業に差し支えのないように願いますよ」

サリーは、わかりました、と答えた。ヘレンも寝る前にやってきた。

「いかがですか？」

サリーは同じ返事をした。

「私が少し代わりましょうか？」

「今夜ひと晩、私がついていてやりたいのです、ヘレン」

「あなたも眠らなけりゃいけませんね」

「この椅子で仮眠しますから」

ミネルは無言でやってきて、コップの水と洗面器の水を取りかえたあと、サリーの部屋から柔らかいタオル地の毛布を持ってきた。

「ありがとう、ミネル」

「ほかに用はねえでごぜえますか？」

「もうないと思うわ」

ミネルが出ていったあと、ランプの油が残り少なくなっていることに気づいた。しかし、サリーはマリアのそばから一時《いっとき》も離れようとしなかった。マリアの弱々しい寝息が、ともすると途絶えたように聞こえなくなり、するとサリーはマリアの上に屈み込んで耳をそばだて、その息遣いのちょっとした印でも聞き捕らえないことには、生きた心地がしないのだった。

ドアが恐る恐る開いた。

「サリー先生」

「レナ？」

「マリアはどお？」

「ずっと眠っているわ」

レナは忍び足で入ってきて、ドアを閉めた。

「私が今度代わりたいの、先生。ミス・シーズに内緒で来てしまったけれど、わかってくださると思うの」

ささやくようなひそひそ声でも、静まり返った部屋の中では響くようだった。

「あなたが居たいのなら居てもいいけれど、私は今夜ここを離れないわ、レナ」

ランプの炎がゆらゆらと不安定になり、やがてパタパタ音を立てたと思うと、スーッと消えた。

「ミネルの所へ行って、油を入れてもらってきます」

サリーは「レナ」と止めた。さっきミネルに頼んで毛布を取ってきてもらったので、鍵が開いているから、私の部屋に入ってランプを持ってきてほしい、と頼んだ。レナは出ていき、しばらくして戻ってきた。

「いまは灯さないで」

サリーが言った。

「窓のカーテンを開けてくださらない？　月明かりのほうがいいわ」

レナは手探りでランプをテーブルに置き、窓のほうへ行ってカーテンを開けた。外は月明かりで明るく、その反射が部屋の中にも入ってきた。目が慣れてきたところで、サリーのそばへ行き、隣にひざまずいた。すべてが寝静まり、木の葉のそよぐ音ひとつしなかった。

「サリー先生」

マリアがそこにいるだけで神聖に思えるこの部屋の静寂を、レナはあえて破った。サリーのほうは話したくなさそうに返事をしなかった。

「先生もマリアが好きなの？」

レナは聞き取れるか聞きとれないほどの小さな声で尋ねた。

「ええ、レナ……」

サリーの声はもっと小さかった。

「愛していらっしゃる？」

月明かりの反射の届かない部屋の奥だったが、レナはサリーがうなずいた気配を感じた。

「いつから？」

「いつからかしら……」

サリーは正直に考えた。

「もしかしたら、十年以上も前からかもしれないわ……」

レナは暗がりの中でサリーの横顔を見上げた。

「からかっていらっしゃるの？」

「いいえ……本当にそんな気がするのよ」

レナは目をしばたたいた。やがて、もう一つ聞いた。

「マリアは天使だと、先生もお思いになる？」

サリーは目をつむってうなずいた。レナには見えなかったが、それを知っていた。マリアの規則正しい静かな寝息が聞こえている。二人にとっては世界中にただそれしかないように、聞き入った。

「マリアは元気になる?」

「もちろんよ」

「元気になったら、マーガレット・ホルスさんの所に行ってしまうの?」

しばらく返事がなかったあと、サリーは心を決めたように口を開いた。

「ホルスさんと仲良くしていかなければならないわ。どんなに侮辱されても耐え忍んで、笑顔で近づかなければ……。そうしても、マリアと会わせてくれるかどうか……」

「ホルスさんはマリアをこんなふうに鞭でぶつかしら」

ずいぶん目が慣れてきたせいか、部屋が薄明るく見え始め、こぼれ続けて拭われもしないサリーの涙に、レナは気づいた。

「サリー先生……」

気にかかっていることを聞かずにいられなかった。

「ここをお辞めにならないでしょう?」

返事がなかった。

「先生がお辞めになったりしたら、私、生き甲斐がなくなってしまうの、先生。マリアだってきっと悲しむと思うの。苦しいことがあっても、ああ、サリー先生は今日もあの学校で授業をしていらっしゃる、と考えるだけで力づけられると思うの」

サリーはうなずいた。

「できるところまで頑張ってみるわ、レナ」

涙の中からやりとりするうちに、マリアが身動きした。

「ランプを灯して、レナ」

明かりがついた。サリーが腰を浮かせて見守ると、マリアは顔の下から片腕を外そうとしていた。

「どうしたの？　マリア。苦しいの？」

サリーが手を貸そうにも、どこをどうしたらいいのかわからない。マリアが苦しそうな息遣いで何か言った。レナには聞き取れなかったが、サリーは「わかったわ、マリア」と言い、水の入ったコップを取り上げてストローを差した。何とかそれを飲ませたいのだが、どこもかしこも痛ましく傷ついていて、マリアの体に触ることができない。すると、先刻医者のやり方を見ていたレナが立ち上がり、両手でそっと、マリアの口元をふさいでいた右腕の手首とひじに触れて、静かに下へおろした。マリアは痛みのために息を止めているようだった。サリーは水がこぼれないぎりぎりのところまでコップを傾け、ストローをマリアの口元に近づけた。やっとストローの先が唇の間に入り、コップの水が少しずつ減っていった。あるところでそれが止まったとき、

「もういいの？」

と、サリーが聞いた。返事がなかったが、サリーはストローをそっと抜いた。ストローの先とマリアの口から水が少しこぼれた。サリーはベッドを濡らすまいと、とっさに手を入れた。その指がマリアの唇に触れた。水を飲んだために冷たく濡れた、溶けてしまいそうに柔らかい唇だった。サリーは乾いたタオルを取り上げて、やさしくマリアの口に当てた。そのあとマリアは少し首を動かして、左腕の中に顔をうずめた。

「お眠りなさい、マリア。必ず元気になるわ……」

レナはランプを消した。マリアの寝息が聞こえてくるまで、二人は長い間無言でひざまずいていた。月が雲に隠れて、ときどき真っ暗になりながら、夜が更けていった。

「あなたも、もう寝に行きなさい、レナ」

「サリー先生は？」

「ここにいるわ」

レナはじっと動かずにそこにいた。

「サリー先生」

もう一度月明かりが部屋に入ってきたころ、口を開いた。

「マリアは私たち二人のものね」

「ええ、レナ……」

サリーの目からまた涙がこぼれた。レナは立ち上がって、ドアの前へ行った。

「私たちの宝物ね、先生」

「ええ……」

音をたてないように注意深くドアが開かれた。

「おやすみなさい、先生」

「おやすみなさ……」

サリーの声はかすれて立ち消えた。ドアが閉められた。

二

明け方に二回マリアは目覚めて水を欲しがった。窓から朝日がまぶしく反射して入ってくるころ、校長が杖をついて様子を見にやってきた。

「孤児院の話では、マリアは例のホルスさんに売約済みで、今月中に残金が支払われ、マリアを引き取りに来るそうです」

サリーはベッドの中を見つめたまま、ため息を押し殺した。マリアは身動きすることもままならないらしく、ゆうべと同じうつ伏せの姿勢で、時おり手や頭の位置を変えていた。

「マリアはなぜこんなにされましたの？」

「お役人が教えるもんですか。いくら解放されたと言ったたって、非人はやっぱり虫けらですからね。理由がなくたって、打ちのめすんでしょうよ」

しかし、サリーの頭にその理由が浮かんだ。最初から忍耐しようなどと思っていない役人の前で、マリアは返事もできず、自分の名すら言えなかったのだろう。

ミネルがマリアのために、熱いスープを作り直して運んできた。

「あの人たちゃ、さんざんマリアに皮むきさせときながら、こんなときにゃスープ一杯作ってやるのも、骨惜しみするでごぜえますだ」

だが、マリアの胃は水以外のものを受け付けなかった。首を回すのも苦しそうにしていたが、どこが苦しいのか聞いても答えず、大丈夫だと言うばかりだった。

マリアをミネルに任せ、サリーが授業をしている間に医者が来た。包帯を取り替え、注射を打っていった。背中の傷は快方に向かっているが、頭を動かしてはいけない、と言う。

マリアが帰ってきたことにクラスの者たちは大騒ぎをし、頭がおかしくなって先生の見分けもつかなくなっただの、半身不随になって一生起き上がることができなくなっただのと、サリーの神経を逆なでするようなことを、ノゼッタから伝え聞いては、それに輪をかけて噂し合った。

マリアが冷めたスープを飲めるようになり、ゆっくり寝返りも打てるようになり、もう心配はなくなった、と医者が太鼓判を押したとき、サリーの目からまた涙がこぼれ落ちた。

「いただいた下着を切られてしまいました」

机の椅子に座ったサリーの顔がよく見えるように、マリアが体の向きを変えて言った。

「構わないのよ、マリア。また買ってあげられるので、かえってうれしいくらいだわ」

サリーはささやくように声を出した。


「お役人はなぜあなたをこんなに痛めつけたんでしょう。ホルスさんに売約済みだというのに、もしあなたを死なせるようなことがあったら、大損をすることでしょうに」

包帯が取れて自由に起きられるようになったとき、サリーが言った。ベッドの上で食事を取っていたマリアは、手を止めて言った。

「女性って、悲しい性ね、サリー先生……」

それだけでサリーに通じた。サリーは石のように表情をこわばらせた。

「上の年の女の子たちは、船に乗せられる前に、だれもかれもが首都のお役人方の犠牲にされました。最後まで抵抗して逃げたのは、おそらく私一人です」

「なんて！　なんてひどい国！」

サリーは身ぶるいして絶叫した。

「でも、これからマーガレットお姉様の所へ行くのでしたら、お姉様のお仕事さえうまく行く限り、私はもう安全です。そのかわり、こんなふうに鞭で打たれることが何度かあるかもしれません。お姉様は鞭を使わないではいられない方なんです」

「あなたを行かせたくないわ、マリア。ああ、行かせたくない……あなたを離したくないわ。どうしたらいいの……」

サリーの神経は連夜の心配と睡眠不足でもろくなっており、ちょっとしたことにも動揺し、感情的になった。

「私の体がこんなときに、どうか泣かないでください……」

そしてマリアは、もうどこも痛む所はないふりをして、食事を片づけるためにベッドから出た。

「早くよくなって、サリー先生の授業が受けたくてたまりません。教壇に立たれるお姿があまりおきれいなので、見てはいけないかと思うほどです。ほかの方たちもみな先生に憧れていらっしゃいます。ですから、こんなにいつも私の所へいらしてばかりでは——」

ミネルがマリアの食事を下げに入ってきたが、マリアはもう自分で片付けられると言って、それを炊事室のほうへフラフラしながら運んでいった。

「おめえ様もたいていにしなせえ、サリー先生」

涙を拭いているサリーに、ミネルが険しい声を出した。校長にもさんざん言われている。マリアの怪我をいいことに物置部屋に入り浸って――ベッドのわきでだらしなく、めんめんと泣き続け――教師本来の職務をおろそかにし――不公平を訴える生徒たちの気持ちを無視し――云々。

マリアがベッドから起きられるようになっては、もう頻繁に通えなくなったと感じ、サリーは物置部屋を出ながら、言いようのない寂しさを味わった。そんな折も折、教師専用の食事室のテーブルに一人分の冷めた昼食を見つけた校長が、青すじ立てて物置部屋へ向かってきたところへ、ばったり出くわした。自分の忠告に対して誠意がみじんも見られない、と校長は怒り、勢いに乗じて、二度と物置部屋へ足を踏み入れること相ならぬ旨を、その場でサリーに申し渡した。サリーが顔色を変えて、あと何日もここに居られないのですから、とじたばたしたのが余計に悪かった。

「私の命令には従っていただきます」

そう言い放つと、校長は冷たい表情で杖を進め、すれ違っていった。

その午後、青白い顔をして教室に入ると、皆の顔が騒がしく後ろを振り返るのに気づいた。見れば、制服を着たマリアが一番後ろの自分の席に座っていた。

「まだ無理だわ！」

思わず叫んだ。

「なぜそんな無茶なことをするの。いますぐ部屋へ戻って休んでいなさい」

机の間を通ってマリアのそばまで行くと、授業を受けさせてください、と言うマリアの切実な声を聞いた。

「せいぜいここに居られるのが来週の中頃までなら、あすの金曜日を入れて、あと何日授業が受けられるでしょう」

サリーは許してやらないではいられず、マリアのほうをチラチラ気遣いながらの講義を始めた。怒りに燃えたミンダの目にも、獲物にまとを定めたネッティの目にも気づかなかった。授業が終わって、休憩時間を部屋で休んでいるようサリーに言われたマリアは、その通りに従って、サリーとレナに見送られながら、ふらつく体を壁伝いに運んでいった。


次のシモーヌ・エヌアの授業のために、チャイムが鳴ってから再び教室に姿を現すと、ネッティがやってきて、席に着いたマリアの後ろに立った。マリアは身の危険を感じて、逃げなければと考えたが、シモーヌが教室に入ってきていたので、安心して力を抜いた。ネッティは傷ついた背中には触れないようにしながら、後ろから手を回してマリアの制服の前ボタンを一つ外した。マリアは立ち上がろうとしたが、両肩の上にあるネッティの腕に阻まれた。それで教壇に立つシモーヌの目に訴えて助けを求めた。しかし、シモーヌのほうはネッティと目を合わせており、ネッティのふてぶてしい顔とその両手の動きから、やろうとしているいたずらを予想していた。ネッティは手を止めず、抵抗するマリアの弱々しい力などものともせずに、二つ目のボタンまで外してしまった。ほかの者は皆あっけに取られて、ピッタリ目を合わせながら何も言わない教壇のシモーヌと、後ろのネッティを代わる代わる見ていた。シモーヌの抑制された表情の中に、承諾の笑みを読み取ったのは、ネッティ一人だけではなかっただろう。ブラウスの前を固く押さえているマリアの両手を、ネッティは片手でつかみ、もう一方の手でブラウスの衿をぎゅうぎゅう引っ張って、マリアの肩をむき出しにした。

「いやあ！」

レナが立ち上がって叫んだ。シモーヌの目をもう一度確かめてから、ネッティは急いで、もがくマリアの肩へ自分の唇を押し付けた。レナが悲鳴を上げた。途端にシモーヌも同じ悲鳴を上げて怒鳴った。

「おやめなさい、ネッティ」

さも、いま忘我の境地から立ち返った、とでもいうようだった。ミンダはバンザイを三唱し、ナシータは机の上に乗り、一時お祭り騒ぎとなったが、シモーヌはこみ上げる悦楽の笑みを隠すために、後ろ向きになって黒板に問題を書き始めた。

終礼後、マリアはすぐに物置部屋へ逃げこんだ。

「サリー先生に言い付けてごらんなさい、レナ。マリアはもっとひどいことになるわよ」

ネッティは泣いているレナを脅しておいたが、ポージを忘れていた。

サリーはヘレンの屋外授業のあと、ネッティを呼んで、廊下でいきなり両方の頬に平手打ちを食わせた。

「マリアはまるで先生の情人みたいだわ」

ネッティは不敵のあごを上げた。

「ちょっと手を出しても、すぐむきになって、見境なく引っぱたいて」

「私が見境なく引っぱたいていると思うの？　あなたのことで悩んでいるのよ」

「先生のうそつき。あたしのことじゃないわ」

「確かに今はマリアのことが心配で頭がいっぱいだけれど、あとわずかで私はあなたたちのものになるでしょう。そのあと二年間もよ。でも、マリアはあと数日で私と別れなければならないの。その数日間、いい学校生活を送らせてあげたいと思うことが、なぜいけないの」

「そのあとで、あたしのことを悩んでくださるわけ？」

「今だってとても悩んでいるわ。あなたをどうしたら豊かな精神生活に目覚めさせてあげられるかしらと思って、ときどき絶望的になるわ」

ネッティは肩をすくめた。サリーはネッティに帰るように言った。

「もう？」

ネッティの不満そうな顔をよそにサリーは自分の部屋に入り、恐怖にかられながらカレンダーの今月末を見やるのだった。

マリアは急に普段どおりの生活を始めたため、夕方になって熱が出て来た。だが、夕食後も制服を着たまま、机に向かっていた（袖なし服に着替えなければならないところだが、制服を着ていられるのもここ数日だと思うと、一分でも多く着ていたかった）。眠ることならいつでもできる。しかし、勉強することはもうできなくなるだろうから、熱っぽい体で机にしがみついていた。そこへ北の窓が三度叩かれた。

きょうの昼食後、サリーと入れ替わりにやってきた校長に、こう告げられた。

「もうサリー先生がここへ来ることはありません。私が禁止しました」

それでマリアは、自分の傷はもう治ったようだからぜひ授業に出させてほしい、と校長に頼んだのだ。そのときから覚悟していたが、やはり免れられなかった。校長室と校長の寝室にあるベルは、建物の柱や天井を伝ってセバスチャンの部屋に直接つながっており、耳の鋭いセバスチャンは、外で働いているときは別として、少々部屋から離れた場所からでもその音を聞き分ける。そのベルが三度鳴ると、物置部屋の窓を三度叩け、という約束事が夏休みの前から出来ており、それが何の意味かも知らずにセバスチャンは守るのである。早く帰れることを願いながら、マリアは物置部屋を出ていった。

ランプの明かりの漏れるサリーの部屋の前を通り、鉄扉を開けた。なんて重いこと！　二回も失敗して開け損なった。そこを通ると、まっすぐに廊下を歩いて突き当たりの食堂を右に折れ、西の外れにあるドアをノックした。

「お入り」
中から声があった。校長の寝室はサリーの部屋の二倍の広さがあり、食事用のテーブルセット、休憩用のソファセットが北の大窓のそばに、そして西の小窓の下にふかぶかとしたベッドが据えられている。スタンドに灯されたランプの下で、ガウン姿の校長が読み物をしていた。いつものようにマリアはソファに座らせられ、話し相手をさせられた。ほとんど聞き役だったが、たまに生い立ちなどを問われ、話さなければならないこともある。校長の話題は、多くの五十代の人と同じように自分の生きてきた苦労話が主だったが、しばしば現在に及んで学校生活の愚痴になったり、教師や生徒や職員の悪口になったりした。マリアに対していると、不思議に何を話しても大丈夫という気持ちになり、つい口が軽くなるのだった。そんなときマリアは、心の中で耳をふさいで聞かないでいるということができた。孫の話もよく出た。週末に孫がしたこと言ったことを、校長はしゃべらないではいられない。

ひと通りのおしゃべりが終わると、校長はガウンを脱いでベッドに横たわった。マリアはランプの灯と電灯を消し（新校舎には電気があり、ランプと併用されている）、ベッドの足元のほうの床にひざまずいた。軽くてほかほかした毛布の中に両手を入れ、むくんだ足を薄い寝間着の上から探り当てると、イビキが聞こえてくるまで揉み続けるのだった。最初のころは「もういいですよ」と言われるまでよかったが、まもなく寝入るまで揉まされるようになり、出ていくときに鍵まで閉めていかなければならなくなった。イビキが聞こえてくるとホッとするが、寝付きが悪いときには、手が痛くなり、感覚がなくなってきても、まだ解放されないこともある。鞭の痛みがまだ残るこの夜が、運悪くそうしたときだった。

寝室を出たとき、マリアは歩くのがやっとという状態で、めまいを起こしながら鉄扉までたどり着いた。熱のために体がほてり、しばらく休まずには、その重い大きな扉を開ける力が出てきそうになかった。どうにか力を振り絞って押し開け、倒れそうになりながら窓伝いに、月明かりの廊下を歩いた。

「人の足を揉んだりできる体だと思っているの？」

突然声がした。サリーが部屋の前に立っていた。薄手のガウンを肩にかけ、いまにもマリアをつかんで揺すぶるために踏み出しそうだった。

「それも、こんなに遅くまで」

やり切れない思いに苛立って、とげとげしい。

「今朝まで寝ていた体でしょう。なぜ断れないの？」

「ごめんなさい」

「そんな言葉が聞きたいのではないわ、マリア」

サリーの気持ちはおさまらなかったが、マリアが窓枠に手をついて、かろうじて体を支えているのでは、話をすることができない。

「いいわ……早く帰って休みなさい」

マリアは綿のようになって歩いていった。角を曲がって見えなくなると、サリーは部屋へ入り、ベッドに身を投げて毛布を握りしめ、絞め殺さんばかりによじるのだった。

三

熱を押してマリアは翌朝も教室に姿を見せた。サリーは怒りを込めて、マリア、と呼んだ。

「ちょっと廊下へ出なさい」

廊下に立たされたマリアは、サリーの憤りに必死で訴えた。

「マーガレットお姉様の所へ行けば、このくらいでは寝かせておいてもらえません。体を甘やかしたくないんです。それでなければ、とてもお姉様と一緒に暮らしてはいけませんから」

許してやらざるを得なかった。

こうしてネッティのいたずらも、サリーの怒りも、授業を受けたいというマリアの熱意をそぐことはできなかったわけだが、簡単にそれをやってのけた者がいた。席に戻ると、マリアは机の引き出しの中に手紙を見つけた。それこそが何よりもマリアの気持ちを動かしたのだった。

だらだらと感情に任せた文章が綴られていたが、要約すると次のような内容だった。

『みんなの先生であるサリー先生を独り占めしないでほしい。おまえの来る前は、教室がどんなに平和で和気あいあいとしていたか。サリー先生が誰にも平等で、どんなに自分たちの話をよく聞いてくれたことか。それなのに、おまえが来てからサリー先生は変わってしまった。どんなにおまえの存在が、人の心やクラスの秩序を乱し、厄となっていることか。おまえなんか早くいなくなれ。そうしたらどんなにせいせいするだろう』

署名は『クラス一同』となっていたが、黒板でよく見るミンダの字に似ていた。マリアは最初の一時間目だけ受けると、次からはもう教室に出ていかなかった。サリーの使いでレナが様子を見に行くと、マリアはぐったりとベッドに横たわっていた。

週末を過ごすために金曜の夕方、皆に続いて校長も家路についてしまうと、待っていたようにサリーは物置部屋へ行った。マリアは熱が高く、赤い顔をして寝ており、絞ったタオルが額に乗っていた。ミネルの手を借りながら、サリーは金曜と土曜の二晩付き添い、夜っぴての手厚い看病に身を投じた。マリアは目を開けるたびに、サリーのいることを気にして、一人にしておいてほしいと頼み続けた。サリーは黙ってそこにいた。マリアを案ずる気持ちと、マリアのそばにいられる幸せとを、同時に抱きながら。サリーにとってそれ以外のことなど考えるに値しなかった。マリアは回復のための眠りを、サリーが満足するほどむさぼり続けた。

日曜の朝、これが最後の二人の一日となることを覚悟して、サリーはマリアの目覚めを待った。早ければ明日、あさってにもマーガレットがマリアを引き取りにやってくるだろう。心から幸せを祈っている、この国にいる限りどんな手段を使ってでも会いに行きたい、体に気をつけてずっと生きていてほしい、あなたがどこかで生きていると思うことを力にして、自分も生きていく努力をするから……まだまだ言いたいことがたくさんあったが、せっかく熱の下がってきたマリアを疲れさせないように、別れの言葉は短くしなければならなかった。

ところが、マリアが目覚める前に、一台の貸し馬車が北門の横に止まった。見知らぬ御者がサリーに面会を求めている、とセバスチャンが伝えに来た。どんな用事であろうと、たとえ家がいい値で売れる話であろうと、きょう一日をマリアと共にこの物置部屋で過ごすことを犠牲にするつもりはない。サリーは断るために出ていき、御者の男と会った。が、慌ただしく自分の部屋へ戻ると、外出の支度をし、ミネルにマリアを頼み、自分は今夕戻ってくると告げて、その貸し馬車に乗り込んで行ってしまった。

長い馬車旅だった。ラザールシティの外れを過ぎ、バオシティ西の郊外（この付近にミンダやレナの家がある）を通って、馬車はやっとバオシティに入った。マーガレット・ホルスは何の話があるのか、なぜ彼女自身が出向いてこないのか、御者に問いただしても、自分はただあなたを連れてくるよう頼まれただけで何も知らない、と答える。

バオシティで馬を休めると言うので、疲れたサリーはレストランに入って簡単な食事を取った。再びマリアの主人になるマーガレットに会っておくことはこちらの望むところであるし、マリアの住むことになる家も見ておきたい。

小憩のあと、馬車はバオシティを突っ切って線路を越え、見渡す限りの荒地を、所々に草原を見ながら南東へと進んだ。馬が再び疲れた様子を見せ始めても、馬車は止まらなかった。やがて蛮族の山々が次第に近づいてきた。のろしがうっすら見えたり、風のぐあいで太鼓の音がふっと聞こえてきたりしている。もっとずっと北東寄りのメルフェノ森へ行ったことがあるとは言え、そこには奴隷商人達が入り込み、村役場も数カ所にあって治安は維持されていた。このような街道も何もない、万一山から下りてきた蛮人に襲われても、誰にも見つけてもらえないような物騒な所ではない。マリアはこんな所に住むのだろうか。そしてまた、この焼け付くような暑さ。馬車の外にものの五分も腕を出しておけば、やけどでただれてしまうほどの太陽の熱射である。これに比べたら、ロンショー中学の真昼の校庭などは、さしづめポカポカといったところ。

放牧してある家畜がチラホラ見え始めたとき、とあるみすぼらしい板小屋の前で馬車が止まった。御者が、ここだと言うが、サリーは信じられず、外へ下り渋った。すると板小屋の戸が開いて、マーガレットが出てきた。さすがに黒マントは羽織っておらず、最初は白かっただろうと思われる麻の半袖のシャツに、くたびれた乗馬用のズボンをはいていた。どす黒く太っているものの、どこか病でも抱えているようにぐあいが悪そうに見えた。

「これはこれは、よくおいでくだすった」

鞭も持たず、物腰もやわらかにサリーを迎えた。サリーのほうも努めてほほ笑みを見せて降り立った。握手を求めてくるので手を与えると、男性のようにそれを取り、ニヤッと笑って、黒い分厚いカサカサした唇を押し付けてきた。ぞっとする思いを隠して愛想よく尋ねた。

「ご用件というのは何ですの？」

「まあ、中へ入られるがよい」

背の高いサリーよりもまだ顔半分高く、ほっそりしたサリーの何倍も胴周りのあるマーガレットが、よく入るかと思うぐらいの板小屋を指して言うのだった。小屋の窓から、たばこをくわえた老婆が顔をのぞかせたと思うと、無礼にも肩をすくめて引っ込んだ。マーガレットから金をもらって御者が帰ろうとするので、サリーはあわてて引き止め、待っていてくれるよう頼んで待ち賃を渡した。

小屋の中は暑さと異様な臭いにムンとしていた。天井が低く、狭いスペースにテーブルが置かれ、むき出しのベッドが壁に寄せられている。隅にはボロが積まれ、汚れたバケツが転がり、鳥の死骸が吊るされている、といった息が詰まるような有様だった。くわえたばこの老婆が、食い散らかしたテーブルの上の皿を片付け、奥の仕切りの向こうへ引っ込んだ。マリアがこんな所に住むのかと思うと、サリーは気が遠くなる思いで、勧められた椅子に座ることも躊躇された。

「ばあさん！　茶を出してくれ！」

マーガレットが向かいの椅子に座りながら叫んだ。

「いえ、どうぞお構いなく」

サリーは座らず、こめかみを押さえて立っていた。

「ゆっくりしていられませんの。日が暮れる前に帰りたいのです。どうぞご用件をおっしゃってください。私も、そのあとでお願いがありますから」

「ほう。願いとは？」

「あなたから先におっしゃってください。なぜ私をお呼びになりましたの？」

「おまえさんとおれのつながりと言えば、これはリミのことしかありませんな。あいつは元気にしておりますかな」

マーガレットはたばこを取り出して火をつけた。ええ、とサリーは濁した。

「おまえさんは以前からあいつに興味を持っておられたが、それがどんな興味なのか、知りたいと思っておるのですよ」

「どんな興味？　私、マリアが好きですわ」

「尋常な好き方ではありませんな」

「とても好きですわ」

サリーはためらわずに答えた。

「あいつはまもなくおれのものになる。ご存じかな？」

「知っております」

「それをどう思う？」

「無念でなりません」

マーガレットは歯を出して笑った。

「あんなにおれに渡したがらなかったのだ。そりゃ無念なことだろう」

マーガレットはたばこを吸いこみ、煙を吐き出し、それから内緒話をするように身をのり出してきた。

「おまえさんに、あいつを売ってさしあげようと思っておる。月にひと晩だけだが」

下卑た目つきに、サリーは眉をしかめた。

「どういう意味ですの？」

「言うとおりの意味だ。月にひと晩——お望みなら週にひと晩、煮るなり焼くなり、おまえさんはあいつを自由にできるのだ。ついては、十年分をいま先払いしてもらいたい」

「おっしゃる意味がよくわかりませんわ。月に一度なり、週に一度なり、マリアに会わせていただきたいというのは、私がお願いしようと思っていたことです。そのためにお金を払えというのなら、お支払いしますわ。でも十年分をいっぺんにというのは、とても無理です」

「いくらなら払える？」

借金、借金の利子、給料、翻訳の収入、家の予想売却代金、生活費などを頭の中でざっと計算して、ぎりぎりいっぱいに奮発した線をサリーが出すと、マーガレットは笑い出し、その百倍の金額を要求した。

「そんなにたくさんのお金はありません」

「金がないだと？」

「ありませんの。借金を抱えていて、そちらのほうも払っていかなければならない身なのです」

マーガレットは体を起こし、鼻先であしらうように背もたれに片腕をかけた。

「嘘をつけ。お嬢さんよ。よく考えたな。だが、もう少し考えろ。これはな、おまえさんが断れば、あいつを男に売るまでの話なのだ。食うには頃のいい年になったしな」

「なぜそんなことをなさいますの？　マリアをかわいそうだと思われませんの？　莫大なお金を出してまで買おうとなさるのは、いったい何のためですの？」

「その莫大な金を取り戻したいのだ。あれを不憫に思うのだったら、おまえが買えばよいではないか」

「お金があれば、とっくにマリアを救い出しておりますわ」

「ごまかしのうまい女だな。真に迫っておる。ところがどっこい、おれは調べたのだ。おまえは名家ライナ家の一人娘だろう。先ごろ祖父が死んで、相当の遺産が手に入ったはずだ」

「祖父は死にましたけれど、私に遺してくれたものは遺産ではなく、借金なのです。すでに祖父の代から落ちぶれて、父も事業で成功を収めようとした矢先に倒れました。今あるのは価値のない家が一つきりです。いまだに売れもしませんわ」

サリーの真摯な眼差しは、どんなに疑い深い者でも認めないわけにいかないものだった。

「本当に金がないと言うのか？」

マーガレットは、予想していなかった事態にあっけに取られた様子で、まだ望みを捨て切れずに馬鹿のようにサリーの顔を見つめていた。

「どうせなら、そこまで調べてくだされればよろしかったのに。本当ですわ。たとえ私を人質にして身代金を要求したところで、遠い親戚が一文でも出しますかどうか」

マーガレットはようやく呑み込み、顔がつぶれるほどの舌打ちをした。

「そうか……金がないのか……」

奥の仕切りの向こうで嘲るような笑い声が聞こえた。不機嫌な怒りと闘いながら、しばし黙していたマーガレットの目が、ギロッと動いた。サリーは不安になり、どうかマリアに売春などさせないでほしい、家さえ売れれば先ほど自分の示した額の倍でも、何とかできるかもしれないから、と頼んだ。

「それなら、こんな取引はどうだね」

出し抜けにマーガレットが真顔で言い出した。

「金がないのなら仕方がない。いつでもリミに自由に会わせてやろう。そのかわり……今夜おまえはおれのものになるのだ」

「ご冗談でしょう」

「本気だ」

サリーはまじまじとマーガレットを見つめた。

「あなたは女性でしょう？」

「いかにも」

「でしたら、あの……」

「そうなのだよ、お嬢さん。誓約書を書いてやろう。おまえがおれに身を任せるなら、リミに自由に会わせてやる、という誓約書だ」

「だって、あなたが私をどうなさいますの？」

マーガレットは返事をするかわりに立ち上がった。ゆっくり歩いて、立ったままのサリーの後ろへ回り、襟元に息を吹きかけた。たばこの煙がサリーの顔を覆った。恐れていないことを示すために、サリーは身動き一つしなかった。

「ばかなことをなさらないでください」

「いやならいやでもよい。おれは手籠めにはせん。リミに会いたければ、おまえからおれに抱きついてこい。でなければ、この話は終わりだ」

マーガレットはサリーの正面にやってきて、足を開いて立ち、腕を組んでふてぶてしい笑みを見せた。そのギラギラした暗い眼を、右から左へ、また右へと覗きこんで、サリーの灰色の瞳は不安げに揺らいだ。

「からかわないでくださいな。私は何もわからない小娘ではありませんのよ」

「だからこそ、おまえが欲しいのだよ、お嬢さん。ただでリミに会わせてやる代わりに、ひと晩おまえを抱きたいのだ。これはまじめに言っておるのだよ」

サリーの頭は熱湯を注ぎこまれたように混乱した。

「で、でも、あなたがそれほど私にご熱心だったとは思えません。私を抱いて何が面白いのでしょう」

「名家の娘を、この汚い手で犯してやるでかい喜びが、おれのものになる。聞けばおまえは、言い寄る男どもに目もくれなかったそうじゃないか。おれはそんな潔癖な女をこの手で汚して、一度その鼻をへし折ってやりたいと思っていたのだ。おれに身を売ったという看板を、一生背負って道を行くおまえを眺めるというのは、さぞかし愉快なことだろう」

サリーは立っている足元がおぼつかなくなってくるのを感じた。

「さあ、どうする。帰るなら帰れ。ひと目たりともリミには会わせんからな」

沈黙があったあと、話は終わった、というようにマーガレットは戻って椅子に座り、たばこを灰皿の上でもみ消した。サリーは目の前の椅子の背にフラフラと手をかけ、それを握りしめた。

「今夜ひと晩だけのことで、この先ずっとマリアに会わせてくださるというのですか？」

「そうだ。いい条件だろう」

追い詰められた苦し気な表情を、マーガレットは眺めていた。

「本当に自由に会わせてくださいますのね？」

「くどいぞ。おまえに会わせたからといって、あいつは減るまい。好きなら毎晩でも夜這いに来るがいい」

サリーは唇を噛んだ。

「誓約書をどう書いてくださいますの？」

マーガレットのぶよぶよとどす黒く太った腕、皺に垢が詰まっている首筋、スズメの巣のような縮れ毛に覆われた洗面器ほどもある大きい顔、その真ん中のゴリラみたいな鼻を、サリーは呼吸を荒くして見ていたが、身を震わせて顔をそむけた。

「おまえの言うとおりに書いてやろう。それにサインした上、おれの手形を押してやろうじゃないか。確かにこの手でおまえの白い体をいただいた、とな」

押しつぶされたたばこの吸い殻が灰皿の中でくすぶっていた。その煙が漂っていく方向に、手垢のついたベッドの立て木、虫の残骸がこびりついたままの壁、髪油で汚れた枕、何日も干されていないようなペチャンコの布団があった。サリーは目をつむり、どこも何も二度と見ないようにした。

「どうぞ誓約書を書いてください」

「おれのものになるのか？」

「誓約書が先です」

「書けば、おまえはおれの自由になるというのか？」

「……」

「はっきり言え。わからん」

「今後マリアと自由に会わせてくださるなら、今夜この体をあなたに差し上げます。好きになされればよろしいわ」

苦痛にあえぐサリーの表情は、マーガレットにとって最高の見ものだった。たかだかリムの少女ひとりに会うため、身を汚そうと決心する良家の令嬢が目の前にいる。人生に何度、こんな面白い場面に出会えるか。マーガレットは息もたえだえに笑い、のけぞって吠えたてた。

「ばあさん！　聞いたか！」

老婆の笑い声もマーガレットに負けていなかった。

「お嬢さんよ」

マーガレットは笑い疲れて椅子にもたれ、茫然と立ち尽くすサリーを見上げた。

「帰りな。おれは女だ。おまえなんか要らぬわ。いくら抱きつかれようが、リミに会わせてなんぞ、やるものか」

奥で老婆の、さらに甲高い笑い声が爆発した。サリーは握っていた椅子を投げ出し、歩いていってドアを開け、力任せに閉めた。小屋が揺らいだ。マーガレットは外に出、ドアに寄りかかってサリーの馬車を見送った。

「おかげで面白いものを見せてもらったぜ！　傑作だったぞ！」

馬車の窓からサリーの姿は見えなかった。座席に突っ伏していたからだ。

四

日暮れてから帰り着くと、サリーは重い足取りでミネルの所へ行き、マリアの様子を尋ねた。

「だいぶいいようでごぜえますだ。朝からこっち食欲も出てきて、さっきはレナの土産のマンゴーを二人で食べてましただから、ちったぁ力がついたでごぜえましょう」

服を着替えるために部屋に入ってドアを閉めたとき、サリーは自分が何を考えているかに気づいて立ちすくんだ。出口のない愛の苦しみに追い詰められたときに、誰もが一度は考えることと、まるで念力で人が殺せるかのような力を込めて、マーガレットの死を望んだのだ。愛する者を、みすみす人でなしの化け物に渡さねばならない。こんな拷問がこの世にまたとあるだろうか。マーガレットが死ねば、マリアはやがて外国へ売られていくにしても、何もわからない分、まだそのほうがましのような気がする。良識のある心優しいお金持ちに貰われるという、百に一つの可能性がないこともないではないか。

解決しようのない困難にぶち当たって息もできなくなったとき、人は運命の力を信じ、祈るのだ。それがどんなに可能性ゼロに近いものであろうと、願望するという、たった一つの小さな息の漏れ口によって、人は生きていくことができる。人はまたどんなにそこをほじくり、押し広げようとするものだろうか。

食事室に現れたサリーの異様な、もののけに取り付かれたような表情を見て、マリアのことで気が狂ってしまったのではないかと、クニリスが隣のヘレンに漏らした。ヘレンはそれに同意した。

「あんな看病づくめじゃ、誰でも参りますよ」

ジュラシアがナプキンを渡したり、肉を取り分けたりして世話を焼いたが、サリーは何を言われても、されても、心がここにないようだった。

夕食後、校長に言い渡されている謹慎のことなどはばからずに、サリーは物置部屋へ行った。ドアを開けるとほぼ同時に、コツコツツコツ、と北窓が三度たたかれた。

「いまの音は何？」

サリーはゆとりのない顔をして聞いたが、別に返事を期待しているふうではなかった。起きていてはいけない、と続けてマリアを叱ったからだ。マリアは制服を着ており、机には教科書が開かれていた。熱もすっかり下がり、体力が回復してきたことを説明して、もう大丈夫だとマリアは言い、あたたかい看病を心から感謝した。それがサリーにはよそよそしい他人行儀に聞こえ、感謝するのなら最後まで言うことを聞いてほしい、と苛立ちながら言うのだった。マリアは困ったように下を向いた。そのあと、小さな声で言った。

「きょうマーガレットお姉様の所へいらしたと、聞きました」

「あの人をお姉様と呼ぶのはやめなさい！」

サリーが怒鳴るような声を出した。

「あれはけだものだわ！」

「何かあったのでしょうか？」

サリーはちょっと手を揉んで、心の動揺を隠そうとした。だが、顔を歪めてぶちまけた。

「あの人に侮辱されたわ」

手が握りしめられて、こぶしになった。

「ごめんなさい……」

サリーは驚いてマリアを見た。

「なぜあなたが謝るの？」

そう問われても、自分でもなぜかわからず、マリアは答えられなかった。その瞬間にサリーは悟った。マーガレットの死というものが、どんなにかマリアを悲しませるであろうことを。

マーガレットの死を願った者に対しては、マリアはきっと心を閉ざすであろうことを、頭を殴られたように一瞬で悟ったのだ。

ああ、どうしたらいいかしら、どうしたらいいかしら、とくり返しながら、サリーは崩れるように近くの椅子に倒れ込んだ。サリーが精神不安定に揺れ動いていることのほうを、マリアはどうしたらいいかしらと思い悩んだ。

「どこへ行くの？」

マリアが出ていこうとするので、サリーは両腕の中にうずめた顔を上げた。マリアはためらいながら、校長先生の所へ、と答えた。その意味が初めサリーの頭にすんなり入ってこなかった。入ってきたとき、視線が揺らぎながら下へ落ちていった。

「帰りに、サリー先生のお部屋へ伺ってはいけないでしょうか？」

額を手で支えたまま動かなくなってしまったサリーの、見えない口から言葉らしいものが聞こえた。『待っているわ』とも『来る必要なんかないわ』とも取れた。サリーを残したまま、マリアは出ていった。


その夜、マリアがサリーの部屋のドアを弱々しくたたいたのは、夜中の二時を過ぎていた。ドアを開けたサリーの顔を見たとき、マリアは自分がどんなに待たれ、この時間までの三百もの一分一分が、どんなにサリーを苦悶させたかを知って、安易に謝ることもできなかった。

「入りなさい」

それは、とりとめのなかった夕食後の時と違って、心臓が寒くなるような静かな声だった。

「遅くなってごめんなさい」

「あなたが悪いのではないわ」

マリアは中へ入ると、すぐに帰るつもりでドアの横の壁際に立った。ベッドのカーテンが開いており、枕元には懐中時計があり、今しがたまでサリーがそこで待っていたことがわかった。

「最後の日をあなたと二人きりで過ごしたい、という私の望みが贅沢だったのでしょう」

人生からあらゆる夢をはぎ取られた人のように力なく、サリーはマリアから数歩離れた東の壁に寄って立った。机の上のランプにも透けて見えるほど薄い生地のネグリジェを着て、肩にガウンを掛けていた。

「マリア」

穏やかに呼びかけられた。

「さっきはあなたに、どうにもできない自分の気持ちをぶつけてしまって……とても悪かったと反省しているわ。いろいろお話をしてお別れがしたかったのだけれど、もうそんな時間があるかどうか。短い時間に心を込めてお別れをするには……一つしか方法がないの」

サリーは東の壁に寄ったまま、マリアのほうを向いて話していた。

「あなたを一度抱きしめたいの、マリア。心を込めて抱きしめたい」

マリアの肩がふるえたように見えた。

「いやなのはよくわかるのだけれど、私の心は純粋なの。そんな心からのきれいな抱擁で、あなたが神様の所へ行けなくなるようなことは決してないわ。お願いをかなえてくださらない？　マリア。いつかのようにいやがったりしないで」

「いやがったのではありません」

声を出すことがどんなに難しいときであっても、どうしても訂正しておきたいことのように、マリアは言った。

「気が遠くなってしまったので、名前をお呼びしたのです……私が気絶してしまったら、お困りだったでしょう？」

「なぜ気が遠くなったりするの？　あんな鞭の痛さにも耐えられるあなたが」

マリアは体の位置を変え、ランプの光からもサリーからも隠れるようにして、ふるえる肩を壁に押し付けた。サリーの質問には答えず、どうぞ抱いてください、と言った。まるで、その間我慢しますから、と覚悟するようで、サリーはしばらく躊躇した。が、心を決めて、マリアの所へ行き、手を伸ばしてマリアの肩に優しく触れた。そして、こちらを向かせて自分のほうへ引き寄せた、というより、自分が身を屈め、両手を回してマリアを包むようにした。病み上がりの体をいたわるように腕の中に抱き、無言で了承を得ながら少しずつ輪を小さくして、自分の胸に抱き寄せた。

胸に伝わる小さな、壊れそうにやわらかな、あたたかい体は、中のほうからふるえていて、速い鼓動を打ち、そして呼吸が浅かった。絹綿のように繊細な髪の中に頬を押し当てると、いとしさが胸をつき、涙がこみ上げてきた。もう離さなければと思いながら、サリーは呪縛にかかったように離すことができなかった。愛する者の確かな体を、こうして抱いていればいるほど、それを失う苦しみがのしかかってきて、押しつぶされそうになる。背中の傷を思いやるなら力を抜かなければ、と思えば思うほど、抱きすくめる力が抜けなくなる。

どのくらいそうやって抱きしめていたのだろう。ほんの数秒にも思え、数分だったような気もする。痛がっているのではないかと気づいて手を緩めると、マリアはぐったりして自分の足で立つことができなかった。耳元に口を近づけて名を呼ぶと、

「はい」

と、別世界から聞こえてくるような遠い声がした。サリーは倒れかかってくるマリアを抱き上げ、今しがたまで自分が横たわっていた大きなベッドの上に寝かせた。それがどんなに危険なことかも知らずに。

大事に抱えたまま寝かせたため、自然自分の両手はマリアの体の下に、自分の胸はマリアの胸の上にあった。机上のランプが、マリアの気絶するばかりの顔を照らし出している。サリーは引き込まれるように両手でマリアの顔をはさんだ。その美しい額に、まぶたに、頬にそっとくちづけした。それから、自分の頬をマリアの頬にぴったり合わせた。

「マリア、マリア、マリア」

それは呼んだのではなく、胸の奥から自然と出てきてしまった言葉だった。マリアの薄い唇が離れて、わずかに開いた。サリーは自分がどこを見つめているのかもわからずに、魅せられた場所へ自分の唇を近づけていった。重なる二人の唇のふるえる頼りなさが、何かを越えてしまったことを刻印した。

めくるめく喜びがサリーの全身を貫いた。気を失わせるようなその炎の激しさに気づいたサリーは、あわててマリアの体から自分の体を離した。身を起こし、急いでベッドから出て、立ち上がった。呆然とマリアを見やり、そのまま長椅子に倒れ込むようにうずくまった。炎と燃えるこの体をどうにかして鎮めようと、両腕で自分の体を締め付けた。

「こんなことってある？」

体を走る異様な勢いの火柱は、苦悩する理性まで燃やしつくさんばかりで、なぜこんな……なぜ、なぜ、と口走り続けた。しかし、喜びの渦はなお体じゅうを駆け巡り、血をたぎらせるように暴れるのだった……

長い時間がたったと思われるころ、マリアが動き出し、外れていると気づいたボタンを一つはめながら、ベッドから出てきた。

「私を見ないで、マリア。許しを求めることもできないくらい、恥ずかしい思いに苦しんでいるわ……」

サリーは長椅子の上でマリアに背中を向け、顔を隠していた。

「ご自分を責めないでください、サリー先生」

いたわるというより、懇願するようにマリアが言った。

「さげすまれても仕方のないことを、私はやったわ……出来ることなら、この体を切り刻んでしまいたい」

「もし私が奴隷でなかったら、ああなさらなかったと思います。奴隷の女の子にちょっといたずらなさっただけです。苦しまれる必要はありません。そして、私は――」

「とんでもないわ、マリア。奴隷であろうとなかろうと、そんなこと関係ないことよ。でも、信じてほしい。あんなふうに唇を求めるために抱いたのではない。私の愛は純粋で、やましいことはなかったの。それが、こんなことになるなんて、思いもしなかった……あなたを抱いてはいけなかったんだわ。こうなることがわかっていたなら、最初から抱きしめてはいけなかった……」

サリーの苦しみがとうてい自分の手には負えないとわかると、マリアは言い方を変えた。

「私を抱かれたことを後悔なさらないでください。抱かなければよかったと思われる私のことも、お考えになってみてください」

しかし、サリーは自分の犯した罪のことで頭がいっぱいで、マリアの言葉がちっともわからないようだった。

「こんなふうに話していてはいけないわ」

サリーは突然立ち上がって、ドアのほうへ行った。

「早くこの部屋から出なさい」

ドアを開けたが、マリアは出ていく様子もなく立っていた。

「もうここへ来てはいけない、私に近づいてはいけないの、マリア」

しかたなくマリアは足を運び、ドアを出ながら悲しい思いでサリーを見上げた。

「これが、サリー先生の望んでいらしたお別れなのでしょうか？」

この言葉にハッとさせられて、サリーは泣き崩れてしまった。

「違うわ、マリア。もちろん違う——」

開いたドアの外から人の気配を感じて、マリアは振り向き、サリーは口を閉じた。マリアはちょっとサリーと目を合わせてから、廊下の真ん中に出た。気のせいだったようだ。マリアは制服の前合わせを確かめて、おやすみなさい、とサリーに言った。マリアが制服を着ていたことに、サリーは今さらながらに驚き、物置部屋のほうへ歩き出すその後ろ姿を目で追った。

「マリア」

ドアの柱にすがりついて呼んだ。

「こんなことがあっても、あなたを愛していると言わせてくださる？」

マリアは常夜灯の下で立ち止まって振り返り、寂しそうなほほ笑みを浮かべて、うなずいた。

足音もさせずに歩いていく小さな影は、教室の壁の前を通るときに一旦暗闇に消え、再び常夜灯の中に現れ、また消えてから、突き当たりで細い窓からの月光に照らし出された。そのあと左へ曲がり、すっかり見えなくなって、まもなく物置部屋のドアの音がした。サリーはドアの柱に身をもたせたまま、まだマリアが見えているかのように動かなかった——

「聞いたわ、サリー先生」

後ろで声がした。パジャマ姿のネッティが暗闇から現れ、勝ち誇ったあごを上げて、サリーの前に歩いてきた。

「たいした先生でいらっしゃること。夜更けに生徒をご自分の寝室から恋々と送り出して、『こんなことがあってもあなたを愛していると言わせて』ですって？」

ネッティは開いているドアからすばやく中を覗き、ベッドのカーテンが開け放されたままなのを見た。サリーは止めようともしなかった。

「ふふ。熱い抱擁の跡がむき出しだわ。どんな言い訳がおできになって？　サリー先生」

「言い訳しようと思わないわ。私、自分の生徒に手を出したわ」

言葉を濁らせもせずに言い、サリーは壁に身をもたせた。ネッティはそれを聞いてうれしそうに笑った。

「教師の資格はないわ。私を責めなさい、ネッティ。思う存分責めて、罵りなさい」

十字架にかけられて処刑されることを望むかのように、壁に背中をピッタリつけ、顔を上向かせた。それほど自分の犯した行為に自分であきれ果て、許せることではないとわかっているのだった。ネッティは腕を組んでそれを眺めた。

「そう、ちょうどここだったわ。マリアにちょっとキスしたからといって、先生がむきになってあたしを引っぱたいたのは」

「私を引っぱたきなさい」

「そのときおっしゃったわ、あたしには精神の教えようがない、絶望的だって。ご自分には欲望のかけらもないようなお顔をなさって」

ネッティの大得意の口ぶりは、大きく開いたサリーの傷口を容赦なく引っ掻き回した。

「自分の醜さを思い知ったわ……」

サリーは傷口を隠そうとせず、ネッティによく見せるようにさえした。

「今の今まで、私は自分のことを孤高の純白だと思っていた……美しい感情しか抱かないという自信にあふれて、他人のばかな恋情を笑っていた……だから、愛していると言えたわ。それがこんなことになるなんて……こういう愛だと知らなかった。誇りも自尊心も何もかも、もうみんな粉々に砕け散ってしまった……」

「そんなにマリアを愛していらっしゃるの?」

サリーの首はゆっくりと縦に動いた。

「だって、マリアはもうすぐいなくなるわ」

「そのときには私も終わるでしょう」

「どういうこと？」

「教師はもう続けられない……」

ネッティはたじろいで腕をほどいた。

「ここを辞めてしまわれるの？」

「もう教壇には立てないわ」

思わぬ方向に話が進んで、ネッティは慌てた。

「辞めることないわ、先生。あたし、このことは誰にも言わないもの」

「言う言わないの問題ではないの。私自身の問題なの」

「違うわ。あたし達みんなの問題よ。先生はただマリアに誘惑されただけなのよ――」

「マリアに罪はないわ」

サリーは声を強めて即座に言った。

「先生が辞めてしまったら、あたし達はどうなるの？」

「新しい先生がいらっしゃるでしょう」

「新しい先生なんかどうだっていいわ。みんなサリー先生を慕っているのよ」

「私にはもう慕われる価値がない……」

「辞めてしまわないで、お願い。あたし先生を死ぬほど愛しているの。先生にこっちを向いてもらいたかったの。先生はマリアが来た最初の日から、もうほかの生徒が目に入らなくなったんだもの。マリアが憎らしくて憎らしくて――」

「どうしたらマリアが憎らしいなんて思えるの？　マリアに比べたら、私はもう、クズに近いわ」

「先生はクズじゃないわ。あたし、先生のほうが人間らしくて、ずっと好きだわ」

「人間らしくて？　そうね……マリアはこの世のものではないのかもしれない。これは私の夢なのかもしれない……夢？　そうなの？　私は夢を見ているの？」

サリーの表情が、ボッと横に広がったようになり、瞳が壁を通り抜けて、外へと漂っていく感じだった。

「どうなさったの？　先生」

「あなたは本当にいるの？　マリア。遠いわ。とても遠くて手が届かない……」

物置部屋の方向へサリーがフラフラと手を伸ばすと、阻止するようにネッティがその手にしがみついた。

「サリー先生」

サリーは我に返り、ネッティの腕を振りほどいて言った。

「お願いがあるの、ネッティ。私、まだ教壇に立ちたいの。立たなければならない……断頭台だと思って立つわ。ここにいてマリアを送り出してあげたいの。あと一日か二日……それまではここにいたい。ここで見送ってあげたいの、ネッティ」

「で、そのあとは？」

「そのあと？」

そのあとに世界がある？　サリーの目つきが再び放心状態になり、「いま何時ごろかしら」と聞くと、返事も待たずに「マリアは寝られたかしら」とつぶやいた。そして、ネッティがそこにいることも見分けられなくなったように、前触れもなく歩き出し、おやすみも言わずに部屋の中に入った。ネッティがポカンとする間にドアが閉まり、後はたたいても呼んでも応答がなく、やがてほんのり廊下が白んできた。

五

その朝の光ほど、歓迎されないものはなかった。夢であることを祈り続けていた哀れな罪人を、穴蔵から引きずり出し、恥ずかしい顔を公衆にさらそうとする、その地獄の炎の赤い舌の先が、否が応でもサリーに絡みついてきた。

頭も体も鉛が入ったように重い。心はずたずたに引き裂かれている。いままでの自分の行動の浅はかさ、人の警告に耳を貸そうとしなかった自惚れが鼻の先にぶら下がって、こんなはずではなかったのに、と決まり悪く揺れている。胸に突き刺さった悔恨の刃が、教え子に何をしたのか、と責めさいなむ。教師を信じ、抵抗する術も知らないたった十三歳の子供に、いったい何を……。時がたてばたつほど、救いようのない考えに真っさかさまに落下していく。こんなに見苦しくても、人間の顔をして生きており、その上教師であるということ。どう力を出しても、サリーには耐えられそうにない責め苦だった。それでも教壇に立たねばならないと思ったのは、ただもうマリアのため、二度と会えなくなる時が近づいてきているマリア、悪い事をされたと知りながら許そうとしているマリアのため、それだけだった。

いつもより遅れて校長室へ朝の挨拶に行くと、校長の顔が変に歪んでいて、ろくすっぽ挨拶を返してこないことに気づいた。ゆうべのことを知っているらしい。ネッティがしゃべったのかもしれない。マリアを見送りたい気持ちさえなかったら、サリーはどんなにか潔く自分から言い出したことだろう。しかし黙って引き下がり、重い足を運んで教室へ向かった。

窓からいっぱいに朝日が差し込み、教室は眩しかった。床から高さ二十センチばかりの教壇が、さらし台のように高く思われ、ポージの号令で起立した生徒たちの前で、サリーは登ることができずに立ち止まってしまった。踵を返して帰ってしまうのではないかと思われたとき、サリーは頭を起こして教壇に登り、皆を着席させて朝の挨拶を短く述べた。マリアの制服を見るのが、胸をえぐられるように辛かった。マリアのほうは努めて顔を上げ、こちらを元気づけるような眼差しを投げて、目を合わせようとしてくるのだった。それがサリーには、まともに太陽を見るほどに眩しく、息が苦しいほど胸の痛いものだった。授業中、そらぞらしく響く自分の声が何度か途切れた。そして、外からの小さな物音にもビクッと体を震わせた。

いよいよマーガレットがマリアを引き取りに来るらしいと、ミンダは浮かれ気分であり、反対にレナはノートの上にポタポタと涙を落としている。ネッティはなぜか目を伏せていた。サリーが背を向けたときにチラチラ見、サリーがこちらを向くとすぐ下を向いた。


昼休みにサリーは、かろうじて間に合って届けられた肌着を持って、物置部屋をノックした。サリーの来訪に、マリアがこれほど素直にうれしさを表したことはなかった。マリアと目を合わせないようにしながら、テーブルの上で包みを解いた。胸元の中央にS字型の小さな留め金が付いている前あきの白い肌着を、そばに立って見ているマリアに差し出した。水色のカーテンを通して、真昼の太陽の照り返しが、涼しそうな森の中の明るさほどになって入ってくる、そのわずかな光を集めて、S字型の金具の真ん中に、一粒のダイヤが輝いていた。マリアは受け取りながらそれを見た。

「光っているけれど、本物ではないの」

サリーがぎこちなく説明し始めたとき、杖の音の混じった足音がして、ドアが開いた。

「物置部屋への出入りを禁じます、とあなたに申し渡しませんでしたか、サリー先生」

そして校長は、二人の普通でない空気を嗅ぎ、マリアの持っている肌着と、テーブルの上のほどかれた包みを見た。校長はこめかみに青筋を立て、怒りに目を吊り上げた。マリアには、今すぐ校長寝室へ行って鍵を開けて入り、そこで待つよう命じた。マリアが目を落として、持っていた肌着を棚にしまい、鍵を持って一人出ていくのを見届けると、サリーには自分と一緒に校長室へ来るよう、憤怒に息を荒くして命じた。サリーは杖つく校長の後ろに従い、何も言わずについていった。

「サリー・ライナ先生」

校長室に入り、ドアを閉めると同時に校長がきっぱり言った。

「あなたには、今をもってこの学校を辞めていただきます」

部屋の中央に立ったサリーは、真っすぐに前方を見て答えた。

「わかっています、校長先生。ただ……ひとつお願いがあるのです。マリアがここを出ていくまで、あとほんの一日か二日、居させていただきたいのです。その間しっかり自省して、生徒たち一人ひとりのために──」

サリーの頬に平手打ちが飛んだ。大きな音がし、サリーはよろけた。まるまると太った校長の力強い手は、倒れるまでサリーを打ちのめしたそうに脇腹のあたりで上下し、もう一方の手に握られた杖が揺らいでいた。

「恥を知りなさい！　あなたを信用し過ぎました──若いあなたの目新しい意見に惑わされました。よくも教壇に立てたものです。見事な裏切りですよ！」

興奮のあまり校長の口から泡が吹き飛ばんばかりだった。

「あなたのような鉄面皮の変質者に、無垢な生徒たちを任せていたかと思うと、ぞっとします」

罪を認めながらささやかな申し開きをするために、サリーは体を立て直し、顔を起こした。

「どんなふうに告げ口されたのかわかりませんが、よこしまな心を持たずに私、マリアを愛しました。昨夜のようなことがあって、一番驚いているのは私です。一番苦しんでいるのも私です。この予測できなかった不祥事については、責任を取るつもりでいますし、どのような制裁でも受ける覚悟でいます。ただ……マリアには罪がありませんの。昨夜のことのために私が辞めさせられたと知れば、どんなに辛い思いをするでしょう。私が悪かったのに、自分が悪いことをしたように苦しむでしょう。私にとっては、今すぐここから出ていくことのほうが、ずっとたやすい――ただマリアに悲しい思いをさせたくないためだけに、断腸の思いで教壇に立ったのです」

「〈断腸の思い〉はこちらのセリフです！　今朝あなたを教壇に立たせねばならなかった私の心中も察しなさい。また、聞いていれば、マリア、マリア、とよく言えたものです。ほかの生徒たちのことを一度でも考えたことがあるのですか」

その言葉は、今のサリーにはこたえた。教師としての義務感、責任感はいつから薄らいでしまったのか。皆のことを考えなければいけない、と思う先から忘れて、一生徒のほうへ心が行ってしまう。だが、今になってようやく理解力が働き始め、あることがサリーの頭の中で鮮明になった。マリアのためを思うなら、マリアのことを考えてはいけない、ということだ。考えないことが一番マリアを安心させ、静かな学校生活を送らせてやれる唯一の方法だったのかもしれない。マリアはすでに苦しみを、死を、運命を受け入れ、その道を静かに歩み始めている。

いつでも覚悟のできている人間は、大きく見える。背負わされた十字架を黙々と忍び、それを怒りや愚痴に転化させない人間、他人に慰めを求めない人間は、超然として見える。見苦しくじたばたしているのは、自分サリーだ。自分一人が、うちに沸き起こる感情を処理し切れずにもがき、次から次へと失敗を重ね、傷口を広げては他人を巻き添えにしてきたのではないか。

「実におぞましいことです。私の部屋から帰るマリアを、あなたが自分のベッドに引きずり込んで、服を脱がせてしまったというじゃありませんか。ネッティが言っておりましたが」

電光石火にサリーは顔を上げた。

「待ってください、そんなことをネッティが言ったのですか？」

「開いたドアから、マリアが下着をつけていないところまで見えたそうですよ」

「ネッティが？　ネッティが本当にそう言ったのですか？」

大なり小なり、人は保身のためによく嘘をつく。しかし、他人を陥れるために嘘をつく人は、それほど多くないが、危険だ。まだ十五の少女がそんな道に足を踏み入れてしまった？　たぶん本人は、物事をより面白おかしくするために言っただけだ、とぐらいに軽く考えているのだろう。退屈を何より嫌う人種がいる。そういう人は正義や誠実さなど、いくらでも簡単に犠牲にする。

「校長先生……私はそんなことをしておりません。嘘をつかれたことがショックで、いま混乱しているのですが、一生徒にかまけていたバチが当たったようです。私が正しいのか、ネッティが正しいのか、マリアに聞いていただければすぐわかります。いつかのように、体を売ったわけではなかったことを一つずつ聞き出されたように、マリアは校長先生に真実を話すでしょう。だからといって、私は自分の罪が軽くなるとは思いません。生徒に対して、してはいけないことを、一瞬にしろ犯してしまったことは、どうやっても消せない事実です。マリアの目をまっすぐ見ることもできなくなってしまったのですから。おっしゃるとおり、私はもう教壇に立てる人間ではありません。

そして、ネッティを正しい方向へ導いてあげられなかったことでも、私は教師失格です。彼女の話をもっとよく聞き、時間をかけて諭し、学問のすばらしさに目覚めさせてあげられなかった理由――それは彼女に対して、どうしようもない嫌悪感があったからです。教師としてそれを克服できなかった私が、一人責めを負うべきなのです。ネッティを責めないであげてください。私は……すべてを諦める心境になりました。校長先生にも、そしてマリアにも、恥ずかしい気持ちでいっぱいです。嫌われ、軽蔑されても、もう仕方がありません。私は……終わりました」

サリーの頬を伝う苦悩の涙が嘘でないことは、校長の目にも疑いようがなかった。何よりも学校の体面を考えなければならない。このスキャンダルが広まらぬよう最善を尽くすことに、サリーも同意した。

「代わりの先生に連絡がつくまで、不本意ながらあなたを教壇に立たせましたが」

激しい興奮から覚めた校長は、立っていることが難儀になり、机を回って杖をたてかけ、椅子に腰かけた。

「あなたの罪を知らずに慕う多くの生徒たちの心も波立てず、あなた自身のプライドも保たれ、私も責任を問われずに済む方法を探りましょう」

この昼休みをもって、生徒たちの旧校舎への出入りを禁じ、午後のクニリスの授業を最後に今日の学習スケジュールを打ち切ることなど、午前中に考えた段取りをサリーに話した。その間に内密に荷物をまとめ、明朝一番の汽車でどこへなりと、立ち去ってほしい、とサリーに迫った。

「ロンショー駅までの馬車はこちらで用意しましょう。あす生徒たちには私から、サリー先生は急に事情がお出来になり、お辞めになりました、と話します。それでよろしいですか？」

サリーは唇を動かして同意した。

校長室を出たサリーは、しんと静まり返った旧校舎の廊下を通って、自分の部屋へ戻ってきた。

ひっそりと荷造りをしていると、夕方になってミネルが食事を運んできた。

「言わんこっちゃねえでごぜえましょう」

サリーは椅子に座り、紙の束の中から選っているつもりながら、目は宙に浮き、どうでもいいように一枚一枚くずかごに捨てていた。

「知っているの？」

「察しぐれえつきますだ。ああ乳繰り合ってりゃ、こうなるが落ちでごぜえますだよ」

サリーは弁解する気力もなく、くずかごがいっぱいになって、捨てた紙が床に散らばるのにも気づかない様子だった。サリーの新校舎への出入りが止められたこと、校長命でセバスチャンが物置部屋の入り口の外側に錠を取りつけ、その鍵を校長に渡したこと、あす六時に馬車が迎えに来ること、などをミネルが話した。

「マリアはいまどこにいるの？」

「口止めされてるでごぜえますだ」

サリーは追及しなかった。セバスチャンが、何か手伝うことはないか、と陽気な顔をのぞかせた。ほうきを持ってきてくれとミネルが言った。

「おめえ様はあした、どちらへ行きなさるでごぜえますだ？」

「わからないわ……どこか遠い国……天に近いくらい遠い国へ行きたい……」

「わしの聞いてるのは、おめえ様の乗る汽車は八時の上りか、八時の下りかということでごぜえますよ」

田舎の人間は『何時何分の汽車』とは言わない。八時五分も八時四十分も、みな同じ『八時の汽車』になる。

「下りの土地はよく知らないわ。エレムに出て、しばらく翻訳の仕事をしながら、家が売れるのを待って……」

ふと、はかない望みが頭に浮かんだ。運命を甘受しようという悟りは、サリーにあってはまだそれほど生ぬるかった。

「でも、八時では早過ぎるの。ロンショーの街のレストランでゆっくりお食事をして、お昼に森まで戻ってみようと思うの。もしマリアが私にお別れを言いたかったら、明日のお昼休みに森まで来れば、私に会えるわ。すぐに学校に戻れば、マリアの足なら午後の授業に間に合うでしょう」

セバスチャンがほうきを持ってきた。

「私は一時の汽車に乗れば、日暮れ前にはエレムに着きますもの」

「だめでごぜえますだ。性懲りもなく、未練がましい」

ミネルは取り付く島もなく、部屋をざっとほうきで掃き出した。それから、サリーの手ののろいのを見かねて、さっさとタンスを開け、サリーが口へ運ぶよりかき回していることの多い食事をしている間に、トランクを一つ作ってしまった。

ミネルが引き上げたあと、ほとんどのものを捨てたり置いていくといっても、荷物の整理は夜中過ぎまでかかった。ミンダが旧校舎へ忍び込んで来ようとしたところを見つかったらしく、鉄扉のあたりでヘレンとすったもんだしている声が、一度聞こえてきた。ママのお話をしに行くのがなんでいけないの？　前はよかったじゃないの。サリー先生は謹慎中なんだと言ってるでしょう。先生が謹慎中ってこと、あるの？　どんな悪いことをしたの？　私だって知りません。さあ、言うことをきかないなら、あした校庭を死ぬほど走らせますよ。

ネッティはミンダのようにドジを踏まなかった。サリーが必要なものをどうにか二つのトランクに収め終わったとき、開け放してあるドアから入ってくるや、サリーにすがりつき、早口にしゃべり出した。

「あたし、悪気はなかったの、先生。ゆうべ先生が辞めてしまわれるなんておっしゃるもんだから、今朝早く校長先生に、引きとめてくださるようお願いしに行ったの。そうしたら校長先生の目の色が変わってしまって、事細かくあたしに聞くもんだから――」

サリーはネッティを制し、帰りなさい、と言った。

「あたし、今夜ずっとここにいるわ」

サリーは、お願いだから一人にしてほしい、と頼んだ。ネッティは開いているドアを閉め、根を生やすように長椅子に丸い腰をしっかり埋め込み、様相の変わった部屋を見回した。

「ウィバの話だと、あしたの朝早くお発ちになるサリー先生に会わせないように、マリアは今夜ずっと校長先生の寝室にいるんですって。壁際に木箱を二つ並べて、マリア用のベッドを作ったって言ってたわ」

ネッティは、部屋の隅の蛇口に屈んでいるサリーの横顔を見た。トランクの金具の錆で汚れた手を洗っているところだった。感情は抑えられていて、悲しみだけが表れていた。

「で、先生がお望みなら、マリアに手紙を渡して差し上げてもいいわ」

「そんなことをしてもらわなくていいわ」

サリーは手を拭いて言った。

「マリアにさよならも言わずに行ってしまわれるの？」

「あなたに関係のないことでしょう」

サリーは閉められたドアを開けた。

「すぐにここから出ていきなさい。さもなければ、いまヘレンを呼んでくるわ」

「待ってよ、先生」

ネッティはますます深く長椅子に腰を沈めた。

「ドアを閉めて、ちょっとだけここに一緒に座っていただきたいの。ミンダだって、自分のママのことを先生に聞いてもらったでしょう？」

サリーは拒んだ。

「私はもうあなたの先生ではなくなったの、ネッティ。それに……言ってしまうけれど、あなたを信用できない」

ネッティは、ひざの上で落ち着かなく動く自分の手を見つめながら語るという、彼女らしくないことを始めた。

「あたしのママはとてもいい人なの。いつも愛情いっぱいにあたしたち子供を見守って、どんな面倒もいとわない、目に入れても痛くないほどのかわいがりようをしてくれるの。その点ではみんなのママと同じだわ。だけど、決定的に違うところがあるの……このお話は誰にもしたことがない。恥ずかしくて話せないようなことなんだもの。でも、いつか先生に聞いていただこうと考えていたの」

今まで見たことがないように、ネッティの表情がまじめだったので、サリーはドアの柱を後ろ手にして立ち、聞くだけ聞きましょう、というようにネッティを見つめた。

「あたし、ママが好きだから、親孝行をしてあげたい、ママが喜ぶことなら、どんなことでもしてあげたいと思うの……ママがあたしに望むことは、あたしがよく勉強をして、奇麗になって、いいところへお嫁に行くことなんだけど……そのほかにママがあたしに求めていることがあるの、求めているとは自分でも知らずに。それは……あたしの体に触ること」

サリーは悲鳴をあげそうになって、顔をそむけた。

「本当にママは自分でそうとは知らないの。無邪気なの」

自分の母親は無邪気だと、なんと多くの者が言うことだろう。最後の給金のかわりにイルーネが、人が変わったみたいに手当たり次第に壺や絵や敷物を抱え込んだとき、手伝いにやってきていたイルーネの娘が、それを微笑ましく眺めて「母は無邪気なんです」と言った。

「ソファなんかに並んで座っていると、ママは必ずにじり寄ってきて、あたしの腰に手を回してくるの。それが母親のただの愛情表現のように見せかけているけど、うれしがっていることはわかるのよ。ちょうどあのエヌア先生みたいに。始末の悪いことに、エヌア先生はご自分のことがおわかりになっていらっしゃるけれど、ママはわかっていない。もっと悪いことに、あたしにとってエヌア先生は他人で、ベロを出してやることだってできるけど、ママはあたしの大事なママで、あたしが怒って拒絶したりすると、嫌われたと思って悲嘆に暮れてしまうの。親に触られるって、どういう感じのものだか、サリー先生、想像がおできになる？ それはもう我慢できないどころの騒ぎじゃない、あたし何度も吐いてしまったわ。それでもママにはわからないの。理由を言ったりしたら、ママは肝をつぶして、心臓発作かなんか起こして死んでしまうかもしれない」

「あなたの誤解ではないの？ ネッティ。信じられないわ。かつてはおしめを取り替えてもらったり、お湯を使わせてもらったりしていたお母様でしょう。実の娘にそんな感情を抱けるものとは、考えられないわ」

エレムの大学のバザーで見たクリッとした黒い目の子供のことを、サリーはフッと思い出した。このネッティによく似ている。そう言えばあのとき「ネッティ」と呼ばれていた。その母親の顔をうろ覚えに覚えている。あの母親？

「愛は、先生、どんなふうにでも変貌するものなの。何かの本にそう書いてあったわ。先生のマリアへの愛だって、そうでしょう？」

サリーの肩がピクッと動いた。

「変貌ではないわ。マリアへの愛の性質は変わっていない。ゆうべは精神状態が普通でなかったの。一日大変な思いをして、気持ちが変になっていて、あんなことになってしまっただけだと思う。でなければ……とても耐えられない」

「マリアへの愛って、それじゃどんな愛？」

「神への愛――それが言い過ぎなら師弟愛、いえ、それより、深い友愛のうちに入ると思うわ」

「あたしのママのは、深い母性愛のうちに入るわ。でも、確かにあたしの体に触りたがっている。それはわかるのよ、先生。誤解なんかじゃないわ。あたしは懸命にママのそばに近寄らないようにするの。近寄られたときにはさりげなく逃げるの。それでもママは、母親という名目でシャワー室にも入ってくるし、同性という名目でベッドにも入ってくる。あたしは血眼で、でもそんなふりは見せないで、身をかわすの。神経衰弱になるほど、それは疲れることよ。でも、もしあたしがそうしなかったら、ママはあたしを脱がせにかかるでしょう。そして自分では、赤ちゃんを脱がせている意識しかないでしょうよ。こんなことを打ち明けるのは、これが最初で最後だわ。あたしの大事なママのことなんだもの」

黒い大きな瞳に涙がにじんできて、ネッティは下を向いた。

「それで、あなたは私に復讐をしているの？」

ネッティは、長い黒髪を後ろからグイと引っ張られたように顔を上げた。

「復讐じゃないわ。先生へのこの愛をわかっていただきたい。先生を見ていると、あたし——」

「言わないで！」

サリーは一歩下がったので、後ろの柱に背中をぶつけた。

「何も言わないで。もう何も聞きたくない。私はこれで終わりですもの。お願いだからそっとしておいてほしい……。でも、あなたは勇気を出して話してくれたのね。あなたのお話を信じるわ。私は誠意をもって耳を傾けたし、このことについては誰にも言わないと約束します。けれど、今の私には、ちゃんとあなたを受け止めてあげられる余裕がないの」

ネッティが立ち上がった。サリーは間髪入れずに言った。

「もう遅いから帰りなさい」

ネッティはすごすごと出ていくふりをして、いきなりサリーに抱きついた。

「何するの！　離しなさい！」

「マリアならいいわけ？」

「いいも何もないわ！　いいかげんにしなさい！」

サリーはネッティの手首をつかみ、廊下へ引きずり出した。

「出ていきなさい。それともヘレンにどやされたいの？　どっちなの？」

放り出されたネッティが体を振り向けたときには、サリーのワンピースの裾が、閉まろうとするドアの中へ消えるところだった。ネッティは取っ手に取り付いたが、中で錠が下りた後だった。ドアをガリガリ引っかいたり、キーキーこすったり、わざと神経に障る音を立てる猫のような訴えが、向こう側で始まった。

「これは病気なのかしら？　サリー先生はご自分に正直で、気持ちがとっても素直。あたしっていうのは……こっ恥ずかしいもんだから、突っ張ったり、気持ちをごまかしたりする。サリー先生にはそういうことが一切ない。そう、レナにもミンダにもない感じがする」声が低くこもって、独り言のようになってきた。「でもあたしには、それがあるのね。だから、愛情表現がヘタなの。一番大事な人を、この手で壊したいんだわ」

言葉以上に、その声のやり切れなく哀れな調子が、サリーの心をかき乱した。

「そうでしょう？　ママに触れられるとき、あたし、自分が壊れていくのを感じるもの。ママへの愛がめちゃくちゃになってしまうのを感じるもの。ママの手の感触があたしを地獄へ突き落とすのを、感じる……でも、どっちがいいのかしら。拒んでママを地獄に突き落とすのと、許して自分が落ちていくのとでは……サリー先生はどっちがいいと思われる？」

「自分を救いなさい、ネッティ」

サリーは部屋の中から答えた。

「どうやって？」

ノストラサン大学の副学長の言葉を思い出す。『学問によって』と彼女は言わなかっただろうか。苦しみや悲しみと闘う唯一の武器は、汗水流して真理を学ぶことだ、と。命ある出会いは限られている。学問だけが時を超え、空間を越えて出会いを広げ、一つ一つ真実の扉を開かせてくれる。ほかに自己を救うどんな方法があるというのだろうか、と。

サリーは自分自身のためにそれを唱え、そんな抽象論じゃわからないわ、先生、と言っているネッティの声も、もう耳に入らないのだった。ネッティは長いことサリーの名を呼び、話しかけ、問いかけ、求めていたが、やがて疲れたように静かになった。

しんしんと最後の夜は更けていき、マリアの未来の救いのなさが、巨大な岩のようにサリーにのしかかってきた。そう……自分を救おうと考え始めた瞬間に、人は救われ始めている。手も足も出ないのは、救おうとする対象が自己でない場合だ。マリアがこれから住むことになるあの荒野と、あのけだもののことを考えると、サリーは心の中でマリアの名を呼び続けないではいられなかった。愛の苦しみや悲しみが手に余るほど大きいときに、人がよくそうするように。

と、どこからか、そこはかとなく哀愁を帯びたメロディにのせて、低い歌声が聞こえてきた。

誰もが愛するあの子は娼婦
嫉妬を知らない幼い笑顔で
街のみんなに、おはよう、と言う
洗い場、干し場でかみさんたちの秘蔵っこ
かわいい言い草、無邪気な瞳に
日のあるうちは笑いさざめき
夕暮れ、黙って送り出す
あの子の仕事を知っている
夜通し男に春を売る
みんなの愛するあの子は娼婦

「やめて！　ネッティ！」

サリーはベッドに逃げ込み、両手で耳をふさいだ。

六

「支度が整ったようですね」

翌朝早く校長が姿を現して、ガランとなったサリーの部屋に入り、家主のような目で隅々を見回した。

「そろそろ馬車が来るころでしょう」

「もう来ています。セバスチャンがトランクを運んでいきましたわ」

憔悴した顔で長椅子に座っているサリーの向かいに、校長は腰かけ、杖を置いてテーブルの上に書類を広げた。

「あなたを失うことになって、惜しいですよ。昨日は年に似合わず逆上してしまいましたが、悪く思わず、元気でやってください」

最後の事務的な手続きと清算を済ませると、サリーは立ち上がり、みぞおちの前に手を組んで校長に頭を下げた。

「マリアのこと……どうかお願いいたします」

頭を上げるまでのわずかな間に、足元に涙が落ちた。なぜこんな事態になってしまったのか。そう……高まった愛が極限にまで追い詰められると、人は意図せず駆り立てられるように、尋常でない行動に走ってしまうのだろう。マーガレットがマリアを男に売ろうとしたのも、自分があのとき教師の道を踏み外してしまったのも――

あの人はきょう明日にも来ましょう、と校長が言った。

「マリアのような少女を渡すには、これ以上ない最悪の人ですが、どうしようもありませんね」

校長とセバスチャンの二人に見送られて馬車に乗り込んだ。チラッと遠くの校長寝室の北窓を見やったが、びくともしない重いカーテンが端から端までかかっていて、中は少しも見えなかった。

御者に頼んで馬車をゆっくり走らせ、一時間以上かかってロンショー駅に着いた。トランクを駅に預けて、レストランでぼんやりコーヒーを飲み、仲買人に連絡を取った。そのあと、ひとときを森で過ごすために、貸し馬車を雇って出かけて行った。

「一時の上りに乗るにゃ、もう行かねえと間に合いませんぜ」

御者にそうながされるまで気づかないほど、あっという間に森での時間は過ぎてしまった。駅に戻り、貧しい全財産とともに汽車に乗って、エレムへ向かった。生活しながら少しずつでも借金を返していくだけの収入を得るには、エレムへ出るほかない。東側にある首都はあまりにも遠く、様子もわからない。

いろいろ考えてみた。いつでも戻っていらっしゃい、と言ってくれた副学長のこと。大きな材木屋の女将におさまっていると伝え聞くフローラのこと。少なくとも遠く血のつながりのあるイギリスの親戚のこと。しかしサリーには、そのうちのどれよりも、小さな部屋をエレムに一つ借りて翻訳仕事をしていくことのほうがよかった。田舎に引っ込んでやるアルバイト程度でなく、本格的に取りかかろうとするなら、それは決して楽な仕事ではない。期限に間に合わせるために徹夜の連続も覚悟し、英語・西語・ガーローゴ語に深く通じるほかに、常に時代に応じた新しい知識が必要だ。翻訳会社から送ってもらう分で間に合っていた資料も、これからは自分で探し、図書館に通ったり、買ったりしていかなければならない。やれるところまで、やってみよう……それしか生きる道がない。

最愛の人を失っても、それでも生きていかねばならない。何のために？　皆こうなのだ。皆、愛を失くした地の底から這い上がって生きている。

サリーは一点を見つめて考え続けた。

人は忘れる。人は、失くした愛の代わりを見つける。それで、愛はつまるところ夢だったのだ、と悟って生きていく。その夢さえあれば生きていけるのだろう。

夢を見ずに人は生きることができない。夢だけはなくてはならない。未来に希望がなくとも、今この手の中にある夢だけは自分のものだ。現実に生きると同じくらい、人は夢の中で生きている。現実が嘘いつわりであるときにも、夢は疑いようのない真実だ。目の前にある硬い岩よりも、目の奥にある天使の筆跡のほうが、ずっと確かなのだ。

夢こそ、この世で価値ある唯一のものだ。だから人は生きることができる。だから人は、何度でも愛の代わりを見つけることができる。再び希望を抱くことも。しかし、永遠に夢を失ってしまったら？　夢を失って、それでもなお生きていかねばならないとしたら？

「どちらへ行かれるのですか？」

大きな声を掛けられて、サリーはびっくりして目の前の青年を見た。何度か同じ質問を繰返していたものと見え、ようやくサリーと目を合わせることができて、彼はにっこり笑った。

「エレムですの」

サリーは答えてから、再び外の景色に目を移した。

「家へ帰られるところですか？　それともこれから出かけられる？」

返事をしないでいると、青年がまた声を張り上げそうになった。

「旅に出ますの」

サリーは顔を向けずに答えた。

「そうですか。僕も旅行中なんです。事情があって、会社を辞めましてね。しばらく気ままを楽しもうと、汽車に乗ったり、馬車に乗ったりしています」

汽車に乗ったり、馬車に乗ったりして、愛の代わりを探しています……この青年を手に入れることは、なんと簡単に思えることだろう。ほんのちょっと彼を見つめるだけでいい。あるいは、ちょっと笑ってみせるだけで。ちょっと話をしてやるだけで。それだけで二人の間に、あの恋愛と呼ばれる関係が始まるだろう。男と女の関係は、なんて安易で単純なのだろう。それはいつでも、どこでも、わけなく始められる。その気になってニッコリすればいいだけなのだから。それなら夢がなくても間に合う。夢がなくても間に合う愛しか、もう残されていない。なんと哀れなことだろうか……

サリーの代わりにドロシー・ワグロマが教室に入ってきたのを見て、生徒たちが騒ぎ出したため、ドロシーの後ろについてきた校長が、サリー先生は急用ができて、しばらく留守になります、と言い鎮めた。生徒たちの気持ちをこれ以上刺激することを避けたのだ。ニワースの家が売れたのだろう、と皆推測した。ネッティは頭が割れるように痛い、と言って授業を休み、教室に現れなかった。

マリアは不審に思って、休み時間にミネルの所へ行った。ミネルは突っぱねた。

「知りましねえだ」

午前中のドロシーの授業が終わると、仕事が多くてくさくさしていたノゼッタが、大威張りでマリアを袖なし服に着替えさせ、一分でも遊ばせては損だとばかりに、食事もさせないでこき使った。午後の始業チャイムが鳴る少し前にミネルが入ってきて、それを見咎め、ノゼッタの根性の悪さを罵った。

そこへセバスチャンが食事をもらいにやってきた。男の体臭に馬の臭いが混じって臭いからと、炊事室のテーブルには着かせてもらえないのだ。ノゼッタが彼の盆を用意している間、セバスチャンは手持ち無沙汰の両手で、物置部屋の外鍵を取り外しておいたよ、とマリアにゼスチュアした。マリアはミネルたちの食事をテーブルに準備していた。そのあとセバスチャンは次のような意味の質問をした。

〈なんで一時の汽車に乗ると、天に近いくらい遠い国へ行けるのかい？〉

「余計な口出し、しましねえ！」

ミネルが手を振り上げ、盆を受け取った彼を早々に追い払った。マリアは手を止めてちょっと考えたのち、持っていたスープを置くと、セバスチャンを追って出ていこうとした。

「行っちゃならねえでごぜえますだ」

ミネルが呼びとめた。

「わしは意地悪してるのでねえ。おめえ様のためを思って、言ってるだ。こっちへ来なしゃっせい」

善良で一徹なミネルの目を見て、マリアは引き返してきた。ノゼッタが意地悪い笑みを浮かべて見ていた。

午後一時の始業チャイムが鳴って仕事から解放され、着替えるために物置部屋へ行くと、ノゼッタがニヤニヤと追ってきた。

「あんた、知らないのかい？　あの先生、学校を追放になったって」

ノゼッタは部屋の入り口をふさぐように立っていたつもりだったが、ひざ下のスカートが一陣の風にめくれ上がったと思うと、目の前にいたはずのマリアが、魔法のように消えていなくなった。教室の前の北玄関を何者かが走り出たような気がして、ドロシーの頭に落とすための黒板消しを、ナシータと一緒にドアに細工していたミンダが、ハッと振り返った。マリアの布靴がチラッと見えた。この時間になって何をしに行くのだろう、と覗きに出てみると、まもなくセバスチャンが頬っぺたをもぐもぐさせながら、馬小屋から馬を出してきた。それにマリアがまたがって、一目散に北門の外へ飛び出していった。

「こら。何をしているんです」

ミンダの後ろでドロシーの声がした。

走り出してまもなく、馬が老いてのろいことに気づいたマリアは、方角を変えて森に沿った草原へ向かった。野生馬の群れを見つけると、降りて老馬に学校へ戻るよう仕向け、群れの中から若い駿馬を探し出した。馬はまるでマリアを乗せようとするかのように前足を折ったが、マリアはそれより先に飛び乗り、たづなもなしに操るのだった。それはすばらしい足を持っており、こちらの思い通り、風のように一路ロンショー駅へと疾駆した。

休みなく走り通して、誰も待つ人のいないロンショー駅に着くと、ひづめの音で目覚めたのか、伸びをしながら駅長室から駅長が出てきて、一時の上りなら行っちまったよ、次は二時の下りまでないよ、と言った。馬は勢いのついた足で左右へバタバタ足踏みをしていたが、方向を見極めると、岩山に向かって走り出した。

「そりゃ無理だよ」

駅長が腕を組んでつぶやいた。

「汽車のほうがずっと速いさ」

しかし、馬の姿はまたたく間に小さくなっていき、見えなくなった。


突如、自分の命というものが、澄み切った頭の中にくっきりと浮かび上がってくることがある。日常生活のこまごまとした習慣や、性格の長所短所、失敗成功こもごもの言動などとは別に、一生を貫いて一つの命はただ一つの意味しか持っていない、ということに気づくのだ。自分の命がただひと言で言い尽くせることに――凝縮された情熱、意志の指し示す究極の方向、そこに一つの要約された命があることに。サリーは鮮明に自分の命というものを見て取った。同時に生きる力を失い――

「ほら、あそこです」

周りの人々がやけに騒がしくなって、静かにしていたい人の気持ちなど構わず、窓側のサリーにかぶさるようにして身をのり出してきた。「何が見えるんです?」「どこです?」「よく見えないわ」などと、人の肩に触れんばかりなので、サリーはこれほど疲れていなければ、立って席を代わりたい気持ちだった。

「いやはや、恐ろしい勢いだ」

「訓練された競走馬でも、あんなスピードは出せませんよね」

「あれは狂った野生馬です。怖いものでも見て、気が変になったんでしょう」

「もう山を下り切りますわ」

「山を下りてきたら、どうなりますの？」

「取り押さえねばなりません。街にでも入ってきたら、事《こと》です。私は一度見たことがありますが——」

「でも、誰か乗っていますわ」

「まさか」

「いや、確かに乗っているようですよ。馬の背にポツンと白いものが見えます」

「や、本当だ。信じられん」

「皆さん。あれは競馬選手の練習風景です」

騒ぎを見下したようにそれまで通路側にでんと座っていた紳士が、腰を上げて窓を覗き、物知りぶって言った。

「彼らはよく障害物の多い所へ練習に出かけるのですよ」

「こちらへ向かってくるようですわ」

「子供だ。子供が乗っている」

「これはすごいなあ。野生の少年のようだ」

「競馬選手というのは、体重が軽くなくてはいかんのですよ。子供みたいに小さくなくては馬に負担がかかりますからな」

通路側の紳士が元の場所へ腰を下ろしながら、みんなの無知ぶりに呆れて言った。それまで人に触られないように身を小さくしていたサリーは、いまや誰にもまして一心に岩山の斜面を見つめていた。そして急に窓を開けようとするので、数本の手が手伝った。

「いやあ、よく見える。白っ茶けた非人服を着ている子供だ。まるでこの汽車を追いかけてきたみたいじゃありませんか」

汽車はニワースの街の中へ入り、スピードを緩め始めた。サリーは立ち上がり、急いでボックスから出ようとしたので、人にぶつかったり、つまずいてよろけたりした。

「エレムはまだですよ、お嬢さん」

先刻の向かいの青年が親切に叫んだが、サリーは通路を駆けていき、デッキに出た。汽車がゆっくり駅に入り、止まるか止まらぬうちに飛び降りて、顔なじみの駅長に、少し待ってくれるように頼んだ。

「困りますねえ」

「お願いします、ほんの少し」

そう言いながらサリーは、汽車などどうでもいい様子で、駅前の物静かな通りの向こうをじっと見つめた。

「お嬢さん、乗ってくださいよ。ライナのお嬢さんてば。時刻どおりに発車させるのが私の務めなんですよ」

サリーは耳を傾けていた。どこからか非常に激しい勢いのひづめの音が聞こえてきている。思わず駅長も気を取られて耳を澄ますと、それは次第に近づき、またたく間に音高くなってきた。

突然、街角から野生馬が現れ、その背中から駅に向かって、何か白いものが放り投げられたように見えた。駅長が目を見張ると、次の瞬間、ひしと抱き合う二人の人間が、自分のすぐ横にいた。あっけに取られてポカンと見ていたが、彼はやっと自分の任務を思い出し、発車のベルを鳴らした。

「さあさ、乗った、乗った。置いてかれちまいますよ」

ベルが鳴り終わり、身も砕かんばかりに抱きすくめられて失神しそうだったマリアは、急に体を離されるのを感じた。それから腕をどんどん引かれていき、どうされるのかわからないうちに、汽車に乗せられようとした。

「サリー先生」

と、あわてて呼んだ。

「乗りなさい。あなたを連れていくわ」

サリーは先にデッキに上がって、マリアの手を引いた。

「私は帰らなければなりません、サリー先生——お別れをするために来ました。そして——」

「乗って、マリア。一緒に来て」

サリーは両手でマリアの手を取って哀願した。

「お願い。お願い、一緒に来て、マリア」

マリアは腰を引いて首を振った。

「そんなことをしてはいけない——」

汽車が動き出した。

「マリア——」

サリーが降りようとするので、マリアは飛び乗るよりほかにしようがなかった。

「その子の切符！」

駅長が叫んだ。

七

たくさんの人が通路に顔を出してこちらを覗いているので、サリーはさっきとは別の、もっとすいているボックスにマリアを連れて入った。ちょうど子供を窓際に座らせている向かいの席の母親と同じに、マリアを窓側に座らせ、自分がその隣に座った。

「帰りの切符を買ってくださるでしょう？」

いま駆け下りてきた岩山が次第に遠のいていくのを心細く眺めながら、マリアが言った。サリーは、ええ、とあいまいに答えた。

「校長先生にどんなお話をなさったのでしょう？　おとといのことのために辞めていかれるのでしたら、こんなつまらないお話はありませんわ」

「お母様」

マリアが隣のサリーに声を落として話していると、前の席の五つか六つのレースずくめの女の子が、母親の耳元に口を近づけた。

「この方たち、お姉様と妹？」

本人はささやいたつもりだが、そっくり聞こえてきた。

「いいえ、マギー、失礼ですよ。小さいほうは奴隷服を着ているじゃありませんか」

母親が無神経に言った。

「妹ですわ」

サリーは、そう言わずにいられなかった。

「あら、それは失礼いたしました。なんてかわいいお妹さんでございましょう」

駅に着いて、次々に人が乗り込んできた。ボックス席がいっぱいになったので、マリアはやたらと話をするわけにいかなくなった。もうこのへんで降ろしてほしいと小声で頼んでも、サリーは何も言わず、たくさんの駅をやり過ごして、ついにエレムまで来てしまった。

エレム駅ではタクシーなるものが客を待って止まっていた。一度も使ったことがないサリーは貸し馬車屋を探して、駅の外れに見つけ、トランクを積ませて、マリアに乗るように言った。

マリアは首を横に振った。

「私を帰してください、サリー先生。どうか切符を買って――」

「あなたにお話があるの、マリア」

二人はお互いに懇願し合い、結局マリアが折れなければならなかった。昔泊まったことのある小さなホテルの名を御者に告げると、馬車は夕暮れの街なかをしばらく走った。

「あなたを連れて逃げるわ、マリア」

馬車に揺られながら、思いつめたようにサリーが言った。

「それでは大変なことになります」

マリアは驚いて隣のサリーを見上げた。

「サリー先生、落ち着いてお考えになってみてください。たとえ今マーガレットお姉様から逃げることができたにしても、私は孤児院で指紋を取られて、番号をふられています。この服を変えたところで、すぐに見つかって連れ戻されてしまいます」

「見つからないようにするわ」

「それは不可能です。きっとお金に困ることになって、先生がご病気になってしまわれます。逃亡生活なんて、とても無理です、サリー先生。どうかおわかりになってください」

サリーは口を閉じ、心の中で叫んでいた。

〈私はあなたなしでは生きていけない。どのような状態であろうと、あなたがいてくれるだけで生きていける。あなたさえ私のそばにいてくれるなら、ほかには何も要らない。あなたという夢さえあれば、名誉も地位もお金も贅沢も、何も要らない……〉

サリーが黙っているので、マリアが続けた。

「なぜご自分を悪者にされるのでしょう。サリー先生にとって学校がどんなに大切なものか、知っています。どうして私などのために、そんなに大切なものを犠牲になさるのでしょう」

〈もっと大切なものを知ったからだわ〉

「……マーガレットお姉様にお会いになったり、いろいろなことが続けてあって、サリー先生のお心がこのところ大変だったということは、私にもよくわかります」

「いいえ、マリア」

サリーが声を出した。

「わかるわけがないわ。あなたはまだ〈嫉妬〉という感情を知らないのですもの。その苦しみをどうすることもできないでいる私の――」

「その感情を知っています、サリー先生」

「……知っている？」

マリアがうなずいた。

「あなたが知っているの？　どうして――いえ、どんなふうに？」

マリアは簡単には答えられない。

馬車が止まり、サリーは頭に混乱を抱えたままホテルのフロントへ行った。

「空いているお部屋はありますか？」

「お一人様で？」

「いえ、二人」

「あいにくツインがふさがっておりまして。ダブルでございましたら」

「ダブルでは困るわ。それではシングルのお部屋を二つ――いえ、待って、ツインがいいわ」

「ですから、ツインがふさがっておりますんで」

「どうしてふさがっているの？」

「どうしてと言われましても――」

落ち着かせるように、マリアがそっとサリーの腕に触れた。

案内された三階の部屋に入って、サリーはソファに座り込み、袖にひじをついて手の甲に額を乗せた。マリアは壁に寄って立ち、動かなくなってしまったサリーに話しかけた。

「今夜ご一緒にお話しして過ごしましょう、サリー先生。そしてあしたの朝、私を帰してください。そうしたら、私がちょっと叱られるだけで済みます」

「この国を出ましょう、マリア」

サリーが決意の顔を上げて言った。マリアのひざが一瞬ふるえたような気がした。サリーは構わず続けた。

「あの家を安く売ってしまえば、二人の旅費ぐらいにはなるわ。借金を踏み倒すことになるけれど、外国で働いて、お金がたまったら送ることにすればいいのですもの」

熱心に説くサリーに、マリアは首を振り続けた。

「私を連れていらっしゃることは身の破滅です。マーガレットお姉様と逃げたあのようなことは、いいことではありませんでした。馬で追ってきたことを、どうか私に後悔させないでください。こんなつもりで追ってきたのではありません。お辞めにならないでください、と言いたかったからです。私が校長先生にお話しして、サリー先生をお咎めにならないでくださるよう――」

「そんなことは問題ではない。一番大事なことを話しましょう、マリア。あなたはあの方と暮らして、幸せになれると思うの？」

「私の幸せなんか、一番どうでもいいことです」

「そんなこと言わないで、マリア――」

ノックがあり、ボーイがジュースなどを運んできた。ボーイが出ていくと、ソファにかけなさい、とサリーが言った。が、マリアは立っていた。

「自分をもっと大事に思ってほしい。あなたの幸せを、私は心から願っているのよ」

そして少し眉を寄せて尋ねた。

「外国で私と一緒に暮らすって、あなたにとってはちっとも幸せなことではない？」

返事がなかった。窓の外はもう暗く、電気のぼけた光が部屋を照らし、天井の隅の扇風機が今にも止まりそうに回っていた。ときどき廊下から人の声が聞こえてくる。

「あなたはさっき、嫉妬という感情を知っていると言ったけれど、どんなときにそれを感じるの？」

マリアは答えない。答えたくないのか、難しくて答えられないのか、サリーにはわからなかった。

「では、どんなふうにその辛さから逃れているの？　嫉妬を感じたとき、その苦しさをどうしているの？」

「それをどうにかしようと思いません」

サリーは一瞬体をふるわせた。この言葉の意味を右から左へ聞き流してしまうほど愚鈍ではなかった。なぜ十三歳の子供に、たくさんの経験からしか生まれないようなこんな言葉が言えるのか、サリーにはわからなかった。

〈なんという子なの、あなたは〉――

だが、口に出したのは一つの質問だった。

「誰に嫉妬をしたことがあるの？」

沈黙が流れた。マリアは違うことを答えた。

「クラスの誰もがサリー先生を慕っていらっしゃいます。みんながサリー先生を必要としていらっしゃいます」

「あなたには必要ではないの？」

「私には神様がいます」

「そうね……あなたの神様には、勝てないわ」

そうは言ったが、サリーは同じ質問をした。

「で、誰に嫉妬をしたことがあるの？」

長い沈黙ののち、マリアが息を抑えながら言った。

「お答えすれば、神様に二度と許してもらえません」

「ええ、そうね。ごめんなさい、マリア。私はずるい質問をしたわ。お別れをするために私を追って来てくださったんですもの、少しは私を慕ってくださってるとわかっているのに」

「少しではありません」

小さな声には、思いのたけが込められた。

「お会いしたときから先生をお慕いしていました」

マリアは話し始めてしまった。話しながら、神に背いているとわかっていた。これが二人の本当に最後の時間になるのなら、話さずに終えて神の称賛を得るよりも、話してしまった恥ずかしさと神の怒りを耐え忍ぶほうを、選んだのだ。

「サリー先生は、どんなに私に親切にしてくださったことでしょう。そんなに愛情をかけられた奴隷がこの国に何人いるでしょうか。鞭打たれ、いじめられ、犯され、殺されていく運命が当たり前の奴隷が、愛される幸せを得るなんて、ほかにあるとは思えません。辛いことだらけの人生で、それは忘れられるものではありません。物心ついて以来、人に抱かれた記憶のない者が、お慕いする方に抱きしめられて、どうして気を確かになんか持っていられるでしょう。こんなことではいけないと、とても苦しみました。それが自分一人の問題だけで済んでいたときには、耐えることもできました……けれど、先生のお気持ちまで巻き込んでしまってからは、何度も身を切られるような思いをしました」

「私はあなたに巻き込まれたわけではないわ、マリア」

身体の動揺に頼りないひざを踏みこらえるマリアに、これ以上話させてはいけないと感じながら、続けて言わないではいられなかった。

「私、さっき考えていたことを告白するわ。逃げても逃げても逃げられなくなったときには、二人で一緒に死ぬことができる、だから病気も貧乏も恐れることはない、って――」

マリアは強く首を振った。

「サリー先生は私と一緒に死ぬ方ではありません。私となんか死んではいけない方です。サリー先生にとっては恥ずかしい不名誉で、世間の物笑いの種になってしまわれます」

「笑われたって構わないわ。永遠に失ってしまったと思ったあなたと、こうして二人きりで会えて、汽車に乗っているときから、私の胸の中には幸せな夢が限りなく広がっているの。イギリスでもアメリカでも、どこでもいいから、あなたと一緒に暮らしたい。もっともっとあなたを知りたい。あなたがどんなことを考え、どういうふうに感じ、どんな望みを持っているのか、たくさん知りたいわ」

心情を吐露した先ほどのマリアの言葉は、サリーの頭の中に、さらにバラ色の未来を繰り広げてしまうのだった。

「あなたと生きるためなら、身を粉にして働くわ。たくさん働いて、少しお金に余裕ができてきたら、二人でいろいろなことがしてみたい……たとえばあなたが詩を書いて、私が作曲する、そういうのはどお？　それから、私、童話も書いてみたいのよ。誰かさんについて、物語をいっぱい知っているわ。そしていつか旅行ができるほどお金が貯まったら、あなたと一緒にすてきな所を旅してみたい。仲のいい姉妹のように、二人で生きていきましょう？

でももし、あなたに王子様が現れたら、私なんか置いていかれるでしょう。それはそれでいいの。あなたが幸せになるなら、そしてときどき会えるなら、私はそれで生きていける。ただ、今は一緒にいたい。私の人生にあなたがいてほしい。ほかには何も要らない」

「ね、サリー先生、今夜ご一緒に過ごしましょう。お話したり、お食事したりして。それから大きなベッドで、仲のいい姉妹みたいに手をつないで眠りましょう。そうしたらきっとお気が済んで、明日の朝、私を学校に帰してくださるお気持ちになると思います」

「気が済んだりしないわ。どうして、こんなに素直に心の内をさらけ出しても、私の気持ちがわかってもらえないの？　もう私はあなたを離さないわ、マリア。この気持ちをどうしたらわかってくださるの」

マリアは首を振り続けた。

「とても私を誤解なさっていらっしゃいます。私など、サリー先生を不幸にしてしまうだけの人間です。サリー先生と私では、天と地ほどの違い、宝石と石ころほどの違いがあって、その差は埋められるものではありません。サリー先生は一時の感情に惑わされていらっしゃるだけなんです。今は熱くても、いつか冷めておしまいになるでしょう。そうとしか、私には思えません。本当に、私と一緒では、サリー先生にお幸せはありません。ですから、私を帰してくださることしか、道はないんです。帰してくださらないのでしたら、サリー先生から逃げてでも、学校に戻ります」

「私から逃げるの？」

我慢の限界を感じながらマリアの言うことを聞いていたサリーだったが、最後の言葉にはたじろいだ。

「切符を買うお金をいただけないでしょうか？　もしいただけないなら、線路を歩いて帰らなければなりません。帰ったらすぐ校長先生にお話して、サリー先生は何ひとつ悪いことなど――」

次の瞬間、マリアは体を抱きすくめられた。

「行かないで、マリア。私から逃げるなんて言わないで」

しかしサリーは、小さなやわらかい体を胸にして、ああ、どうしたらいいかしら、とあわて始めた。マリアを抱き上げ、ベッドに横たえて、生皮を剝がすように自分の身を引き離し、遠くのソファに行って倒れ込んだ。

やがて疲労困憊した様子で立ち上がり、ベッドを覗きに行った。気絶してしまったらしいマリアに、薄い毛布をかけてやった。それから、音を立てないように重いトランクを一つずつ運んで、ドアの前に積み重ねた。鍵をかけても、中からは開いてしまうので役に立たないからだ。念のためその上に椅子まで乗せた。マリアの力でこれをどかすとしたら、音を立てずには無理だろう。服を着替え、電気を消し、ガウンを掛け布がわりにしてソファに横になった。

明日フロントでさっそく仲買人に電話をかけ、イギリスへの旅費二人分ほどの値でいいから、一日も早く家を売ってもらいたい、と話そう。売れるまでの隠れ場所をどこにするか――なんとかフローラと連絡をとってみようかしら、などなど、あれこれ考えるうちに、幾晩も続けて満足な睡眠が取れていなかった体は、吸い込まれるように深い眠りへと落ちていった。

八

顔にさわやかな風が当たるので、サリーは目を開けた。窓のカーテンが揺れ、朝日が差し込んでいる。ハッとして起き上がると、昨夜ドアの前に積み上げたトランクと椅子はそのままあったが、ベッドにマリアがいなかった。

「マリア!」

シャワー室にもどこにもおらず、開いた窓に思い当たって、心臓が止まった。駆け寄って下を覗くと、その高さにゾッとしたが、マリアなら軽く飛び降りてしまうだろうと思われた。芝生が表まで続いており、通りへ出れば、駅への道順は簡単だ。机の上のメモ用紙に走り書きがしてあるのを見つけた。

『私のことなど、早くお忘れになりますように。お幸せを心からお祈りしています』

サリーは体からすべての力が抜けていくのを感じた。マリアのやさしい筆跡の上に、腕を投げ出してうっ伏し、身も世もあらぬ声で泣いた。

サリーの着ているワンピースは、学生時代からの上等なよそいきだったが、裾の長さといい、腕以外には肌を見せないところといい、また襟のデザイン、袖の形、どれを取っても周囲の婦人たちとは違う流行遅れのもので、いっぺんで南の田舎から出てきた娘だとわかり、道行く人の目を引いた。だが、そんなものはサリーにはどうでもよかった。運賃も渡してもらえなかったマリアが、まだすっかり回復していない体で、学校までの遠い距離を今も歩いているのだろうか、野生馬をつかまえられる所まで歩いたとしても、丸一日かかったって着かないだろう、行き倒れになっていたら、ああ、どうしたらいいだろう、しかし今となっては自分にできることは何もない、マリアをちゃんと送り出してあげることもできなかった自分には、もう何一つ手出しができない、そんな状況を自分で招いてしまった、どうしてこんなことになってしまったのか、確かに追い詰められたのかもしれないが、それにしても、そもそも自分の何が悪かったのか、などということばかりが堂々巡りに頭を去来し、昨夜の自分の言動の恥ずかしさもあって、歩きながらその場に倒れてしまいそうになるのだった。

なんとか部屋を探すためにエレム駅までやってきて、すきだらけのぼんやりした表情で広告を見ていると、どうしましたかだの、一緒にお茶でもいかがですかだのと、見知らぬ男たちから声を掛けられた。サリーの断り方が、まるで言葉が通じないような目つきの、気力のないものだったので、そのたびに肩を抱かれたり、連れていかれそうになった。ぐあいでも悪いのですか、と寄ってきた三人目の優しそうな紳士に腕を取られたとき、抵抗する気を失い、もうどうでもいいように思ってついていこうとすると、「サリー！」と、後ろで名を呼ぶ者があった。

「サリーじゃないの。まあ、どうしたってわけ？」

若奥様ふうの婦人が駆け寄ってきて、サリーの反対側の腕をつかんだ。その若奥様を見ても虚ろなままのサリーを、紳士が逆から引っ張った。

「行きましょう、お嬢さん。行きましょう」

「どうしたの、サリー。私の顔を忘れたの？」

「スーザン？」

やっとサリーは思い出した。そういえば、こんな友達の世界もあったっけ。はるか遠い昔のことのような気がする。スーザンは紳士に丁重に断りを入れ、これは私の友達だから、と言った。

「びっくりしたわ、そんななよなよした様子で、知らない男についていこうとするんだもの。以前のあなたからは考えられない。いったいどうしちゃったの。病気なの？　顔色がてんでよくないわよ」

スーザンは腕を取ったままサリーを歩かせ、ともかく自分のうちが近いから、来て少し休むように誘った。

「あんな駅前で、ぼやぼやしていちゃだめよ。田舎と違うのよ。うの目たかの目で男たちが若い女性を狙っているんだから。あなた、女ばっかりの学校にいてボケちゃったのね。警戒心なんかどっかへ飛んでっちゃったらしいわ」

通りに止まっているスーザンの自家用車にはお抱えの運転手が乗っており、買物の包みが山と積んであった。サリーを後ろの座席に乗せ、隣に自分が座った。

「いつこっちへ出てきたの？」

「ゆうべ」

「ゆうべ！　まだ着いてほやほやなのね。あなたが来ていることを、フローラは知っているの？」

「いいえ。フローラとは連絡も取り合っていないの。元気なのかしら」

「三人の子供と格闘しているわ」

「三人も子供がいるの？」

「あら本当に何も知らないのね。二回目が双子だったのよ。あのスタイルのよかったチャーリーが、幸せなせいでしょう、ブクブクに太ってしまったわ。幻滅！」

「チャーリーと結ばれたの？」

「え？　卒業以来会っていないわけ？　フローラとあなた、あんなに仲がよかったじゃない」

「ええ……大学四年のときに、一度会っているんだけれど。そのあとは手紙を一度出したっきり。私が悪かったんだわ。私が潔癖過ぎたの。今では私が悪かったって、とてもよくわかる……」

「フローラもチャーリーもとっても幸せそうよ。だけど、うちの人には太らないようにせいぜい気をつけてもらわなくっちゃ。主人は私と年が離れていて、もう中年なの。いい暮らしはさせてくれるけどね」

車は市街を出てからたいして走らずに、二階建ての豪勢な屋敷の前で止まった。南側にある窓はすべて開かれ、どこにも花がしだれるように置いてある。メードが出てきて荷物を運んでいき、スーザンはサリーを広い居間に招じ入れた。見たこともない近代的な電化製品が備え付けられ、スーザンが何かを開けたり、スイッチを押したり、引っ張ったりすると、静かな曲が聞こえてきたり、やわらかな風が吹いてきたりした。

「結婚すると、こんな暮らしができるのね」

籐椅子に座って、花の咲き乱れる庭を見ながら、サリーがポツンと言った。それからかすかに笑ったが、それは羨望や後悔ではなくて、気味のよいほど無残に打ちのめされた自分の信念に対する嘲りだった。

「もうすぐラジオもちゃんと聞けるようになるわ。高い鉄塔が建って、遠い東部の電波を苦労して拾わなくても良くなるのよ」

スーザンはサンドイッチと冷たい飲み物を持ってこさせ、サリーが貸室の広告を見ていた事情を聞きたがった。サリーは疲れたように背もたれにもたれ、どっしりしたテーブルの上あたりに力ない視線を置いていた。そうしながらスーザンの質問に、教師を辞めたこと、部屋と仕事を探していることなどを、問われるまま言葉少なく答えた。

テーブルの横のしゃれたサイドポケットに新聞が挟んであった。田舎のロンショー中学では、せいぜい校長が一日遅れのものを読んでいたぐらいで、買うお金も読む暇もサリーにはなかった。小さな見出しに『L&B建設が落札』とあった。L&B？　L&B……自分はこの名を知っていたはずだ、とサリーは考えた。だが、どうも思い出せない。

「何だったかしら。L&Bって……」

「あらいやだ。あなたのお父さまの会社だったじゃないの」

L&B——ライナ・アンド・ブルーゼン建設株式会社。そうだ、死んだ父の会社だ。父の死を利用して完全犯罪の詐欺を成功させ、業績をV字回復させた、今はあの男の会社……。

「いま波に乗っている会社の筆頭だ、っていう話よ」

そんな会社の景気のいい話など聞きたくない。銀行に勤める義兄が先日ブルーゼンに助けられたことをスーザンは話したが、サリーは庭に目を移して聞いていなかった。

「そこでM・ホルスがしどろもどろになったものだから、これはおかしいと——」

「M・ホルス？」

サリーが首を振り向けた。

「いまM・ホルスと言ったの？　彼女がどうかしたの？」

「サリーったら、何も聞いていないのね」

スーザンは面倒くさそうに最初のほうを手短に話した。ついおとといのこと、その悪人が他人の家や土地を自分名義に見せかけて、それを担保に義兄の銀行で金を借りようとしたところ、たまたまそこに居合わせたブルーゼンが、あれは危ない人間だ、と義兄に忠告してくれたから助かったのだ、と。

「でなければ、ほかの銀行みたいに騙されていたわ」

「騙されて？　でもスーザン、あの方は大きな牧場を持っていて、つい昨日きょうのこと、孤児院から女の子を買ったのよ」

「買う予定だったらしいわね。そのために、ありとあらゆる手段でお金を借りまくったんですって。なんでも内金を半分入れたけれども、残りの半分がどうしても払えなくって、汚いことをしたらしいわ。取っ捕まって刑務所にぶち込まれたそうよ。牧場は取り上げられて、破産宣告ですって」

「刑務所……破産」

サリーは呆然として髪の中に両手を突っ込んだ。混濁している頭をなんとかすっきりさせようとするのだが、なかなかうまく行かない。

「その孤児の女の子はどうなるのかしら？」

「もちろん破約したのだから、外国へでも売られていくんでしょう。あるいは国内で高く買ってくれる人に。いま政府は公然とそれをやっているわ。リム族出身の女の子には馬鹿高値が付けられているんですってね。M・ホルスの買おうとしたそのリムの娘というのが、中でも最高値らしくて、いまはどこかに隠してあるそうだけど、おなかが膨らまないうちに、早く大富豪に売ってしまおうと、政府はやっきになっているんでしょうよ」

サリーは宙を見つめ、しきりに何かを考え始めた。そのうちに武者震いに体が震えてきた。

「スーザン」

ついに何事かを決意して、ホテルまで車を貸してほしいと頼んだ。

「そりゃいいけれど、急にどうしたの？」

「あなたに会えてよかった。私を見つけてくださってありがとう。急用ができたの。また連絡するわ」

「じゃ、うちの電話番号を持っていって」

「電話？　家に電話があるの？」

「エレムではどこのうちにもあるわ、サリー。いまはそれが普通よ。進歩は目覚ましいんだから」

ホテルへトランクを取りに行き、スーザンと別れ、下りの汽車を二時間待った。その間に、包んでもらったサンドイッチをしっかり平らげることができ、朝とは雲泥の差の力が出てきた。

エレムに比べるとニワースはほんの田舎町だ。自動車などどこを探しても見当たらず、相変わらずの馬車馬がカッポカッポ歩いている。駅前のさびれた宿にトランクを預けたあと、その一つに乗って、サリーはL&B建設会社へ向かった。御者がなぜ笑うのかと思えば、それは馬車に乗るほどのこともない近さにあった。子供のころに何度か連れてきてもらったことがあるといっても、遠い近いも覚えていなかったのだ。

こんなものがいま景気がいいのかと思うぐらいに、うらぶれた三階建ての古いビルに『L&B建設株式会社』と、ペンキのはげた看板が出ていた。半開きのドアを押して中を覗いてみると、午後の斜陽の入り込む廊下が向こう側まで突き抜けており、見覚えのある階段やドアが並んでいた。昔はそのうちの一つが、ときどきダンスパーティの会場に早変わりしたものだ。掃除は行き届いているが、ところどころ壁が剝がれていたり、ドアの角が壊れたままであったりするのを見て、サリーは自分の思い付きが間違っていたことを認めなくてはならなかった。波に乗っているというのは、要するに比較の問題で、小会社ながら上向いているということなのだろう。早とちりをしたようだ。だが、これでよかったのかもしれない。きれいでないお金に頼ってマリアを救えたとしても、マリアがそれをどう考えるか、自信がなかったから……。

マリアを救出するための大金を手に入れるには、ほかにどんな方法があるだろうか。マーガレットもこうして考えて法を犯し、捕まった——

あたりは夕暮れが始まろうとしていた。サリーが引き返そうと踏み段を降りたとき、けたたましいベルの音が鳴り渡り、危うく段を踏み外すところだった。いままで静かだったビルの中が急に慌ただしい物音に包まれ、人々がドアから、階段から現れて、大袈裟に思えるような挨拶を交わしながら外へ出てきた。用がないとなればサリーは知人に会うのがいやで、身を隠したいと思ったが、遅かった。知人ではなかったが、威勢のいい社員が見つけて話しかけてきた。

「何の御用でしょうか、奥様。何なら中へお入りください」

「いいえ、結構ですの。また来ますわ」

「だめですよ。今度いらしたときには、ここはなくなっていますから。今日で実質営業終了なんですよ」

「ここはL&B建設ですわね？」

「そうです」

「景気がいいと聞いたものですから、社長さんにお目にかかりにやってきたのですけれど、やはりどこも大変なんですわね」

「誤解しないでくださいよ」

笑った彼の肩をたたいて同僚が帰っていった。

「この古ビルは数日中にも取り壊されて、新しいもっと大きなビルが建つんです。うちは昨年、業界第一位にのし上がりました。社長に会おうったって、簡単にゃ捕まりませんよ。第一ここへ来ることさえ、めったにないんです。会議やら接待やら視察やら、と大忙しでね、社長がこんな田舎の支店や、各地の現場を回っている暇などありゃしませんから」

「支店？　ここは支店なんですの？」

「十年前のお話をなさりに来たわけじゃないですよね？　いま本社はエレムですよ。いずれ首都に出ます。会長がすでに首都で仕事を始めてますからね」

彼はサリーの驚いた顔がおかしいらしく、やたらと笑った。

「あの、では、社長さんは、駅の向こうのご自宅にお帰りになることはありませんの？」

「あそこにはご次男とお女中しか住んでおられません。なんだか、あなたの時計は十年前で止まってるような気がしてきました。もしかすると、あなたのおっしゃる社長というのは会長のことじゃありませんか？　今うちの社長は、若いデュラン・ブルーゼンですよ」

確かに時計が止まっていた。デュランには会いたくない。

「そう、時計が止まっていたようです。私、会長さんにお会いしたいのです。何とか連絡を取っていただけないでしょうか。緊急にお会いしたいのです。私、サリー・ライナと申しますの」

「おや、うちの会社と同じ名だ。連絡は取って差し上げますけれどもね、奥様、景気がいいと聞いてお会いになりたいというのは、せんだっても同じようなケースがありましたが、お金を借りられるのが目的じゃありませんか？　それだったら無駄ですよ。うちの会長くらい吝嗇な人間はいませんからね。このおんぼろビルの建て替えだって、私たちがえらく運動して、やっと許可が下りたんです。現場や支店を視察するときだって、門をくぐって、まず落ちている鉄くずを拾う人なんですから。まあ、ああだからこそ、わが社の発展があったわけですがね。私たちは釘一本、板切れ一枚無駄にゃしません――」

彼の長口上が続きそうだったので、サリーはもう一度至急連絡を取ってくれるように頼んだ。彼は承知して、サリーを中へ通した。なるほど応接室のソファは十年前と同じもので、破れたり、あんこが飛び出したりしており、壁も床も仕事机も、たばこのやにで黄色く焼けている。さほど気前がよくなくても、景気のいい一般的な会社の社長ならば、ここまでビルを消耗させずに、とっくに建て替えているだろう。サリーは、これから忍ぼうとする屈辱の大きさに気が滅入ってきた。

ただ一つ、サリーが考えていることの中に救いがあるとすれば、社名に『ライナ』を残していることだ。なぜ名前を変えないのだろうか。十年以上たっても亡き父の名を取っ払わないということは、ブルーゼンの思いがそこにあるからなのではないか。ブルーゼンは父を大事に思っている？　それは何よりも殺人を否定する証しになる。ほかにどう考えられるというのか――

先刻の社員が戻ってきて、連絡が取れたとのこと。会長はあなたに会いたがっており、明日昼の十二時に本社に出向かれたいと申している、と言い、エレム駅からの道順を示す地図をくれた。

このような対決の時が来ると、誰が予想しただろうか。一度は殺人者呼ばわりした男と向き合い、頭を下げて大金を借りようとしている。考えれば考えるほど心が折れそうになることだが、そんな弱い自分を支える強大な力があった。それは愛にほかならない。自分の命よりも大事な愛。その愛が、万に一つの可能性もない無鉄砲な任務の只中へ、自分を跳び込ませるのだ——

サリーは会社を出てから、疲れを知らずに役所へ向かった。役所はひけていたが、宿直員がいた。今度はいつ孤児を買い取る外国船が来るのか、教えてもらいたかったのだが、そんなものは知らないと言われた。次にマーガレット・ホルスについて尋ねると、問い合わせてくれて、いま確かに中央刑務所に入っているという返事だった。

大それた希望を抱え、さまざまな考えで頭をいっぱいにしながら、さびれた宿で夕食を取り、早めにベッドに入った。不安にうなされるかと思うと、期待に胸躍らせ、翌朝目が覚めたときにはクタクタだった。起きてしまうと、かえってしゃんとした。娘らしく見える花柄のワンピースを着こみ、一番の汽車で再びエレムへ向かった。

街でも最も都会的な、騒々しく自動車が行き交い、軒を争ってビルが立ち並ぶど真ん中に、L&B建設会社本社の高いビルがあった。ちょうど約束の時間に間に合い、サリーは一階の受付嬢に来意を告げて、ロビーの椅子に座って待った。

ガラス越しににぎやかな通りが見えた。娘達のスカートは驚くほど短い。歩くと膝が見えてしまう。至る所にある広告は、目を覆いたくなるほど露骨だ。道行く男女はひと目もはばからずに戯れ合う。自分がノストラサン大学にいたころのエレムの街は、まだ節度があったような気がする。

しかしサリーは、自分の田舎風の服装を恥じはしなかった。もしマリアを得ることができたなら、やはり田舎に住みたいと思う。マリアを得る……サリーは自分の手を開いてみた。若くて白い、形のいい手。この手がつかみたいと欲するただ一つのものは、最愛の人の手。ほかに何も望まない。マリアの手を、この手にしっかり握りしめたい。サリーはビル群の上の青空に目を移し、心の中で叫んだ。

〈決してそれを汚しませんから、どうかマリアを下さい。私にマリアを下さい。マリアの幸せを私に任せてください――〉

奥の方から大きな我鳴り声がし、そのうちにドヤドヤとした一団がサリーの目の前を通っていった。そして一人の男が前後左右から挟み込まれたまま、ドアの外へ抱え出された。西側の都市の治安はそれほど悪くないものの、まだ公の警備がしっかり整っていないため、大きな会社は自前の警備体制に力を入れて大勢の警備員を雇っている。今追い出されたあの男のように、場合によってはサリーもああなりかねないのだ。あれが、今から一時間後の自分の姿かもしれない――

「私をお訪ねくださるとは、考えてもおらなかった。なんと美しいご婦人になられたことだろう」

父を利用して巨万の富を築いた男がやってきた。固太りの肩に英国製の背広を着こみ、酒焼けした太い首に白いカラーが食い込んでいる。色白で鼻が曲がり、金縁の眼鏡をかけ、その奥に、笑ってはいるが、読むことのできない細い目が光っていた。

「あなたにぞっこんだった長男のデュランを覚えておられるかな。あれに社長を継がせましてね、いまニューヨークに飛んでおるんですわ。来年二人目の孫が生まれる予定で、私もすっかり爺やです」

ブルーゼンが笑った。サリーは笑い返すことが死ぬほど辛かったが、懸命にそれらしいほほ笑みを作った。求められた握手にも応じ、祖父の死に対する悔やみの言葉にも礼を返した。そのあとブルーゼンが外のレストランへと誘うので、食事はできないと断った。

「今日私は、お返しできるかどうかわからないお金を、お借りしに参りました。あまりに大金なので、お食事など喉を通らない……おじさまを昔の父のお友達だと思って、命をかけてここへ参りました」

心をさらけ出すようなサリーの真摯な顔つきに、ブルーゼンは肩ひじ張った態度を少しやわらげた。では上の私の部屋へ行きましょう、と言って、エレベーターに二人で乗った。

「これは、ぶちまけた話ができそうだ」

ブルーゼンが言った。

外のビル群が見渡せるほど大きいガラス窓のある部屋に入るや、立ったままサリーが切り出した。

「助けていただきたいんです。以前おじさまを人殺しと呼んでしまった恥を忍んで、こうしておすがりしています。祖父は多額の借金を残して死に、それを返済するためにニワースの家を売りに出していますが、こちらの希望する値では売れません。そして先日、私、失業しましたの。理由はお聞きにならないでください。ブルーゼンのおじさま、いま待ったなしにお金が欲しいのです。あのニワースの家を買っていただけないでしょうか？　あるいは、家を担保にお金を貸していただけないでしょうか？」

最後のほうは息も継がずにしゃべり、ブルーゼンを見つめたまま、その瞳から涙がこぼれるのも構わなかった。

「なるほど」

ブルーゼンは黒光りする大きな机のほうへ歩いていき、窓を背にして、丈高い背もたれの椅子に体を沈めた。

「ところで、ライナ嬢。あなたは私が刑に服したのをご存じかね？」

「刑に？」

「そう。半年間刑務所に入りましたよ。デュランはあなたを信じたが、私はあなたを信じなかった。デュランが家族の秘密をあなたにしゃべってしまったと聞いたとき、あなたは他言しないと誓った、とデュランが言ったが、そんなことを信じられるか、と私は思った。どうせいつかあなたが秘密をばらしてしまうのだったら、私は罪を軽くするために、自首することを選んだのです。ただし若干時期をずらしましたがね。会社が危機を脱して、破竹の勢いで成長を始めてから、自白しに行った。だから賠償金も罰金も、余裕で払えたわけです」

サリーは額に手の甲を当てて下を向いた。そのため涙が直接床にしたたり落ちた。正義が行われたこと、ブルーゼンに対する畏敬の念、または感謝、または謝罪の気持ち、そのすべてであったかもしれないし、そのいずれでもなかったかもしれない。確かなのは、マリアのための涙だったこと、それだけだ。

「自首して金を返したわけですから、私には執行猶予がつくはずでしたよ。だが、私がひどい脅し文句を並べて、有無を言わさず保険屋を悪事に引きずり込んだこと、息子のデュランには父親の権力でもって強制したことなどを、素直に告白しましてね、私一人が刑に服したわけです。

すべてが会社を思うあまりの行動だった、さらに服役までして私は罪を償った、こうしたことを、会社の連中は褒め称えてくれました。それはその後、皆が気持ちを一つにして働くきっかけにもなったようです。私の服役中に若いデュランが社長代行をやり遂げて、皆の信頼を勝ち得たことも、予期せぬ大収穫でしたよ。

ともかく万事がよい方向に向かったわけです。つまり、あなたが私を疑い、それでデュランが真実をあなたにしゃべるきっかけになった。次に私があなたを疑い、観念して私は自首した。この一連の出来事があって、社員たち皆が奮起してくれ、刑を終えた私のほうはすっかり気持ちが晴れた。と、こう、何もかもが良い方向へと流れたのです。

あなたはあなたの父君を敬愛しておられましたね。私は、その父君が選んでくれた親友なのですよ。それを考えて、あなたが私を疑わなかったとする。そしてあなたは、私の息子が礼賛していた女性だ。愛する息子が選び、なおかつ私の唯一無二の親友の娘さんなのだから、私があなたを信じたとする。そうしたら、あなたは私を人殺し呼ばわりせず、息子は家族の秘密を守り通し、私も自首しなかった。こっちのケースもあり得たと考えると、実はぞっとするんですよ。

実にすべてがよかったのです。で、私のかけがえのない親友の愛娘であるあなたが、こうして私を頼ってやって来てくれた。これは、私にとって有り難い、うれしいことだ。それで、いかほどで家を売りたいと？」

サリーは感動のために口が開けなくなり、金額を口にするまで一分以上も時間がかかった。

「それはまた、大金ですな。いま流行りの上等なリムの娘が手に入ってしまう。と言っても、あなたは女性だからご存じないだろうが」

「あの古家はその十分の一の価値もありません。買ってくださったところで、何のお役にも立たないでしょう。ですが私は、この命をかけてお願いするのです」

「命をかけて、と先ほどからずいぶんおっしゃるが、それは？」

「家を買ってくださらなかったときには、私は自ら命を絶つか、でなくても自然に消滅するでしょう」

「そんなに思い詰めて？　なぜです？」

「……お話すれば、とても長くなります。自分の命以上に、人を愛してしまった、とだけ申し上げておきます」

「うむ。あなたは正直な、いい娘さんだ。あの父君が自慢なさるはずです。……よろしい。その値で家を買いましょう。家を担保に金を貸すのではありませんよ。きっちりその値で購入するのです。さあ、これで私は親友に恩返しができるわけだ。実際うれしいですよ」

　そう言い終わると、ブルーゼンは老体を酷使して走り、両手を伸ばしたが、間に合わなかった。サリーは極度の感情の高ぶりにより、その場にくずおれてしまった。

九

　巨額のために、用意されるまでには一週間かかるという。その一週間は待ち遠しいと同時に、サリーにとっては、やることが多過ぎて、てんてこ舞いの日々になった。何よりもまず官庁に出向いて、はやる思いでマリア取得の申請をした。

「あなたの仕事は？」

不審そうな目でサリーをジロジロ見ながら、役人が聞いた。こんな大金を、こんな娘が支払える？

「翻訳士です」

サリーはバッグの中から古い契約書を取り出した。

「これは今日にも書き換えて普通契約にしていただきますの」

役人は人の悪い笑みを浮かべ、ではそのあとで来てください、と言った。

サリーは、いままでアルバイト仕事をもらっていた翻訳会社ＴＰＫへ駆け込み、先日キャンセルしたことを詫びた。そして、ここ一週間のうちにはしっかり仕事のできる環境が整うので、どのような条件でもいいから普通契約にしてほしい、と頼むと、バオシティに近々支社を出すのでそちらの所属でいいか、と聞かれた。願ってもないことだと二つ返事で承諾し、再び官庁へ行った。

先ほどの役人は、その間にサリーの身元を調べ、問題のないことがわかっていたが、ほかに意地悪をして焦らせてやる方法はないかと頭を巡らしたものの、とうとうペタンと仮認証の印を押した。実際に金額が支払われたときに、交換で本認証の通知が送付されるという。サリーはそれを宝物のように大事に持ち歩き、さらに別の仕事を探した。バオ支社所属となったので、田舎に住めることにはなったが、かわりに賃金を落とされてしまい、これだけでは二人分の生活費には足りなかったからだ。

マリアこそ手に入れたものの、依然として借金はそっくり残っており、いざという時に備えて貯金もしていかねばならず、当分の間は馬車馬のように働くことになるだろう。しかし、それはちっとも苦に思えず、むしろ体内から力が湧き上がってくるのを抑えるくらいだった。マリアとともに生きようとするこの言い知れない幸せは、世界を魔法にかけたかのように安易にし、サリーの手のひらに乗るくらいの大きさにしてしまった。

サリーはスーザンに連絡を取り、田舎にいてできる翻訳仕事を探しているが、手づるがないものか尋ねてみた。夫君の仕事とかけ離れているので手づるはないけれどもと、いろいろ電話して調べてくれた。三つほどの翻訳事務所の名を教えてもらい、サリーはその一つ一つに精力的に足を運び、わずかな契約を取り付けた。それで差し当たって食べていけるだけのきちきちの金額になり、今度は家探しに取り掛かった。

南へ行けば行くほど、家賃も物価も安くなる。下りの汽車に乗り、ロンショーを通り、ラザール、バオと下って、残りの三つの駅、アナリサンラ、サガハン、ホーリポヤルでそれぞれ降りたり乗ったりしながら、家を探して歩き回った。十分な金がなく、手づるもない場合、家探しは惨めな思いをすることが多い。家主は娘と見てまず疑ってかかり、次に足元を見て吹っかけてくる。それをかわしながら、知らない土地で気に入った家を見つけるというのは、よほど忍耐と根気がいる仕事だ。

駅前の安宿に素泊まりなどして三日を費やし、予算より若干高いが、非常に気に入った家具付きの家をアナリサンラに見つけた。掃除をし、必需品を買い調え、ニワースからトランクを送り届けてもらったのが、忙しい中やっとギリギリにできた精いっぱいのことで、ついに銀行から、孤児取得購入代金が国に支払われた、との通知を受け取った。仮認証が本認証になった。

翌朝早く、サリーはバオシティの孤児院へ出向いて最終的な手続きを済ませ、即そこからロンショー中学にマリア引き取りの連絡を入れてもらった。そうして、事務員や役人に頼めば一日遅れになり、何よりもマリアを傷つけられることを恐れて、サリーは自らロンショーへ向かった。

汽車に乗っている間じゅう信じられない面持ちで、これは夢なのではないかと百度も思った。しかし、ロンショー駅で貸し馬車を雇い、通い慣れた道を揺られていくうちに、感激で胸が熱くなり、それを静めるために一旦馬車を止めなければならなかった。

しばらく窓から遠くの森に目をやっていると、無我夢中でここまで走ってきた頭が少しずつ冷静になり、いろいろ気づくことがあった。生徒たちに会わずに済ますには（会うのは苦痛だ）、休み時間をさけて授業時間中に到着するようにしなければならない。マリアは朝の連絡で支度ができているはずであり、セバスチャンに頼んで、こっそり連れてきてもらうことにしよう。そして、新校舎の裏玄関から入って校長室へ行き、マリア預かり書を受け取る……校長は何と言うだろうか。さぞかし軽蔑してくることだろう。

昼休みが終わったと思われるころ、馬車を出発させた。中学校に着き、北門を入って林の前に馬車を止め、降りずにしばらく様子をうかがった。午後の授業中なので、ミネルは通いの掃除婦らを率いて教師たちの部屋の掃除をしているだろうし、給食婦らは昼寝をしているだろう。セバスチャンは何をしているだろうか。耳がいいから馬車の音を聞きつけてくるはずだが……。果たして腹にタオルをぶら下げて東の塀の陰から現れ、サリーを見て笑顔になった。校長先生に私が来たことを伝え、そのあとマリアをここまで連れてきてほしい、と頼むと、大きくうなずいて大股に歩いていった。

旧校舎の北玄関のドアが少し開いており、廊下の一部が見えた。その廊下に生徒が立たされていることは、サリーの計算に入っていなかった。チラッとミンダの顔が見えたとき、馬車のドアを閉めて奥へ引っ込んだ。しかし、遅かった。ヒステリックな泣き声とも叫び声ともつかない悲鳴をあげて、ミンダが走り出てきた。サリーがドアを開けてくれないとなると、馬車の車輪に足をかけ、ドアにしがみついて窓から手を入れ、錠を外してしまった。そうしてドアを開けるや、中に飛び込んでサリーに抱きつき、大声で泣きじゃくるのだった。その激しさにミンダの心情がくみ取れて、サリーは慰める言葉もなく、波打つ背中をたたいてやった。

「どうして先生――ど、どう――どうしてなの、先生――」

息も苦しそうに泣くので、言葉もしゃべれない。まもなく授業中の教室から、騒ぎを聞きつけた生徒たちが飛び出してくるという、サリーが最も避けたかった事態となった。ワアワアと馬車を取り囲み、サリーに降りるようにせがむ生徒たちに、私はもうあなた方の先生ではないの、と言ってやるが、聞き入れる耳がない。暴れん坊のナシータが駆け上がってきた。ミンダを越えてサリーの腕をつかみ、引っ張り出そうとする。

「痛いわ、ナシータ、離して」

ザギーが手伝おうとして、ナシータの腰回りに手をかけた。途端にナシータがくすぐったがってサリーの腕を放したため、ひとたまりもなく二人もろとも馬車から転がり落ちた。ミンダはなお全身でしがみつき、しゃくりあげて泣いている。ナシータが再度サリーを引っ張り出そうと登ってくれば、反対側のドアを誰かがたたく。のぼせ上がった者たちが馬車の前で叫び出す。チカノラがどこからか縄を持って来て、馬車の車輪を縛り始める。いま姿を見せたポージが、両手を腰に当て、呆れ返った顔でやってくる。北玄関のわきに立ったままこちらをじっと見つめているのは、ネッティだ。体に巻きつかれ、あちこち引っ張られながら、サリーはマリアを目で探していた。物置部屋の窓のカーテンは引かれており、北玄関の陰にも、炊事室のほうにも見当たらない。

「腕がもぎれそうに痛いわ、ナシータ。わかったわ。降りるから放してちょうだい」

サリーが実際に降りようとするので、ナシータは手を放した。

「ミンダ、あなたもよ」

だがミンダのほうは、ますます強くサリーを締め付けて、涙でサリーの胸元を汚し続けた。

「レナはどこなの？　ミンダ」

マリアはどこなの、と聞きたかったのだが、どちらにしてもミンダの耳には入らなかっただろう。

「どうしてあたしを置いて行ってしまうの、先生。どうしてよ――どうしてなのよ――」

サリーは何も答えられない。

北玄関ホールに人影が現れた。レナに支えられながら、小さな包みを持ち、袖なし服を着た蒼白のマリアが、おぼつかない足取りで歩いてきた。気づいたナシータが、石を拾ってマリアに投げつけた。石は肩の付近に当たり、転びはしなかったが、マリアはそこに立ち止まって動けなくなってしまった。そして、自分から離れるようにとレナに言った。だがレナはマリアをかばって離れなかった。レナに当てるわけにいかず、それ以上石が飛んでくることはなかった。

サリーは思い余ってミンダを抱き上げ、馬車から降りた。レナがマリアを促してサリーのもとへ連れてきた。マリアは息をするのが精いっぱいといった様子で、下を向いたまま顔を上げないでいる。サリーはミンダを後ろ手にして、片手でドアを大きく開いた。

「乗りなさい」

それはいまや主人の命令としてマリアに響き、マリアは手をふるわせながら縁につかまって馬車の中に身を入れた。ミンダが悲鳴をあげるので、レナはやさしく引っ張ってサリーの腰から引きはがそうとした。処刑椅子にでも座ったかのような顔をして座席に座ったマリアを確認すると、サリーは馬車のドアを閉めた。

「マリアはぐあいが悪いの？　レナ」

「けさ授業中に校長先生がいらして、マリアを廊下に呼び出したの。私たちがドアや窓からのぞき見しても、エヌア先生は何もおっしゃらなかったので、ドアを少し開けて会話を聞いたの。

『服を着替えなさい』

と、校長先生がおっしゃって、マリアが、

『私はどこへやられるのでしょうか』

と聞いたの。

『サリー・ライナ嬢があなたを買いました』

そう校長先生がおっしゃると、マリアの体がグラッとしたの。

『あの――何かの間違いでは？』

校長先生は同じことをもう一度口にしたんだけど、それがなんだか、とても意地悪く聞こえたの。

『サリー、ライナ嬢が、あなたを、買いました』

するとマリアは、そこにクタクタと座り込んでしまったの。

サリー先生もマリアもいなくなってしまうなんて、あたし、とても寂しい……でも、サリー先生が買ってくださったので、それは本当によかったと思っているの。マリアは幸せになるのね、先生」

「ええ、レナ……」

「先生のばか！」

ミンダが濡れしょぼれた顔を上げて叫んだ。

「あたしたちを不幸にしておいて、どうしてマリアばかり幸せにするの！」

「何事です、この騒ぎは」

校長が北玄関に立って怒鳴り、杖を柱に打ち付けた。後ろにドロシー・ワグロマの困惑した顔がついていた。縄を結び終えたチカノラが立ち上がり、馬車を取り囲んだ連中もそこから離れた。あたりは静かになったが、ミンダだけは泣きわめいており、死んでも離すまいとサリーに抱きついていた。

「ミンダ」

校長が強い声で言った。

「サリー・ライナ嬢から離れなさい」

「いや、いや、いや、いやあ！」

「その人はもう、うちの学校の者ではありませんよ」

「どうしてなの！　サリー先生はあたしたちの先生よ。マリアなんかに奪っていかれてたまるもんか！　マリアなんか死んじゃえばいいんだ。あたしが殺してやる」

「なんて言葉を使うの、ミンダ。校長先生の言うことをききなさい」

サリーが言いなだめた。

「皆さん、こちらへ来なさい。全員、校舎の中に入りなさい。授業中ですよ、全く。早くその女から離れるのです」

ミンダの言葉よりも校長の言葉づかいに、みな嫌悪を感じた。ミンダが噛みついた。

「サリー先生は『その女』なんかじゃないわ。あたしたちの先生よ！」

ミンダの口答えに賛成しそうなあたりの空気を感じ取った校長は、声を大にして話し始めた。

「皆さんの中には、すでに知っている人もおりましょうが、そこに立っているのはスキャンダルを起こして学校を追放され、それでも懲りずに、なおこうした醜聞を巻き起こす悪い女です。同情したり引き止めたりすることは、いっさいなりません」

「スキャンダルって、何なのさ！」

納得しないミンダが食ってかかるので、校長は教育上どう話せばいいかとためらい、穏やかな言葉を頭の中で探すのだが、なかなか見つからなかった。

「教え子を犯したってことよ、おねんねちゃん」

大きな声で口を出したのは、玄関わきに立ったネッティだった。

「相手はあのマリアだわ」

マリアの動かない横顔が馬車の窓から見えていた。ネッティが中央へ進み出てきた。

「あの子、サリー先生を追ったわ。どっかで一夜をともにして、翌朝帰ってきた。二人はそれで永久に別れたかと思ったら、ごらんのとおり、ついに先生はご自分の愛人を手に入れたというわけよ。そういう二人の間に割り込もうというほうが、野暮だわ、ミンダ。お見事な離れ技ね、サリー先生。マーガレット・ホルスはお金の工面に失敗して取っ捕まったけど、先生はどうやら万事うまくおやりになったようで——」

聞くに堪えない言葉も、学校教育の敵サリーを攻撃するものであるならば容認されるかのように、校長から制されずに通った。校長はそれほど呆れ返っていた。程度がどうあれ自分が犯したために追放になった、その当の生徒を、今度はとてつもない大金を支払って『買って自分のものにした』わけなのだ。こんな醜聞が他にあるだろうか。

「先生を悪く言うのはやめて！」

ミンダがサリーの胸から真っ赤な顔を上げて、ネッティを睨みつけた。

「先生がスキャンダルだったら、あんたなんかその十倍もスキャンダルよ。あんたの部屋のベッドの壁はどうしたっていうのよ。あたし知ってるんだから。ワンコニャンコの写真を一枚めくれば、その下に裸の女の絵があるんだ。横に小さく『サリー・ライナ』って書いてあってさ、あんたみたいな色情魔は——」

サリーは恥ずかしさに顔から火が出る思いだったが、黙って耐えるしかなかった。ネッティが走ってきてミンダに飛びかかった。首っ玉をつかんでサリーから引きはがし、取っ組み合いの喧嘩が始まった。

「やめなさい！」

サリーは叫んだが、自分の身のほどを考えて、早く立ち去るべきだと気づいた。校長は、近寄るのも汚らわしいといった蔑みの表情で玄関前に杖をついて立っていたが、その校長の前へ、サリーは自分から歩み寄っていった。そばまで歩み寄られる前に、校長は持っていた預かり書を放り投げた。それは宙を舞って、サリーの足元に落ちた。サリーは黙って拾い上げ、静かに校長に頭を下げ、踵を返した。

「とっとと出ておいき。この恥さらしの変態女！」

背中に浴びせられた凌辱の言葉に、サリーの足がわずかに止まったが、振り返ることなく歩み続けて、マリアの乗る馬車へ向かった。土にまみれてミンダとネッティがまだ闘っていた。ネッティがミンダを押さえつけて、その短い首っ玉を締め付けているが、ミンダも負けずにネッティの手に爪を立て、片手では長い黒髪をしっかり握って揺さぶっていた。ポージが、向こう側から馬車に乗り込むサリーのそばまでやってきた。そして正面から怒りの目を据え、先生を見損ないました、と言った。

「先生に騙されました。私の心は傷つきました。先生を恨みます。一生軽蔑します」

サリーは刑を受けるようにポージの言葉を受け止め、うなずいた。ポージの後ろからレナがやって来て、サリーの手を両手に包み込み、目に涙をいっぱいにためて言った。

「私は先生を信じているの。先生はそんな方じゃないの。みんなの言うことを気になさらないで、私の大好きな先生。どうぞマリアを幸せにしてあげてください……落ち着いたらお手紙を下さる？　私もお返事を書きます。文通を許してくださったら、この寂しさも我慢できそうなの、サリー先生」

サリーは黙ったままレナと目を合わせ、その手を握りしめてしっかりうなずいた。校長が苦い顔で舌打ちした。この騒ぎにも呆れ果てたのだが、自分の作った規律という規律（生徒は炊事室への廊下に足を踏み入れてはならない、北玄関を出入りしてはならない、など）がことごとく破りまくられることに、深いため息をつきながら北玄関を入っていき、見送りなどするつもりは毛頭ないとばかりに、その太った姿を消した。

サリーはレナの手を離して、馬車の踏み段に足をかけた。ふと向こうの新校舎の裏玄関に立ってこちらを見ている目に気づいた。その口元には、やりましたのね、とでも言いたそうな笑みが浮かんでいた。サリーは自分の視線をシモーヌからひったくるようにして、馬車に乗り込んだ。ドアの閉まる音に気づいたミンダが、ネッティの髪を離し、もがいてネッティの体の下から抜け出した。大あわてに走ってドアにしがみつこうとすると、レナがそのスカートをギュッと引っ張った。

「離してよ、ばか！」

ミンダ、ミンダ、とレナはブラウスまで引っ張った。

「私を忘れなさい、ミンダ。乗り越えなければいけない愛があるの。新しい先生がいらっしゃるわ」

サリーが窓から言った。馬車はチカノラの結んだ縄を引きちぎって走り出した。追いすがろうとするミンダを、レナが小さな体で抱き止めた。いやいやいやあ、という叫び声の中を馬車が出ていった。北門を通り、速度を増し、馬車の音が遠のいていった。ミンダはレナの足元に泣きながら倒れ込み、レナは悲しみをこらえて歯を食いしばった。チカノラはつまらなそうに小石を蹴り、ナシータはあごの下で両こぶしをつっかえぼうにしゃがみ込んで、小さくなっていく馬車をみつめた。ネッティは嘲笑する言葉を吐こうと笑みを作ったが、作り損なって大きく顔をゆがめた。ジャネスとザギーは、大立腹のポージのあとに続いて教室に戻ろうとしたところ、こうした場面を全く理解できないドロシー・ワグロマの間抜けた顔にぶつかった。

第四部

一

午後の黄金色の日が差し、心地よい風が緑の草原を吹きわたってくる。マリアは遠くに森の見える道を通っても、そちらへ顔を向けようとせず、全身に毒針でも埋め込まれたみたいに苦しそうな呼吸をしながら、隣のサリーとの間に一人分空《あ》けるほどドアに身を寄せていた。いましがたの間の悪かった騒動を、ほかの誰によりもマリアに対して、身の置きどころがないほど恥ずかしかったサリーもまた、何か言葉を発するには時間と気持ちの立て直しが必要なことを感じていた。

ロンショー駅に着く少し前に、サリーはようやく口を開いて、やさしく名を呼んだ。

「マリア」

マリアは両腕を動かして、自分の小荷物を抱きしめるようにした。

「あの夜、あなたはどうやってロンショーまで戻ったの？　翌朝着いたということだけれど、エレムからロンショーまで歩いたら、いくら早くても二日や三日はかかるでしょう。でも、何よりも、あなたが無事でよかった……」

マリアは息をすることだけに集中していた。まるでそれを怠ると息が止まってしまうかのようだった。

「あなたを買ったのが私で、驚いているのね？　そんなお金がどうしてあったのかって、不思議に思っているのじゃない？　父が私に贈り物をしてくれたのよ。込み入っていて難しい物語だけれど、いつかお話してあげるわね。これで、あなたは自由の身になったの。自由なのよ、マリア」

マリアは小荷物の中に顔をうずめたいかのように下を向いた。

「これであなたは行きたいと思う所へ行ける、自分の好きなことができる、何でも言えるし、どんな夢でも持てるの。すばらしいと思わない？　いまどんな気持ちなのか、教えてくださらない？　マリア？　お返事ができなくなってしまったの？　また最初に戻ってしまったの？」

馬車が駅に着いた。サリーは先に降りて支払いを済ませ、マリアが降りるのを見守った。マリアはこちらを見ず、サリーの前に立っても目を合わせようとしてこない。ただ胸を大きく動かして息をしていることだけがわかる。サリーは車掌から切符を買い、待ち人のいない駅の中にマリアを連れて入った。

「どこかぐあいが悪いの？　何か言って、マリア。あなたのことを心配しているのよ」

二人は線路を見ながら、並んで立っていた。サリーは心のうちを素直に打ち明けた。

「さっきは、とても恥ずかしかったわ。予期せずあんなことになってしまって、あなたに醜態をさらして、穴があったら入りたいくらい辛かった……本当に、私は教師失格だって、思い知らされた瞬間だったわ……。ああしたことで、あなたに軽蔑されたくないけれど、仕方がないわ」

「こんなこと……信じられません」

マリアはうるませた目を上げた。

「サリー先生は、名誉も地位も信頼も失われました。何の価値もない私のために。通りすがりの一時《いちじ》の同情のために。……この先、どんなにか後悔なさることでしょう。そのために私も、サリー先生と同じくらい苦しい思いをするでしょう」

「苦しませないわ。あなたは以前からずっと大きな誤解をしたままだわ、マリア――」

「こんなことをなさるなんて……。こんなつまらない、こんな卑しい私のために、神聖な教職も、輝かしい未来も、何もかも捨ててしまわれて、いったいこれからどうなさるのでしょう」

「全然わかろうともしてくださらないのね。いったいどうしたらわかってもらえるのかしら。何度でも同じことを言うけれど、マリア、何を失おうとも、あなたのほかには何も要らないの。私はあなたと一緒に幸せになりたいの。私の人生にあなたがいてくださるなら、そして、あなたに嫌われないだけの立ち位置と暮らしがあるなら、余計なものは何も要らない――」

「そんなこと、理解できません」

線路が熱い光の中で揺らいでいた。汽車を待つ人が数人入ってきて車掌と話し始めた。

「わかったわ、マリア。もう言わないわ。今わかってもらえなくても、これからいくらでも、毎日毎日あなたに行動で示せるんですもの。私から逃げない限り、もう私と一緒に暮らしていかざるを得ないのよ、マリア。でも、また私から逃げるのかしら？　あのときは……あなたが正しかったわ。よく逃げてくださった。本当に感謝するわ。でなければ、こんな奇跡は起こらなかったでしょう。あのときは、あなたに会えた喜びで、私は気が転倒してしまって、物事を冷静に考えられなくなっていたの。でもいまはちゃんと理性を取り戻して、計画通りに行動しているのよ。で、あなたは、私と一緒に暮らすのはいや？　また逃げたい気持ち？」

「そんな……」

「そんな？　何？」

「……いやなはずがありません」

「それが聞ければ、もう十分だわ。あなたを幸せにしてあげたい。それが私の幸せになるの。私はそれで満たされるの。いま私は、ばらのように幸せなのよ」

サリーの横顔をチラッと見た汽車待ちの人たちは、ことしの十月は何十年に一度あるかないかの特別に美しい季節になるらしい、と信じた。

汽笛を鳴らして汽車が入ってきた。二人はすいている座席に並んで座った。サリーはマリアだけに聞こえるような声で、語り始めた。これから二人で住むことになるアナリサンラの家のこと、駅前の店で食料品を調達しなければならないこと、家の掃除と片付けもまだ残っているし、庭が草ぼうぼうなこと、早速あしたから二人とも汗を流して働かなければならないこと、などなど。

「私には、頑張らなければいけない大きな翻訳の仕事が、二、三日のうちにドサッと届くことになっているの。それでも何とかして、あなたの勉強をみてあげる時間を作るわね。絶対にあなたをハイスクールに行かせてあげるわ。あなたならきっと優秀な成績をおさめるでしょう」

マリアは黙って聞いていたが、やがてポツンと言った。

「マーガレットお姉様が牢屋の中で、私のことを忘れてくださるといいんですけれど……。校長先生が新聞を見せてくださいました。そこにマーガレットお姉様が——」

「あなたにお願いがあるの、マリア。あなたたちの関係はもうすっかり切れたのだから、あの方のことを《お姉様》などと呼ばないでほしいの」

マリアは困惑してサリーを見上げた。そしてしばらく考えていたが、はい、とうなずいた。

「わかりました。これからはサリー先生が私のご主人様ですから……ご命令は何でもおききします。サリー先生がお幸せになられるように、一生懸命に働きます——」

「いいえ、そういうことではないの。私はあなたのご主人様になんかなりたくないわ。近いうちにお役所へ行って、姉妹の契りを交わすにはどんな条件があるのか聞いてきましょう。私はあなたと本当の姉妹になりたいの。だから、マリア、今日から私を——《お姉さま》と呼びなさい。もうあなたの先生ではないのだから、サリー先生と呼ぶのはやめて」

マリアは返事ができなかった。心のうちにあふれてくる感情と闘って、答えるゆとりもないようだった。

アナリサンラ駅で汽車を降りると、サリーはあらかじめ見つけておいた洋服屋へマリアを連れていった。アナリサンラシティはロンショーよりもっと小さく、隣市のバオのにぎやかさから比べれば、村に毛がはえたといった程度の、箱庭のような町だ。周囲を小高い山や谷や森に囲まれ、細い川がくねくねと流れている。街の一番繁栄した通りといっても、古びた店が並んでいるだけのことで、その中に昔ながらの洋服屋があった。ぽっちりしか残っていない貯金をはたいてでも、マリアのブラウスだけは作ってやりたいと思い、生地はすでに買っておいた。デザインも相談しておいたので、マリアの袖なし服を脱がせて寸法を測らせればいいだけだった。気のせいでなく、半年足らずの間にひと回り大きくなったことが数字に表れた。それでも、やっとサリーの肘を越えたといったところ。

「これ、きれいだこと！」

洋裁嬢が、マリアの肌着に光るS字型の留め金のダイヤを触っていた。サリーは笑って、本物ではないのよ、と言った。

洋服屋を出て、節約のため馬車に乗らずに家まで歩くことにした。手を引いてやりたいようにマリアはサリーの後ろから、自分の荷物を抱え、下を向いてついてきた。

「何を大事に持ってきたの？」

マリアは顔を上げたが、何も言わずにまた下を向いてしまった。三十分以上歩いて町はずれまでやってくると、通りの最後の角を曲がって数軒目に、サリーの見つけた古びた平屋の一軒家があった。

「私たちのおうちよ、マリア。気に入ってくださるといいのだけれど」

右手の草はらの向こうに隣家の塀があり、左手には小川が流れている。サリーの腰の高さの古い木戸を開けて入ると、戸口まで三十歩ほどの庭は、丈高く雑草がはびこり、錆びた鉄製のベンチがその中に埋まっているといった荒れ放題で、手入れのしがいがありそうだった。

「私たち当分、本当に忙しい思いをするでしょう」

おかしなことに、そんな庭を見てマリアの瞳がようやく、いくばくかの輝きを取り戻してきた。

サリーが家のドアの鍵を開けた。ドアを入ると、いきなり広い横長の居間だった。北の壁側と南の窓側に分かれて据えてある二つの机が部屋の右手に、テーブルを挟んだ二つの長椅子が部屋の左手にあり、背の高い本箱など中古の家具が居心地よく配置されていた。テーブルセットの左奥に、ドアのない仕切りだけの狭い炊事場があり、反対側の右奥には廊下へ通じるドアがあった。サリーはそこから廊下へ出て、最初のドアを開け放した。

「あなたのお部屋よ」

学校の物置部屋と同じくらい広く、同じくらい質素だったが、もっとずっと部屋らしく、ちゃんとシャワー室もついていた。

「私の部屋はこのお隣なの。何かあればすぐに飛んで来れるわ」

低い木製のベッドにかかった薄い空色のカーテン、窓下の小机に飾られた一輪のばらの花、タンスの取っ手に結ばれた赤いリボンなど、どこを見ても、大切な人を迎えるという、あたたかい思いやりが感じられた。

「私たち、いつでも会えるのよ。もう誰にも邪魔されることはないわ」

「サ……」

マリアが上気した顔をサリーに振り向けて、言いかけた。それから困って下を向いて、言い直す言葉を探した。

「サリー？　私のこと？」

かわいらしい困惑を見つめてサリーが促すと、マリアは観念して、下を向いたまま小さな声を出した。

「お姉さまが……」

それから顔を上げて、明るい灰色の瞳に向かって続けた。

「お姉さまがこんなにお近くにいらして、これから私は、どうやって気持ちを抑えていけばいいのでしょう」

「なぜ抑える必要があるの？　……ああ、そうなのね。神様に叱られるのね。でも私たち、何も悪事をしようとしているわけではないわ。大威張りで神様とお話なさい。幸せになることを、神様がお怒りになることはないと思うわ」

「こうして私が分不相応に幸せであることが、どんなに多くの人を犠牲にして、たくさんの人の心を踏みにじった上に成り立っているのか、ということを考えてしまいます。それはどうしても頭から離れません」

「マリア。そんなふうに考えてはいけないわ。あなたがそう考える人だということはわかるのだけれど、一つ一つ思い出してみても、私は誰かをおとしめたり、裏切ったり、だましたり、悪く言ったりしたことはないと思うのよ。私なりに誠実にやってきたつもりだったけれど……私が自分で次々に愚かな失敗を重ねて、事態を悪くしてしまったんだわ。でも、ただ一つ、自分でも悪いことをしたと思うのは、それはあなたを愛してしまったことなの。あなたに悪いことをしたのではなくて、ほかの生徒たちに、結果的に悪い事をしたことになってしまった……。でもそれは、私にはどうすることもできない、仕方のないことだったと思う……それでも、神様は許してくださらない？」

「誤解なさらないでください。私の神様は私だけを裁いてくださるので、ほかの方を許したり許さなかったりなさることはありません。でも……私はきっと地獄に落ちます。神様よりも、サリー――お姉さまのお気持ちと自分の心のほうを、優先させてしまっていますから……とうの昔に」

突然ドアがたたかれた。腰の曲がった家主が、採れたてだと言って野菜を持って入ってきた。草刈りまでなかなか手が回らず、申し訳ないと謝り、人の好さがうかがえた。自分はめったにここまで足を運べないが、駅の向こう側に野菜畑を持っているから、いつでも来て採っていいんだよ、と言ってくれた。帰っていく彼の丸い背中が、ここまで往復するのはさぞ大変であろうことを物語っていた。

マリアは野菜を炊事場へ運び、火をおこし始めた。その様子がサリーの目に、やっと少し楽しそうに見えてきた。

「何か手伝うことがあったら、言って、マリア。私は調理をしたことがないんだけれど、いつか教えてくださる？」

マリアが笑って振り向いた。物心ついたときから階級意識を叩きこまれて生きてきた者にとっては、それほどおかしく聞こえたのだ。その笑顔はサリーの心を幸せの絶頂へと舞い上がらせた。

「私はもう泣かないわ。いままでどれだけ涙を流したかしれない。一生分の涙をあなたのために流してしまったの。でも、もう泣くことはないわ。あなたがここにいるんですもの、何を泣くことがあって？　ほかに涙を流す理由はないもの、私は二度と泣かない。これは確かなことよ」

最後のほうは、なぜか窓の外に向かって言われた。

〈ついに私は夢を手に入れたわ。これについては……心から感謝します〉

夕焼けの赤さが庭に広がり、鳥の群れが夕日の方角に飛んでいくのが見えた。

「私たち、楽しくて、忙しくて、幸せな生活が送れそうね、マリア」

その通りの生活が始まった。サリーはまだ片付いていない荷物を整理し、マリアは夕食を準備した。

「あなたの分はどうしたの？」

サリーが長椅子に座ったとき、一人分の食事しかのっていないテーブルを見て言った。マリアが後ろに立っていることから意味を理解した。

「あなたはもう私と同じ身分なの、マリア。給仕なんか必要ないわ。二人分のお食事を並べて、一緒に食卓につきましょう。私たちは姉妹なのよ」

マリアは自分の分を並べた。

「なぜ手がふるえているの？」

「ずっとふるえが止まりません……」

「ええ、わかるわ。私もずっと心がふるえている。こんなに大きな幸せに包まれて、もう何も望むものはないわ……そして、あなたを幸せにしてあげたい思いでいっぱい。大変な人生を歩んできたあなたを、私が道しるべになって、幸福な人生へ送り出してあげたい……マリア、あなたはいま幸せ？」

「いろいろな方を不幸にして、お姉さまご自身のお幸せもかき乱して、私が平気で幸せなことはありません」

「あなたの考えはそこへ行ってしまうのね。いいわ。それなら、姉として命令するわ。幸せなら、その幸せを素直に感じなさい。つい頭の中で考えてしまうことがあったら、その一割だけ考えることにして、いまは喜びの空気を胸いっぱいに吸ってごらんなさい。そして、やらなければいけない仕事や学問に、精いっぱい向かっていくの」

命令と言われてマリアはうなずいた。

「ああ、やりたいことがたくさんあるわ。あなたと一緒に生きていくって、なんてすばらしいことでしょう。こんな日が来るなんて……あなたと一緒のこの暮らしを、私はどんなに夢見てきたことかしら。十年間これだけを望んで待っていたような気がする……」

目を落としたマリアの様子は、このサリーの心を全く理解していないようだった。

「そうだわ。しばらくしたら、レナをここへ呼びましょう。遊びにいらっしゃいと言ったら、私とあなたに会えるんですもの、喜んで来ると思うわ」

「もう一人の方は？」

「もう一人？　ミンダのこと？　どうかしら。私とあなたが幸せに暮らしている家へ、あの子はやってくるかしら」

向かい合わせの夕食が始まった。お腹が空いているはずなのに、二人が二人とも、今日の出来事を思い出したり、二人の生活はこれからどんなふうかしらと考えたり、とにかく胸がいっぱいで、それほど食べることができなかった。

「あの夜、無賃乗車をしてしまいました。ちょうど駅に停まっていた貨物車の屋根に乗って、学校に戻りました」

「危ないことをしてはいけないと叱ったらいいのか、よくやったわ、って褒めたらいいのか、どちらにしても悪かったのは私なのだから、私があなたに謝らなければならないわ」

「屋根にしがみつきながら、ずっと泣いていました。お姉さまとお別れすることが、どんなにむずかしいものか思い知らされて、いっそ手を放して風に吹き飛ばされてしまおうかと、何度も考えてしまいました」

「ぞっとするようなことを言わないで！　いいえ、そう考えさせてしまったのも、私なんだわ……。本当によく無事に学校にたどり着いてくださったわ。思い出すのも恥ずかしいのだけれど、お別れを難しくしたのは、間違いなく私なの。私ときたら、あなたとお別れするということに、何度失敗したことかしら。それは結局、あなたと別れることなどできない、という意味だったのね。でも、そういうことを全部通ってからでなければ、この幸せは得られなかったんだわ……」

「私などにつぎ込んでしまわれたお金があれば、お姉さまのような方でしたら、もっとずっと大きなお幸せがご自分のものになったでしょう？　お金のことでは、借金などで大変だと、以前お聞きしました。私などにお使いにならなければ、それを全部お返しになっても、まだたくさんお手元に残って――」

「マリア。その話はやめましょう。言っても言っても、私の心がなかなかあなたに伝わらないということは、私にもわからないではないの。逆の立場だったら、私もそう考えるでしょうから——。でも、あなたの立場に立って物事を見る、なんて安易に言ってはいけないわね。あなたは私の想像を超える人ですもの。さあ、このお話はここまでにしましょう。いつか、あなたにわかってもらえるように、きちんとお話できる日が来ると思うのよ」

そしてサリーは大きく息を吸い込んだ。

「ああ、もうこれからは、辛いお別れなんかしなくてもいいんだわ。二度としなくていい。それは、なんて、なんてすばらしいことでしょう！」

そのあと真剣な表情になって、一番懸念していることを話した。

「ね、マリア。さっき大家さんがいらしたでしょう。大家さんだったからよかったけれど、もし知らない人だったら、私たち、危ないところだったわ。あなたにお部屋を見せることに夢中になってしまって、玄関の鍵を閉めずに奥の廊下へ入ってしまったんですもの。それで考えていたんだけれど、お金が少し貯まったら、なるべく早いうちに、ピストルを買いにバオシティまで行きましょう。男性がいない家には、ピストルが必要だわ。ここは警官のいる大きな都会ではないのだから」

「使い方をご存じなのでしょうか？」

「いいえ。触ったこともないの。でも、お店の人に教わって、練習するわ」

マリアは考えてみた。どんな状況でピストルを使うのか、ピストルを使えばその後どうなるのか、それはピストルでなければならないのか、などと。

夕食後、戸締まりを確かめて、ランプをそれぞれ手に持った。マリアの部屋の前でサリーが聞いた。

「お部屋のドアに鍵が必要かしら？　簡単な鍵ならすぐ付けられるのだけれど」

マリアは首を振った。

「窓に鍵があるので、外からは入ってこられません。十分です……お姉さま」

サリーはほほ笑み、マリアの口を通して言われる自分の呼び名をかみしめた。

二人は、おやすみなさい、を言い合い、長い一日が終わった。

眠りに落ちる前に、サリーはもう一度つぶやいた。

〈私は夢を——夢のマリアを、ついに手に入れたわ。私のものだわ。こんな幸せな人間がほかにいるかしら。いいえ、いないわ！〉

二

翌朝、サリーはたいそう早く起きたつもりだったが、カロイモを焼いたこうばしい香りが居間に漂い、布巾が外に干され、マリアが庭でしぶとい雑草の根と闘っているのを見た。

「あなたって、驚くほど早起きなのね」

サリーはドアと腰の両方に手を当てて、ほの明るい朝日の中のこのマリアの姿をレナに見せたら、天使のようね、とさぞかし感嘆するだろうと思うのだった。

朝食時にマリアが、自分を購入した莫大なお金をどのようにして工面できたのか、尋ねてきた。サリーは父の死にまつわる出来事をかいつまんで説明したが、保険という概念がマリアにはどうにも理解しがたく、話がピンとこないようだった。以前、祖父の保険が切れていたことを話したときと同じ目をしていた。

「文明社会が生み出したルールなのね。あなたの知らないルールがまだたくさんあるのよ。でも……何となく、あなたには教えたくないことばかり。特にお金のルールなんかは……」

自分でも変に思うのだが、発展した人間社会の込み入ったルールを、マリアの前に〈恥ずかしい〉と感じるのだ。まるで文明人を代表しているみたいに、自分がそう感じる。いったいなぜなんだろう？

「それより楽しいことを考えましょう。たぶん明日には、ＴＰＫという会社から大きな仕事が届くと思うの。だから今日はいち日、二人でお話しながら一緒に家の仕事をしましょう。まずは雑草抜きね。その前に大家さんの所へ行って、軍手と草刈り鎌を借りてきましょう。ついでにお野菜も少しいただいてきましょうか。かごを持っていくのを忘れないようにしなくては。

それからベンチも磨いて、なんとかお庭らしくしましょうね。夕方になったら、二人でレナにお手紙を書きましょう。きっとレナは喜ぶわ」

なんと幸せで、また忙しい暮らしがやってきたものだろう。朝のうちに小さな翻訳仕事を一つこなしたサリーは、生きる自信にあふれ、満たされて、楽しげだった。マリアはひたすら働くことで、幸せの償いをするかのように見えた。夕方、雑草の中からようやく全貌を現したベンチに、二人で座った。目の前に、深いわりには幅の狭い川が流れているのだが、両岸が雑草でおおわれているため川面は見えず、水の流れの音だけ聞こえていた。

「私の誕生日は十二月二十六日なの。今度二十八になるのよ。あなたのお誕生日はいつかわからないけれど、私と同じ日ということに決めましょうか。一緒にお祝いしましょう。あなたは十四になるのね。ちょうど私の半分の年だわ」

それからサリーは、聞きたいと思っていたことを聞いてみた。

「あなたは夢を見ることがあって？」

マリアがうなずいた。

「眠って見る夢以外の、どんな意味ででもいいのだけれど、自分で『夢』と呼んでいるもの。そんな夢を持っている？」

マリアは目を落とし、次第に下を向いてしまった。

「天国に行くことが私の夢でした。一つ一つ、夢が消えて……」

質問の仕方を間違ってしまった、とサリーは感じた。現実から離れた精神生活を持っているか、と聞けばよかった――そう考えた瞬間、聞かなくともマリアの答えが頭に浮かんだ。神、という……。

「ではね、マリア、小さな夢を一緒に見ましょう。レナが遊びに来たら、三人であの歌を完成させましょうよ。それから、時間を作って小さな森へも行ってみましょう。

ああ、夢がいっぱいだわ……早くあなたのことが書いてみたい。あなたのような魂の持ち主がいるということを、後世の人たちに伝えたい。それはきっと〈大人の童話〉みたいなお話になるでしょう。そして、絶対に終わりはハッピーエンドにするわ。だってあなたは――私、気が付いたんだけれど、あなたはリム族の王女様でもあるのよ、マリア。お父さまがリムの王子様の一人だったんですもの、もし天下がひっくり返って、この国をリム族が治めるようになったら、きっとカボチャの馬車があなたを迎えにやってきて――

あなたはこんな夢物語が嫌いかしら？　私は本当に、今すぐにでも書き始めたい気分なの。でも、たくさん働いて、暮らしに余裕が出来てからのお話。だから、ずいぶん先のことになるのだけれど――

そう、私の心の世界のことを知らないんですもの、いろいろお話しても、あなたには通じないかもしれないわね。ただ、私はいま夢の世界で生きているような気分なのよ。で、あなたはいま、どんなふうに感じているの？」

「とても幸せです。幸せの大きさに戸惑っています。夜、どこも痛い所がないままベッドに入れるなんて……。でも……」

「でも？　何？」

「こんな幸せが長く続くとは、私にはどうしても思えないんです」

「私があなたを守るわ、マリア。守ってみせるわ。最初の大きな仕事でまとまったお金が入ったら、すぐにピストルを買いに行きましょう」

「そうではなくて……お姉さまにお願いがあるんです」

そう言いながら、なかなか言い出さないので、サリーが当てた。

「なんとなくわかるわ。ミンダのことではない？」

マリアは大きく息を吸った。

「あの方は……立ち直れるでしょうか？　とても大丈夫とは思えません」

「ええ……」

ミンダを救うにはどうしたらいいか、サリーはあれこれ考え始めた。あたりが暗くなってきたので、二人は家の中に入り、レナ宛の手紙に、ミンダの様子を知らせてくれるよう書き足した。

大きな翻訳の仕事が届いた。サリーは、大量に書籍や書類の積み上げられた机に、終日向かいっぱなしになった。一方で、荒れた庭に少しずつかわいい花が植えられ、鉄製のベンチが磨かれて光り、居間に野花が飾られ、サリーのワンピースは新調したように鏝が当てられた。乏しい材料でミネル仕込みのおいしい料理がテーブルに並んだが、ときどきミネルにはなかった風味になるので、聞いてみると、木の実や野草を見つけてきて使っている、とマリアが言う。一人であまり遠くへ行ってはいけない、とサリーは注意した。

一週間に二度の割合で、二人で駅前の市場《いちば》まで買い物に出かけた。市場には二十以上のリヤカーや屋台が出て、豊富な野菜、みずみずしい果物、新鮮な肉、保存のきく乾物、缶詰、びん詰、日用品などが並んだ。サリーはコーヒーを探したが、そういう類いのものはなく、予算の中からカロイモ、米、オレンジ、豆、干し肉などをそれぞれ少しずつ買い、これで帰ろうとした。マリアがサリーを呼び止めた。そして、老婆の引く一番小さなリヤカーを指さして言った。

「あそこで子供のおもちゃを売っています。おもちゃのピストルを買っていただけないでしょうか？」

「まあ、そんなもので遊びたいの？　かわいらしいお人形さんもこっちにあるのに？」

そのあと爆竹も欲しがった。

「それでどうするの」

「なんとか思い出して、作ってみます」

辛うじてそのおもちゃは間に合い、大いに役立つ時が来た。その夜、サリーは一日中かかり切りで仕事をしたあと、夕食後に再びランプの明かりで机に向かっていた。布巾で食器を拭いていたマリアが、おかしな物音に気づいた。窓から外を見たマリアは、飛んでいってサリーのランプを消した。

「外に人が」

とささやいた後、暗がりの中、急いでドアの鍵や窓の鍵を確かめて回った。サリーは月明かりの外に目を向けて、見知らぬ男二人が木戸を開けて庭に入ってこようとしているのを見た。マリアはおもちゃのピストルを取りに行き、サリーはドアの横に立てかけておいた、まだ借りたままの草刈り鎌を抱え上げた。サリーはマリアと目を合わせ、マリアがうなずいたので、窓を一つ開けて威厳を持って言った。

「どなた？　何かご用でしょうか」

二人組の男は何も言わずに入り口までやってきて、ドアをガタガタさせた。マリアが、撃ちますとおっしゃってください、とサリーにささやいた。サリーは草刈り鎌を構えながら窓から大きな声を出した。

「正当防衛でピストルを使います！」

男達はそれを無視し、サリーが顔を見せる窓に突進してきた。途端に大きな銃声が、パーン、と鳴り渡った。びっくりした男達はたまらず両手を上げ、あわてふためいて逃げ出した。通りへと駆け去っていくのを確認してから、サリーは重い草刈り鎌を置き、窓を閉め、鍵をかけた。それから、大きな安堵の息を吐いた。

「どうかしましたか？」

草はらの向こうの隣人が〝ピストルの音〟を聞きつけて、木戸までやってきてくれた。


翻訳仕事の締め切りが迫り、週に二度の買い物は一度になり、サリーはテーブルで食事をする暇もないほど追われて、一日中仕事に没頭していた。そんな姿を心配したマリアは、落ち着かなくスペイン語の本を読んだり、英詩を暗唱したり、教科書を読み進めていたが、ある日、本箱に並んだ技術書を取り出して、読んでもいいかどうか、サリーに聞いた。

「ほかに読む本はたくさんあるでしょう。昨日出しておいた宿題はやり終えたの？」

サリーはペンを走らせながらチラと見て言ったものの、それどころではないらしく、マリアがちょっとねだると、難なくうなずいた。マリアは意気込んで読み始めたが、それは電話回線の技術書で、興味しんしんにというのではなく、読まなければいけないという決心から、かえって熱心に神経を集中して読んだ。家の中の仕事を、与えられた以上にこなしながら、マリアは窓側の自分の机に向かい、資料として翻訳会社が次々に送ってくる技術書を、ほとんど理解できないまま、項目や重要だと思われる単語だけでも、と記憶していった。それは、心を使わずにできる数学に似ていた。

あるとき、サリーが時間に追われて資料を調べる暇がなかったとき、何気なくつぶやいたひと言を頼りに、マリアが技術書をめくってその頁を出してみせたので、サリーはびっくりした。

「あなたの知性が人並み外れて優れていることはわかっていたけれど、なんて助かることかしら」

翻訳された原稿は、入念なチェックのあと印刷に回される。翻訳が遅れれば印刷が遅れ、工事着手の遅延、あるいは船積みしなければならないときには、それに間に合わない場合も起き得る。大部であればあるほど納期厳守が求められる。サリーは経験から、いちいち資料を調べなければならない取り掛かりよりも、あとへ行くほど訳すスピードがついてきてはかどることを知っているので、そのように最初スケジュールを立てたのだが、体や手の疲れから来る遅れを計算に入れていなかった。学校で夏休みにこなした仕事はこの半分以下の量だったので、わからなかったのだ。原稿がまとまり次第小まめに送って、計画どおり進んでいたのが、ここへ来てだいぶ遅れてきた。

とっくに出来上がっているマリアのブラウスを、取りにも行けないでいると、洋服屋から送られてきた。

「着てみてごらんなさい」

ペンを走らせながらマリアに言うと、マリアは包みを持って自分の部屋へ着替えに行った。

サリーの右手は、ペンを軽く握ってインクをつけ、力を入れずに滑らせるのだが、朝から夜まで書きっぱなしのせいか、痛いのを通り越し、しびれて感覚がなくなってきた。ペンを置いて左手で揉みほぐしていると、マリアが廊下の入り口に立った。クリーム色の地に赤いバラの花を散らした半袖のオーバーブラウスは、マリアの淡い小麦色の肌にしっくり合い、裁断の雑な麻服ではわからなかった、首から肩にかけてのなだらかな線、胸の愛らしいふくらみを表に表した。ブラウスの裾がやわらかくかかる細い腰、ショートパンツからまっすぐに伸びた脚——ブラウスのバラ模様にもかかわらず、マリアはりりしい少年のようにも見えた。

「なんてステキでしょう。とてもよく似合うわ。次にお金が貯まったら、ぜひスカートを作りましょう」

サリーは魅せられたように眺めていたが、マリアは別な所を気づかわしそうに見ていた。

「私がお揉みしましょうか？」

マリアに近寄ってこられて、サリーは自分のしていたことに気づき、両手を離して、大丈夫だと答えた。どうか見せてください、とマリアが言うので、右手を開いてみると、抜けるように色が白いために、ペンの当たる場所が赤く腫れあがっているのがすぐわかった。マリアがそこに触れようとしたため、サリーは引っ込めて、心配することはないからと言った。何やら考えていたマリアは、いいことを思いついたという表情になり、サリーが頭の中で訳してしゃべるのを、原稿に書き取らせてほしいと言い出した。

「そんなことさせないわ」

初めはそう言っていたサリーも、頼みに負けて、やらせてみることにした。マリアがうれしそうに部屋へ行こうとするので、

「どうしたの?」

と聞くと、着替えてくるのだと答える。

「ずっとそれを着ていていいのよ」

サリーは笑い、マリアは信じられないといった面持ちで戻ってきた。

納期までの昼も夜もない最後の四日間、マリアがやむなく日常の仕事をしている間だけサリーが自分でペンを取り、そのほかはサリーの言葉をマリアに書き取らせて、ようやく原稿が仕上がった。前日の便に間に合わず、田舎にいるから不便だと思われないように(早くバオ支社が出来てくれるといいのだが)、直接サリーが汽車でエレムへ出て届けることになった。

人が来ても家の中へ入れてはいけない、いつでも鍵を閉めておくように、何かあったら窓から逃げなさい、あなたの足に追いつける人はいないのだから、と何度も言い聞かせて、重い原稿を持って出かけていった。

マリアはこの四日間掃除らしい掃除をしなかったので、早速ほうきと雑巾を持って、家じゅうを掃き清めにかかった。

夕方、日が傾いてから庭に出て、花に水をやりながら、つくづく考えていた。覚悟していた

生活とはなんとかけ離れて、思ってもみなかった幸せに包まれて生きていることだろう。これは許されること？　こんなことが長く続くもの？　神様はくり返し私を諭してくださった。それらの言葉を忘れていない。人は皆それぞれに割り当てられた苦しみを背負って生きるのです、私のかわいい子よ。おまえにはおまえの割り当てがあり、苦しいときには、その苦しみを苦しいまま苦しむのです。おまえ以外にそんなことのできる人間はいません。それはおまえだけの道で、その道は天へとつながり、私のすぐそばまで来ることができるようにと続いています。そして、喜びが訪れたときにも、その陰で多くの人が悲嘆や苦悩の中にいることを忘れてはなりません。それを忘れておまえが、万一幸せなどというものに現《うつつ》を抜かすようなことでもあれば——

すぐ後ろで木戸の開く音がした。振り返ると、マーガレットが立っていた。

黒マント、長袖のシャツ、茶色のズボン、どれもヨレヨレで、髪はべとつき、黒い顔はやつれ、薄笑いした分厚い唇からは今にもよだれが垂れそうで、その横に頬の肉がひとかたまりぶら下がっていた。それでも、だらりと下ろした手には鞭があり、つり上がった目は気味悪く光っていた。

「捜したぜ、リミ。あいつはどこにいる？」

それは病人の声のように力なかった。

「留守なのか？」

マリアは後ずさりして家の中に入り、鍵をかけて窓を閉めた。

「ふーむ。それはいいところへ来たものだな」

マーガレットは実際に流れてきたよだれを拭い、難儀そうに足を運んで、一歩一歩家の入り口へ近づいていった。

「開けろ」

マリアが窓から覗いて、マーガレットを見つめたまま黙って動かないでいると、マーガレットは石ころを拾った。

「開けなければ、この家をぶっ壊してやる」

マリアが口を開く前に石が投げられた。窓ガラスが割れて、破片が部屋じゅうに飛び散った。

「乱暴なさらないでください」

石とガラスをよけて飛びのいたマリアは、窓へ戻ってきて必死に頼んだ。

「私の家ではありません。サリーお姉さまのです」

「何だと？」

マリアは辛そうにしていたが、勇気を持って言った。

「いまの私のご主人さまは、サリーお姉さまです。もうほかの方を、お姉さまとお呼びすることはできません」

マーガレットがもっと大ぶりの石を拾ってきて構えたので、マリアはあわててドアを開けて、外へ出て来た。

「よおし。こっちへ来い」

マーガレットは石を捨て、鞭を持ち直して、ゆっくりマリアに近づいた。鞭を振りかぶり、マリアめがけて勢いよく振り下ろしたが、マリアは巧みに軽い体をかわした。

「ご主人さまでない方の鞭は、お受けできません、マーガレットお嬢様。どうかおわかりになってください。私はサリーお姉さまのものなんです」

マリアの敏捷さを知っているマーガレットは、急に諦めたように鞭を下ろして、うむ、とうなずいた。

「確かにおまえは今、あいつのものだ。それはわかっておる」

マーガレットは声にしんみりしたものを込めて言った。

「だが、考えてみろ。おまえはおれのものだった。金を出して幼いおまえを買い、何年もかけて育ててやったのだ。それを国がタダで盗んでいきおった。盗んだものをあいつに売りやがったのだ。国には金が入り、あいつにはおまえが手に入った。盗まれたおれだけが、なぜ泣き寝入りをせねばならん」

マーガレットの訴えることはもっともだった。しかし、マリアにどうすることができただろう。

「お気持ちはよくわかります、お嬢様。でも、どうしようもありません」

「気持ちがわかるなら、聞け。おれはおまえに別れを告げにやって来たのだ。見てのとおり、おれはもう長くない。牢獄にいる間に、忌まわしい病魔に取り付かれた。医者が言うには、あとひと月持たぬそうだ。おまえに会うのは、これが最後になろう。おまえは昔の絶大な権力をおれに思い出させてくれる。あのころのおれは強じんだった。何百人の奴隷どもを、この鞭一本で動かしてきたのだぞ。おまえを見ると、昔に返ったようになつかしい。そういうことだ。おまえに別れのひと鞭をくれてやる。それでおれは終わりだ。二度とおまえに会いに来ることはない。わかったか。わかったら、ここへひざまずけ」

マリアの気持ちが動いている。目に見えてそれがわかるのだった。

「病人の願い事をきいてくれんのか。おまえはそんなに薄情だったか。一回だけだぞ。それとも、この家を壊して欲しいか?」

「本当に一回だけでしょうか? 一回でやめてくださるのでしょうか?」

「本当だとも。この弱った体がわからんか。もう体力も気力も、おれには残っておらぬ。おれのこの愛しい鞭にとっても、本当に最後のひと打ちになるだろう」

「これきり、ここへいらっしゃらないと約束してくださるなら――」

「来たくても、もう来れんよ」

マリアは決心した。

「着替えてきますから、ここで待っていらしてください」

「早くしろ」

と、マーガレットは言ったが、マリアが家の中に消えると、三秒と待たずにあとを追った。マリアが自分の部屋で袖なし服に着替え、まだ全部ボタンがはまらないうちに、マーガレットが入ってきた。

「外へ出ましょう、お嬢様――」

「ここで十分だ」

言うが早いか、鞭を打ち下ろした。マリアは床に転がり、うつ伏せになった。

「一回でやめてくださるでしょう?」

二回目が飛んできた。マーガレットの弱々しそうに見える体から推し量るよりずっと強い鞭の勢いに、マリアは逃れようとしたが、遅かった。怒り狂ったように鞭は勢いづき、マリアの背中に下り続けた。その激しさに、マリアはマーガレットの名を呼んだ。マーガレットは構わず打ち続け、自分の身を壊すばかりに力を込めた。

「やめて!」

後ろで声がした。

「やめてください! この子は私のものだわ。出ていってください!」

サリーは駆け寄り、マリアをかばって、マーガレットの目の前に立ちはだかった。マーガレットが一瞬グラッと退いた。そのあとマーガレットとサリーはどちらも憤り、一歩も譲らぬ目で睨み合った。

「何の権利があって、この子を打ちますの？　ガラスを割って、他人《ひと》のうちに入って、他人《ひと》の所有する子を鞭打って、法に触れないとお思いですの？」

「どけ。おれはそいつの承諾を得て、やっている」

「承諾を？」

「リミはおれの鞭を受けたがった。おれに打たれて死にたがっておるのだ」

「うそだわ。この子の主人は私です。私が許しません。今すぐここから出ていってください。でなければ、大声で人を呼びます」

「嘘つきはおまえのほうだ。金がないと言っておきながら、よくそいつを手に入れられたな。そんなずる賢い女だったとは。まんまと騙されたぞ」

「騙しはしません」

サリーはマーガレットを見据えたまま、後ろに倒れているマリアに呼びかけた。

「立ちなさい、マリア。立って、窓を開けて逃げなさい」

マリアはさっきから立とうとしているのだが、焼け付くような背中の痛みに、なかなか体を動かせないでいた。マーガレットが踏み出すのを、サリーがさえぎった。マーガレットは鞭を振り上げたが、そこにびくともせず、鞭も殴打も恐れない気迫の眼差しを見、自分の体力と考え比べて（体力さえあれば、サリーに手をかけたかもしれないが）、何もない床に鞭を空振りさせた。

「あなたはマリアを愛していらっしゃいますのね？」

サリーはマーガレットの黒い目に向かって言った。

「この子を、本当は抱きしめたいのでしょう？　ご自分でそれに気づかないか、気づいても照れがあってできないのです。だから、かわりに鞭をふるうのですわ。何かわけがあって、お寂しいのね。素直に愛を表現できなくなってしまわれたのね。相手を傷つけることによってしか、ご自分の愛を満たせなくなった……ご自分で傷つけることができない場合には、男の人に売ってまで傷つけようとする。あなたはかわいそうな方です。一度この子を抱きしめられたら、いかが？　明るい太陽の下で、私の見ている前で、思い切りこの子を抱きしめてあげてください。そうしたら、二度とこの子を鞭打ったり、傷つけたりすることはできなくなるでしょう」

マーガレットは目をギラギラさせ、馬のように鼻を鳴らし、とんでもない悪態が飛び出しそうな口の開け方をしたが、そこで止まった。結局ひと言も発さずに、ゆっくりと踵を返し、足を一歩一歩運んで、家から出ていった。サリーは後からついていき、外に出たところでドアを閉めて鍵をかけた。マーガレットは振り向くことなく、背中に怒りだけは表して、歩み去った。

部屋に戻ると、マリアはベッドの柱に寄りかかって立っていた。

「こんなことになってしまって、ごめんなさい」

「服を抜いで、ベッドに横になりなさい」

そう命じると、サリーは綿と消毒液を取りに行った。下着の留め金を外させ、赤く痛めつけられた背中の血をふき取りながら、傷のある個所を消毒していった。

「マーガレットお嬢様が石で窓を割ってしまわれたので、ガラスがお部屋じゅうに散らばってしまいました」

うつ伏せのままマリアが話すが、サリーは黙って手当てを続けた。

「少し休んでから片付けます。マーガレットお嬢様の腕の力は前ほどではなくても、とても強いので驚きました」

やはりサリーが黙っているので、マリアは背中よりも胸のほうが辛くなってきた。

「本当にごめんなさい、お姉さま。私が油断したんです」

「しゃべらないでいなさい」

「怒っていらっしゃるのでしょう？」

サリーは汚れた綿を捨てた。

「あの人に打たれるために、わざわざこの服に着替えに来たというわけ？」

マリアは指先を目の付近に当てた。

「あなたなら、いくらでも逃げられたはずだわ。もし逃げる意思があったのならば。それを、服を着替えてまで打たれたがったというのは、どういうわけなの？　わからないわ。私が来なかったら、どうなっていたと思うの？」

マリアの呼吸が乱れ、背中に響いて苦しそうだったので、サリーは追及をやめた。とにかく今は安静にさせなければならない。血がにじんでくる箇所を、また消毒液で押さえてやった。

「鞭打たせないなら、この家を壊してしまうとおっしゃったのです」

マリアが小さな声で弁解すると、サリーは感情を抑え切れずに言った。

「この家とあなたの体と、いったいどちらが大事だと思っているの？　家が壊れたら、修理すればいいことだわ。でも、あなたに万一のことがあったら、取り返しがつかない……あなたは私の命なの、マリア。あなたが自分の体を鞭にさらすということは、私の体も一緒にさらすのだということを、肝に銘じて覚えておきなさい」

マリアは顔を伏せたまま、わかりました、と言った。サリーはマリアの足元に毛布をかけ、消毒液に蓋をし、床に落ちている袖なし服を拾った。そして、イエスかノーかを求めて、穏やかに質問した。

「あなたは、あの人を愛しているの？」

マリアの頭が枕の上で横に振られた。

「自分の胸によく尋ねてごらんなさい」

「愛していません。お姉さまのようには決して」

「私のようには？　では、どのように愛しているの？」

「ああ、お姉さま、信じてください」

マリアは体を起こそうとしたが、背中にひびいて起こせなかった。顔を横に向けて、折りたたんだ腕の中に入れた。

「マーガレットお嬢様と私の間に、愛なんかありません。あるのは、長い年月おそばにお仕えしたという、主従の信頼関係だけです」

「信頼関係は一種の愛だわ。少なくともあの人のほうは、あなたを愛しているわ」

「マーガレットお嬢様がさっき何もおっしゃらずに出ていかれたのは、愛を認めたからではなくて、口もきけないほどお怒りになったからです。男の人に身を売らせることも愛だなんて、私にはわかりません」

「愛でなくて、どんな理由であなたを追いかけ回すの？　あの人は、とてつもなく深くあなたを愛しているわ。その気持ちはよくわかる……愛するやり方は異常だけれど、気持ちはとてもよくわかる……だから、どうしようもなく辛いわ。でも、あなたを共有することなんか、絶対にできない。そんなこと……」

マリアを振り返った。

「で、あなたはあの人の要求に応じて、服を着替えてまで体を打たせている。それはいったいなぜ？　……こんなこと、理解できないわ」

サリーは神経を苛立たせ、持っていた袖なし服をベッドの足元に投げた。

「あの人にここを知られてしまった。どうして？　どうしてここがわかったの？　いつ刑務所から出てきたのかしら。もう二度とあなたを一人にしないわ。いつまたやってくるか知れない。マリア、もう決して鞭を受けない、と約束しなさい。あの人に出会ったら必ず逃げる、と約束して、マリア」

自分の腕の中に顔をうずめたまま、マリアはしっかりうなずいた。サリーは不安そうに窓の鍵を確かめてカーテンを引いた。そしてもう一度力を込めて言った。

「二度とあなたを一人にしないわ」

三

その後しばらくサリーは神経質だった。

「マリア！」

寝室にも居間にも炊事場にもおらず、庭を見渡してもマリアの姿を見つけられなかったとき、サリーは動揺して叫んだ。洗濯物を抱えて川から上がってくるマリアが見えると、柱に手をついて体を支えた。

「マリア、よく聞いて。いつも私の目が届く所にいてほしいの。姿が見えない所に行くときには、いちいち私に断ってから行動して」

割れた窓ガラスが修理された。マリアは背中が回復し、元気に働けるようになった。いつも自分の上にやさしい視線があり、振り向くとあたたかいほほ笑みや、愛あふれる仕草に出会う。マリアは大事にされ、いつくしみ守られるのを体全体で感じていた。

「これでは、愛されていると、本当に信じてしまいます」

いまごろわかったの？　というようにサリーの口元が横に広がった。

「いつか、お姉さまにお願いがあることを、お話しかけました」

「ええ、そうね。でも、何だったかしら」

マリアは机の上の本から目を上げたが、また目を伏せて言い出しにくそうだった。辛抱強く待っていると、話し出した。

「私の心の中に、一つの夢が大きく育ってしまいました」

そして顔を上げて、続けた。

「お姉さまがいつかご結婚なさるとき——私をメードとして一緒に連れていっていただけないでしょうか？　そして、ずっとおそばに置いていただけないでしょうか？　心を込めてお姉さまのために働きたい……一生お姉さまにお仕えしていたいんです。いまはもう……お姉さまのために、お姉さまのお近くで、生きていきたい……」

サリーはすぐに返事をすることができなかった。最後の言葉には心を動かされたが、それにしても、あれも言いたい、これも言いたいと思うことが頭にドッと押し寄せたため、ここはひとまず簡単に、ひと言だけ言って済ませることにした。

「わかったわ」

いずれ、かみ砕いて言い聞かせることにしよう。


郵便屋が三通の手紙と、箱を一つ届けに来た。一通はフローラからだった。スーザンから話を聞いた、すぐに会いに行きたい、話したいことがいっぱい、という内容だった。もう一通はレナからの長い手紙だった。


『大好きなサリー先生。

初めてのお手紙をいただいて、うれしくて胸が破裂しそうでした。それが月曜日にうちに届いたというのに、私が手にしたのは金曜日の夕方なんですもの。誰にも当たれなくて、大急ぎで階段を上ったらピピのしっぽを踏んでしまいました。おかげで私も転んで、足をいやというほど角にぶつけたの。自分の部屋に閉じこもって、お手紙を一度胸に固く抱きしめてから封を切りました。拝見するうちに、幸せそうなマリアの様子が目に浮かんできて、胸が熱くなりました。サリー先生でなければ、マリアをそんなに幸せにできなかったと、心から思います。

サリー先生のいらっしゃらない教室は、どこかタガが外れたようになっています。ナシータが自分の席の床に丸い穴を開けてしまったの。遅刻したときにはそこから入ってくるんですって。でも、それにしては小さ過ぎると思うんだけれど。

ネッティは別の学校の男の子と文通を始めたらしくて、手紙を私たちに見せびらかしたの。チカノラがそれを取り上げて、丸めて投げたの。そうしたら、高い天井のささくれみたいなものに引っかかってしまって、今もそこにくっついたままなの。新しい担任のワグロマ先生は、そんなことにはちっともお気づきになりません。黒目がしょっちゅうキョトキョト動いて、まるで昆虫みたいなの。授業中あの先生に向かって、あかんべえ、をしたとしても、先生はたまたま目にゴミが入ったとか、今夜のおかずをどうしたら体裁よくおかわりできるか考えていたとか、けさコーヒーを飲み過ぎてちょうど胃がキリキリ痛んだところだとか、何しろそんな理由がわんさかあって、全然見つからないに違いありません。そうかと思うと、ちょっとまばたきしただけなのに、居眠りしていたのでしょう、と勘ぐられて廊下に立たされてしまうの。皆ワグロマ先生に不満です。というより、もうわかってしまって、あの先生には誰も何も期待しません。

サリー先生。先生とマリアが行ってしまわれたあと、ミンダは病気になりました。ミネルやウィバやミス・シーズに交代で付き添われて部屋で寝ていましたが、次の日にお父様がいらして、うちへ連れて帰られました。二週間たっても学校に戻ってこなかったので、私お見舞いに行ったの。花や果物やお人形、きれいなお洋服からバイオリンまで、楽しいものにいっぱい囲まれて、ミンダはベッドの上に寝転がっていました。毛布の上に足を投げ出して、馬鹿のように口を開けて、とろんとした目をしているの。痩せて小さくなって、赤い顔をして、私を見てもちっとも喜びません。

「どこか具合が悪いの？　ミンダ。私が助けてあげられることはない？　みんな心配しているのよ。早く元気になって学校へ出てきて、ミンダ」

何を聞いても、何を言っても、返事をしません。帰りにメードさんに聞くと、微熱がずっと下がらなくて、食欲もなく、体が弱っていくばかりなのに、お医者様は、どこも悪くない、と言っているんだそうです。ミンダのお父様はしばらく会社を休んで、ミンダのために手を尽くしたそうですが、ミンダがあんまり我がままなので、そのうちまた会社へ行き始めたそうです。会社から帰ると必ず、お土産を持ってミンダの部屋へ行くんですって。でも、あれからだいぶ経ちますが、ミンダはまだ学校に戻ってきません。

足のお悪い校長先生が先日お見舞いに行かれましたが、ミンダの両腕とも注射で腫れ上がっていて、眠っているんだか、起きているんだかわからない半目をして、揺さぶっても何しても、少しも反応を示さなかったそうです。ミンダはどうなっていくのかしら、サリー先生。まさか死んじゃうんじゃないでしょうね。

ノゼッタがミネルをたいそう怒らせました。ノゼッタは、自分はただ、

「孫恋しのタオルが乾いたよ」

と、言っただけだと言っています。でも、ミネルのおへそは今も曲がっていて、ノゼッタに全

然口をきかないそうなの。

近ごろ、ときどきエヌア先生のお部屋へ内緒で呼ばれて、音楽の個人指導を受けています。でも私は、どちらかと言えばウーレントン先生のほうがまだ好きです。ポージやジャネスはエヌア先生を褒め称えているけれど、どうしてなのか、なんとなく私って、すっきりした気分でエヌア先生のお部屋から出たことがないの。

私がお知らせできることといえば、このくらいです。サリー先生、ぜひアナリサンラへ遊びに行かせてください。もしいいとおっしゃってくださるなら、再来週の土曜日にお伺いしたいの。来週末にはピアノのレッスンが入っていて、そのあと家族でエレムへ出て、映画を見たり、ホテルで夕食をとったりする予定なの。ああ、先生とマリアに早くお会いしたくて、気が狂いそうです。

心を込めて、レナ』

サリーはフローラ宛に、ごく簡単にこれまでのことを説明し、次の翻訳仕事が来週の金曜日に届くので、その前の木曜日か、あるいは仕事が一段落する一週間後に訪ねていらっしゃい、ただし御主人を連れて来ないで、あなた一人で来て、と返事を書いた。レナには、再来週の土曜日を楽しみにしているわ、と書き、マリアに追伸を書かせた。

『レナ。どうかミンダに伝えて差し上げてください。ここへいらして、サリー先生にお会いになってください、と。その日には私は自分の部屋に閉じこもって出ていきませんから、一日サリー先生を独占なさってください、と、お願いですから、一刻も早く言って差し上げてくださいい。どうか、ぜひ早く……

マリア』

サリーは最後にミンダに宛てて書いた。私に会いにアナリサンラへいらっしゃい、遠くにいてもあなたのことはいつも考えて、幸せになるように祈っている、寂しいときにはいつでも私に手紙を書きなさい、私も必ず返事を書くから、元気になって早く学校に戻らなくてはいけない、しっかり生きていってほしい、私は大好きなあなたのことを見捨てたりしない――

三通目は、翻訳などを手掛ける会社ＴＰＫのバオ支社設立と、その親会社である製作所のバオ支店設立の合同祝賀パーティの招待状で、出欠席の返信用封筒が添えてあった。今後末長くそこから仕事をもらおうとすれば、顔を出して、少しでも印象を良くしておくに越したことはない。

昼食の準備にかかろうとするマリアを引き止めて、洋服屋から届いた箱を一緒に開けた。大仕事が終わってまとまった金額が入ったといっても、できるだけ多く借金を返し、少しは貯金もしなければならず、マリアに読ませる本も買いたい、などで無駄遣いはできなかったが、スカートは早く作ってやりたかった。生地も決めてあり、寸法もわかっていたので、市場へ出たときに支払いを済ませてきたのだ。箱の中から、ブラウスの地の色と同じクリーム色のプリーツスカートが出てきた。

「あなたはもう子供ではないのだから、脚を見せてはいけないのよ。着替えていらっしゃい」

戸惑うマリアに言い、スカートを箱ごと持って行かせた。設立パーティにマリアを連れていかねばならず、スカートが間に合ってよかったと思った。だがその考えは、着替えてきたマリアを見て、ひっくり返った。

「王子様がさらっていってしまいそうな女の子になってしまったわ、マリア」そう感嘆しながら、不安が頭をよぎった。「でも、待って……やはり設立パーティにはショートパンツで行きましょうか。そのスカートではかわいらし過ぎて、男の人達が寄ってたかってあなたを構いに来るでしょうから。ショートパンツはあなたのきれいな脚を見せてしまうけれど、全体に子供っぽく見えて、ちょっと男の子のようですもの」

「私もご一緒するのでしょうか？」

「もちろんよ。この家に一人置いていったりしないわ」

「私のような者がいては、せっかくの華やいだ雰囲気が台無しになってしまうでしょう？」

「逆だわ、マリア。若い男の人達はきっとあなたを放っておかないと思うわ」

マリアがうなだれるのを見て、パーティの場面がサリーの目に浮かんでしまった。誰かがマリアに話しかけ、マリアは何も言えずに立ちすくみ、話しかけた者が激怒する、そんなシーンが、さぞかし次々に繰り広げられることだろう。いったいどうしたものか。

その週の木曜日にフローラが貸し馬車でやってきた。サリーは庭へ出て迎えた。二人は抱き合い、連絡を取らなくてごめんなさい、私が悪かったわ、と互いに言い合うのだった。

以前からのそばかすがさらに目立ち、ふくよかな胴体がもうひと回り太くなり、ぽってりした手には指輪が食い込んでいるといった、いかにも材木屋の女将という風情のフローラが長椅子に腰かけた。

「どうしてあなたって、そういつまでもほっそりしたままでいられるの？　サリー」

サリーは紅茶を運んできたマリアを紹介した。

「これがあなたのマリアですって？　なんてかわいい子でしょう」

フローラは感嘆するだけでおさまらず、そばへ行って顔がよく見えるように、両ひざに両手をつっかえ棒して身を屈めた。

「本当に夢の国から抜け出してきたみたいだわ。あなたが、サリーの〈夢のマリア〉なのね？」

マリアは熱い紅茶を乗せた盆を持ったまま、立ち往生してしまった。

「変に話しかけてはいやよ、フローラ」

「だって、食べてしまいたいようにかわいいんですもの。こっちへ来て一緒に座りましょう、マリアちゃん」

肩に手を回されようとしたため、マリアはやわらかく足をずらして、盆をサリーの所へ持っていった。

「マリアちゃんと呼ぶ年齢ではないのよ、フローラ。もうすぐ十四だわ」

マリアを追いかけてきたフローラは、サリーが紅茶を受け取って並べたので、身を屈めて、空いたマリアの手を取った。

「もう十四になるの？　あたし、あなたのことを前から知っているのよ」

マリアは手をもてあそばれながら、目を落とした。フローラはたわいのないことを話しかけて気を引こうと骨折ったが、やがてサリーに助けを求めた。

「あたし、嫌われてしまったのかしら？」

「手を離してあげて、フローラ。マリアに口をきいてもらいたかったら、一週間ほど通わなければだめよ。卵売りの男の子にも、やっとこのごろ慣れてきたというぐらいですもの。それでもまだ早く慣れたほうだわ。解放された黒い男の子で、とても気のいい優しい子なの。だからマリアも、ほかの人よりは話しやすかったんじゃないかしら」

手を離されると、マリアはサリーの後ろへ、それから徐々に炊事場へと逃げていった。

「恥ずかしがり屋さんなのね。でも、十四にもなるというのに、ちゃんと口がきけなかったら、これから困ることが多いでしょうに。あなたがちゃんと教育してあげなければね、サリー」

「いいえ。やたらに口を開かないというのは、一番弱い立場にある人の自己防衛の本能だと、私、思うの。唯一そのことで、マリアは精いっぱい自分を守っているんだと思うわ。それを取り上げて、無理やり直させたりしない。あのままでいい、って思うようになったの。私がいつもそばについているんですもの、困ることのないように私がしてあげるわ。

そしてね、フローラ、一緒に生活してみて、いろいろ感じることがあるのよ。一つは、マリアの瞳の力だわ。そこから人はマリアの魂をかいま見てしまって、心を打たれたり、惹かれたりするのじゃないかしら。マリア自身、自分の瞳が放つ小さな光のとてつもない力を、ほとんど本能的に、と言っていいかどうか、知っているような気がするの。だから普段は、あまりまともに人を見ないようにしているのかしら、って思うのよ。こちらでいろいろなふうに考えてみるの。マリアに直接聞いても、自分ではちっともわからないようなんですもの」

フローラがしきりに目配せをしていた。炊事場のほうを指さして、

〈マリアが聞いているんじゃない？〉

と、声を出さずに唇を動かしている。それを理解して、サリーは笑った。

「いいのよ、フローラ。マリアの前で、私は心を裸にしていられるの。隠すことは何もないわ。それでどうこうという、マリアはそんなちっぽけな人間ではないもの。私がいくらほめ称えて

も、それを誇らしく思うどころか、ただ私の激しい思い込みだと考えるだけのようなの。カボチャの馬車がお迎えに来るかも、と話したときにも、顔色ひとつ変えないし、カボチャなんかに興味もなさそうだったわ。

私思うんだけど、マリアは《自分の原点》というようなものを持っているんだわ。いつもその原点に立っているの」

「原点？」

「うまく言えないけれど、たとえば、自由に取っていいお金が上からばらまかれたとしたら、みんな我を忘れて血眼になって取り合うでしょう？　でもマリアは取りに行ったりしないわ。お金でなく、栄誉が上から降ってきたら？　幸運が降ってきたら？　いいえ、マリアは行かない。自分の原点を見失うことがないの。そこにしっかり立っていて、ぐらつくことがないのよ。私にはそれがわかるの。たった十三歳なのに、驚きだわ。私は天使と一緒に暮らしているのかしら、って本当に思ってしまうわ」

フローラは興味津々に目を輝かせ、これまでのいきさつを詳しく聞かせてほしい、とせがんだ。だがサリーは、いつかね、とはぐらかした。

「そのお話は、年を取っておばあさんになったときの暇つぶしに、取っておくことにしましょう。一日かかっても終わらないほど、長いお話になるんですもの。それよりあなたのほうこそ、あれからチャーリーと何がどうなって結婚したのか、ぜひ聞かせてほしいわ」

チャーリーとのこと、今二人のベビーシッターに面倒を見させている三人の子供たち、そして育児や材木業や夫婦関係の話をするフローラの口は、溝のつながったレコード盤のように止まらなくなった。やっと止まったかと思うと、出し抜けに切り出した。

「思い出した。忘れるところだったわ。実はね、サリー、あなたに縁談を持ってきたの」

サリーは顔を背けて、やめて、という短いため息をついた。

「いやがらずに聞いて、生まれがとってもいいの。イギリスのある名家の——」

「フローラ。私はいま幸せのさなかにいるの。満たされて、何の不満もない、至福の時を毎日過ごしているの。今のこの状況を壊さないでほしいわ」

「でも、誰だって、ほら、結婚によってしか叶えられない欲望って、持っているでしょう。マリアだって、これから思春期に向かっていくわけよね。そんな少女を抱えてしまって、あなたは将来、とっても苦労すると思うわ。マリアが結婚したあと、自分が独りぼっちになったことに突然気づくのよ。それは目に見えてわかっていることだわ。二十七歳、今のうちよ、サリー。これが最後かもしれない。何しろとってもいいお話なんだから。会うだけでも会ってみない?」

一つだけマリアに聞かせたくないことがあると言えば、この話題だ。

「マリア」

サリーが呼ぶと、すぐ横の炊事場からマリアが半分だけ体を出した。

「自分のお部屋に行ってなさい。教科書とノートを持っていっていいわ」

マリアが居間を通って廊下へ出ていくのを待ってから、サリーはフローラに顔を向けた。

「お願いだから、やめて。私には私なりの、幸せになるなり方というのがあるの。欲望って、あまりにも本能的なものだから、人は自分の欲望こそが最も一般的、常識的、平均的、普遍的なものだと思ってしまうんだわ。専門用語はよく知らないけれど、なんとかホルモンというものが多い人と、少ない人とでは、お互いに絶対に理解し合えないものなのね。『かまととぶって』と片方が非難すれば、『淫乱女』ともう片方が応酬する。両方とも頭から自分が正しいと思っているの。妥協する余地はどこにもないわ。でも、私は思うのよ、歴史で学ぶあぁした奔放な女性たちも、一方、イエスキリストと結婚した女性たちも、どちらもそれぞれに、とても幸せだったのじゃないかしらって」

「よく意味がわからないんだけど」

「私はいまとっても幸せなの、フローラ。それはわかるでしょう？　どうしたらマリアが将来幸せになれるのか、これから私が責任を持って考えていきたい、これも私のいまの幸せのうちなの。マリアのことを考えていられる、マリアの幸せに携わっていける、このことがあるなら、私の命がそこで終わってしまっても、何の悔いもない――」

「やっぱり、わからないわ」

金曜の朝、ＴＰＫから膨大な資料とともに次の仕事が届いた。腕が認められ、信用されて仕事が増えるというのは、うれしいものである。前回失敗したので、今度はマリアの手を借りずに済むよう、サリーはより綿密に仕事のスケジュールを組んだ。

さっそく机に向かって仕事にとりかかると、家の前を一旦通り過ぎて折り返し、去ってはまた戻ってくる、という騒々しい貸し馬車があった。そうやって三度も往復したのち、とうとう木戸の真ん前で止まると、中から骸骨のようにやせ細った少女が一人、あたりを見回しながら危なっかしい足取りで降り立った。窓から覗いたサリーは、

「ミンダ！」

と、叫んでドアから出ていった。サリーを目にすると、頬っぺたがへこむぐらいにげっそりやつれたミンダの顔が、たちまち赤くなり、しわくちゃになって、目からはドッと涙があふれ出た。そして、捕まっていた木戸を揺さぶってもがくのだが、その簡単な軽い横木を押し開ける力もないほど弱って、体が前後左右に揺れるのだった。サリーは駆け寄って木戸を開け、すがりつくミンダの腕や背中をさすった。

「ああ、ミンダ。こんなに痩せてしまって、だめじゃないの——どうしたの。熱があるわ。全くしょうのない甘えん坊ね」

泣きじゃくるミンダを家の中に入れ、長椅子に寝かせようとすると、その弱々しい力を出し切って抱きついてこようとするので、一緒に長椅子に座った。

「熱いミルクを入れてくださらない、マリア」

マリアと聞いて、ミンダの体がビクンと震えた。

「マリアなんか大っ嫌いだ！」

マリアの後ろ姿を見て、ヒステリーを起こしそうにヒクヒクし始めた。落ち着かせようと、サリーは抱きしめてやるが、ますます興奮して口走り、衰弱している心臓がどうかなるのではないかと思われた。よくもずうずうしく先生と二人で暮らしてなんかいて――もう絶対、許してやらない、許してやるもんか――なんてイヤな奴だろう――その服をはぎ取って、鞭で引っぱたいて、外へおっぽり出してやっても、まだ足りない。ああ、八つ裂きにしてやれたら、どんなにせいせいするだろう――

サリーはミンダの顔を自分のほうへ向けさせた。

「いいかげんになさい。それ以上言うなら――」

「言うなら、何？　あたしを外へおっぽり出す？　なんでマリアと一緒に住んだりするの？　こんなひどいえこひいきなんて、見たことないわ。なんであたしを捨てたのか、答えてよ、先生」

「あなたを捨てたわけじゃないわ、ミンダ。どう言ったらいいのかしら。あなたに説明しても、わかってもらえそうにない。ただ、ごめんなさい、と言うだけ。私を許してほしいの」

「許さないわ！」

しわがれた痛々しい叫び声は、ミンダのやせ衰えた体にへばりついている命を、終わりにしてしまうかのようだった。サリーはミンダの背中をやさしくさすり、いい子だからもうしゃべってはいけない、とささやいた。人を想うあまりの嫉妬という感情は、痛いほどよくわかる。

「あたし、二度と先生から離れない。ずっと一緒にここに住む。マリアなんか、追ん出してやる」

マリアが盆に乗せて熱いミルクを運んできた。サリーは、あまりこちらに近づかないようにと目配せして、部屋から毛布を取ってくるように、ミンダの背中に回した手を動かして伝えた。

「あたしの部屋は広くなくていいの、先生。毎日《まいち》先生に教われば、学校にも行かなくていいし、こうしていつも先生と一緒にいたら、すぐ元気もりもりになるわ」

「本当に困った駄々っ子なのね。でも、いいわ。元気になるまで、しばらくここにいらっしゃい」

「しばらくじゃイヤ。ずっとよ、先生。ずっと、ずうーっとここにいるの。ここがあたしのおうちなの」

「あなたのお父様はどうするの？」

「あたしに会いたければ、パパがときどきここへ通って来ればいいわ」

「あなたがここにいるって、お父様はご存じなの？　まさか黙って出てきたんじゃないでしょうね」

「黙って出てきたの。だって、パパに言えば、だめだ、って止めるに決まってるんだもの」

「それは、ミンダ、いけないことをしたわ。いまごろとても心配なさっていらっしゃるわよ。どうしましょう。それでなくても、私はあなたのお父様によく思われていないのに」

毛布を持ってきたマリアに、「机の上からペンと紙を取ってきて」とささやいた。

「あんたのせいでこんなことになって、いったいどうしてくれるのよ！」

サリーはあわてて毛布でミンダの顔を覆い隠すようにしたが、そこからはみ出ている恐ろしい目をチラッと見てしまったマリアは、ペンと紙を取ってきた後、胸を痛めながら自分の部屋へ引き上げていった。

「マリアを呪い殺してやる。その目をえぐり取って、手足をもぎ取って、それから顔に火を押し付けてやる」

いまにもその言葉どおりのことをしそうなくらい、不気味な力がこもり、両眼が赤く燃えていた。

「なんてことを言うの」

サリーは身ぶるいして、ミンダを頭ごと毛布でくるみ、長椅子に横たえようとした。いやいやいや、と騒ぐので、仕方なく片手でミンダを抱いたままペンを取った。何を書くのかとミンダが聞くので、お父様に連絡するのだ、と言うと、毛布の中でジタバタもがき、だめよだめよ、と紙をひったくろうとした。サリーはしようがなくマリアを呼んだ。紙とペンを渡し、ミンダを預かっていることをそこに書いて、まもなく来る卵売りの男の子に、駅へ行って電報を打つように頼んでほしい、と言った。パパに知られたらすぐ連れ戻されてしまう、とミンダは泣きわめいて、マリアのばかばか、と蹴とばす力もない足でじだんだ踏んだ。

「そんなにお父様を心配させたいの？　とてもあなたを愛しているお父様を」

サリーはミンダを毛布で包み直して、いやがるのを無理やり長椅子に横たわらせ、ひざまずいて上から押さえつけるように抱いてやった。耳も目も頰も鼻もサクランボのように赤くて、熱が高くなってきたようだ。ああ、憎らしい、憎らしい、と言い続けるのを、骨だらけの細い腕をさすったり、汗に濡れた額の縮れ毛をかき上げてやっていると、いつしか目をつむって静かになった。このまま眠ってくれるといいがと思っていたが、卵売りの男の子が来て、マリアの開けたドアの音で目を覚ました。

「ね？　簡単なことでしょう？」ミンダはうわごとのようにしゃべり始めた。「マリアをお払い箱にして、かわりにあたしがここに住めばいいだけなんだもの」

また興奮させるのを恐れてサリーは返事をせず、ほどよく冷めたミルクを取り上げた。

「そうしたら、いままでマリアにやさしくしてあげた分、あたしにやさしくしてね、先生。朝から晩までこうして抱いていてね」

「マリアをこんなふうに抱いていてあげたことは一度もないのよ、ミンダ。私は忙しくて、本当はこうしている暇もないぐらいなの。だから、あなたが一緒にここに住むようになっても、お話だって、聞いてあげられるかどうか——さあ、少しミルクを飲んで力をつけなければいけないわ」

「いやよ、そんなの。先生はいつだってマリアばっかりかわいがって——全くあの子ったら、いいご身分だわ。いや、ミルクなんか飲みたくない」

サリーはミルクをテーブルに置いた。

「ここでマリアが何をしているか知っているの？　夜明け前に起きて、お掃除、お洗濯、お料理、洗いもの、庭仕事、ガラス磨き、鍋当て、その忙しい合間をぬってやっと勉強ができて、それでも私の仕事が間に合わないときには手伝わなければならないの。思い通りにならないと言ってはベッドで寝ているお怠《なま》さんのあなたに、これだけのことがこなせて？」

「そんなの、メードを雇ってやらせればいいわ」

「私はお金持ちではないのよ、ミンダ。メードを雇うお金なんて、ないの」

「じゃ、なんでマリアを買ったりできたの？」

サリーはやさしくミンダの口を手でふさぐようにした。その指の間からミンダが言った。

「本当は先生がマリアに誘惑されたんでしょう？」

「いいえ、ミンダ。私が強引にマリアを連れてきてしまったの。マリアには選ぶ権利さえなかったわ」

「あたしを強引に連れてきてくだされればよかったのに」

「あなたにはおうちもあるし、お父様もいらっしゃるでしょう。マリアには何もないの。私が引き取らなければ、あの怖い人に買われるところだったのよ」

「そうなればよかったんだわ」

サリーはため息をついて、ミンダから手を滑らせた。

「お墓の中のお母様があなたのそんな姿を見て、どんなに悲しがっていらっしゃるか知れないわ。それがあなたにはわからないのね。困った子だわ。何でも食べて、元気になって、早く学校に戻らなければ」

「サリー先生のいない学校へなんか、行かない」

「あなたがそんなに我がままだと、今まであなたのお母様がわりをして甘やかしてきたことを、私、後悔しなければならないわ」

「だって、先生がいなくちゃ、あたし生きていけないんだもの」

「大袈裟に考えないのよ、ミンダ。私がいなくても、あなたはちゃんと生きていけるわ」

ミンダの言葉がそのまま、自分の中にすんなり入ってこないのはなぜだろうか。こちらの気持ちがあるから？　答えが出せないままサリーは続けた。

「子供はみんな乳離れをしていくの。お母様が急に亡くなられて、あなたがあまり悲しがっていたので、私がちょっとの間離乳食になってあげていたのだけれど、もう巣立たなくてはいけないわ」

「じゃ、マリアはどうなの？　マリアだけ巣立たなくてもいいの？」

「マリアは小さいころから独り立ちしているのよ。マリアは甘えん坊ではないの。あなたにとって私は母親代わりだけれども、マリアにとってはそうではないの」

「じゃ、何なの？　やっぱりみんなが言うように、先生とマリアは〈いい仲〉なの？」

サリーはうめいた。

「私とマリアは姉と妹のような間柄なの。私に知識がなかったばっかりに（細かいことは抜きにして）、一時はマリアを傷つけてしまいそうになったけれど、いまはもう大丈夫だわ。私たちはいずれ本当の姉妹になるの」

「なんであたしと先生は姉妹になれないの？」

「『姉妹みたい』になることは、できると思うわ。それではこうしましょう。熱が下がって元気になったら、いつでもここへ遊びにいらっしゃい。お話をしたり、勉強したりしましょう。私が忙しいときには──お手紙をくださってもいいし、本を貸してあげてもいいわ」

ミンダはそれでは不服そうで、何か考え事をしていたが、やがて尋ねた。

「先生は、マリアを愛しているの？」

サリーは少しためらったが、正直に答えた。

「ええ、愛しているわ」

「あたしのことは愛してる？」

「大好きよ。あなたは心が純粋ですもの」

「愛してるか、って聞いてるの。あたしを愛してる？」

「愛して？　ある意味では愛しているわ、ミンダ」

「マリアよりもあたしを愛している？」

「それは……」

サリーは言えなかった。ミンダは身をくねらせて泣き出した。

「そんな比較は、するものじゃないのよ。……泣きなさい。それは、いつか癒える悲しみだわ」

だが、むせび泣きは次第に激しくなり、しまいに呼吸困難にまで陥っていくので、スカートや肌着のきついホックを外してやり、背中をさすった。熱がかなり上がってきているようだった。サリーは自分の部屋へ行って、この町の医者の所番地を書いたメモを探した。そんなわずかな間にも、ミンダが死ぬほどの声を張り上げて呼んでいる。急いで引き返してくると、毛布を下に落とし、テーブルのミルクをこぼして、狂ったようなひきつけを起こしていた。どうにかして落ち着かせようと、体を起こして座らせ、赤ん坊をあやすように歌を歌ったり、大好きな私のいい子、とくり返しささやいたりしていると、ちょうどいいときに燃料の缶を取り替えに人が来た。部屋から出てきたマリアに、彼を引き止めるよう頼んだ。やってきた彼に燃料代より余計にお金を渡して、急病人が出たので町医者を呼んできてくれるように言うと、彼は快く引き受けてくれた。そのあと、マリアがひそひそ声でサリーに報告した。

「さっきの卵売りの方に、電報では間に合わないと思ったので、同じ内容の電話をかけてもらうように言いました。ですからお父様も、午後にはこちらに駆けつけていらっしゃるかと――」

ぐったりしてしまったミンダを再び長椅子に寝かせようとすると、目を覚ましてサリーにしがみついてきた。

「しっかりあたしを抱いていて、先生。あたしには力がないの。だから、先生が力を込めてくださらないと、ほどけてしまう。せっかくの呪文がとけてしまうわ」

意識が朦朧としているらしい。サリーは言われるとおりに力を込めてやり、やがて脈の速い寝息が聞こえてくるまで、長いこと腕に抱いていてやった。そっと長椅子に横たわらせ、マリアの絞ってきた冷たいタオルを額に当てて、毛布で体を包んだ。

「こんなふうになっては、予備のベッドを用意しなければならないわ。お医者様に診ていただいても、二、三日はこの家で絶対安静でしょうから。マリア、野菜スープを作ってくださない。少しでも水分と栄養を取らせなければ」

二人は忍び足で動き、ベッドやスープの準備に追われた。そこへ、ピカピカに磨き上げられた馬車が、道端の老婆を轢き殺しかねない勢いでやってきて、木戸の前に止まった。

「お医者様だわ。早くいらしてくださってよかった」

だが、貧乏な町医者風情が持つ馬車にしては少々豪華過ぎるのでは、と考えるうちに、中からひげを生やした立派な風采の紳士が、血相を変えて降りてきた。怖い目に遭ったと因縁をつけて、はした金を巻き上げようと近づいた老婆も、さすがに声がかけられないほどの大立腹のていで、乱暴に木戸を押し開き、ずかずかと庭へ入ってきた。

「私の娘はどこだ！」

目をむいて怒鳴り、取って食わんばかりに、ドアの前に立つサリーを睨みつけた。サリーが答えようとするのを腕ではじき飛ばし、サッと中を見渡して、長椅子に横たわる我が子に駆け寄った。

「相当の熱がありますの。いま動かして一時間も二時間も馬車に乗せるのは危険です。お医者様を呼びにやりましたから、もうじき見えると思いますの。どうか、いまは静かに寝かせて――」

サリーの言葉などには耳も貸さず、汚らわしいとばかりに毛布を剝ぎ取り、がっしりした自分の腕に娘を抱き取った。そして、サリーを凌辱する捨てぜりふを吐くや、大股に歩いて連れていってしまった。大きな馬車は、狭い通りを野原のほうへはみ出しながら苦労して方向を変え、来た道を全速力で戻っていった。入れ替わりに、のほほんと医者が来た。

四

祝賀パーティ出席の通知を出すと、折り返し返事が来て、迎えの馬車を今度の金曜日午後三時に差し向けるとのこと。それまでに仕事を滞りなく進め、パーティの日にはせめて、今回の仕事の第一原稿が送り届けられているようにしたいと思う。マリアにはショートパンツで出席させることに決めた。

朝からペンを走らせ、疲れた目を外へ向けると、マリアが花に水をやっていた。が、二度目に外を見たときには、見知らぬ男がマリアに話しかけながら木戸を開けようとしていた。マリアはじょうろを持ったまま怖がって後ずさりしている。サリーはペンを置き、険しい顔つきで立ち上がった。入り口のドアが細く開いてマリアが滑り込んできたが、次の瞬間には大きく開いて、男が入り口に立った。強い風が音を立てて吹き込み、机の上の書類を飛ばした。

「メリークリスマス！　と言いたいところだが、まだひと月も早いですね」

男がにっこりしたとき、サリーはいっぺんに思い出して笑顔になった。

「ごめんなさい、すっかり忘れていました。いいえ、忘れていたということはありませんの。まだお支払いしていなかった先月分も含めて、ちゃんと封筒に入れてありますわ。お届けしなくてはと思っていましたの。借家住まいは初めてなものですから。マリア、こちらは大家さんのご子息なの」

「庭を見違えてしまいましたよ。よくこんなにきれいにしたもんだ。おまえさんがやったのかい、ってそこのお嬢ちゃんに聞いたんですが、怖がって答えてくれないんですよ。あなたの言ってた妹さんてのじゃないですか？」

「ええ、そうなんです。ひどく人見知りをしますの。許してやってくださいな」

「女の子は人見知りをするようでなくちゃいけませんよ。誰にでも尾っぽを振って付いていくようじゃ、レディにはなれませんからね。これ、ここに置いていきますよ。父がなかなかここまで足を運べないもんで、たまたまうちへ帰ってきた僕が代わりにお寄りしたんです。この野菜を持ってってやっとくれ、と言われましてね」

サリーから家賃の入った封筒を受け取って、彼は帰っていった。

「新鮮なお野菜よ、マリア」

風で飛んだ書類を追いかけて、マリアは長椅子の下にもぐり込んでいた。そして、拾った便せんに気を取られながら出てきた。

「人の手紙を読むものではないのよ、マリア」

マリアは便せんから目を離して、片手を差し出して待つサリーに渡したが、いぶかしげな表情でサリーを見上げた。

『なるほど、天は二物を与えず、だ、サリー。君の美貌と知性には、正常な性欲が伴わなかった、というわけですね。マリア――それは成熟しない少女の総称ですよ。アンでも、メアリでも、名前は何でもいいが、つまり君は、くだらない夢など見てはいけなかったんです――』

サリーは便せんを一瞥して、ああ、と息を吐き出した。

「これは、先日ここへ来たフローラを覚えているでしょう？　そのご主人の、チャーリーという人からの手紙なの。そのチャーリーってね、ハイスクール時代から、何とかして私を色欲に惑わせようとして、自分の偏った思い込みから、私を陥れるようなことばかり言う人だったの」

フローラのおしゃべりを責める気持ちはない。もう夫婦なのだ。サリーは便せんを破いてゴミ箱に捨て、机に向かい直した。

「人は何を考えながら人生を送っているのでしょうね、マリア。世の中には自分の人生の大半を、熱い精神生活に費やす人もいれば、一方、大半を、当たり前のことだけれど、それ以外の現実的な情熱や日常生活に費やす人がいる。そして、どちらも相手のことを、心の底では絶対に認めることがないの。どちらがいい悪いではなくて、ただ両者は、決して深く理解し合うことがない……。そう、こんなことを言ってもあなたにはまだわからないわね。私の〈夢〉のことは――いつかお話するわね、マリア。お野菜を運んでくださる？」

パーティの前日の木曜日になってようやく第一原稿が仕上がり、特急便で送るため、二人でアナリサンラ駅まで行った。帰りに食糧品、不自由していた日用品、底をついた缶詰類などを買った。

根を詰めた仕事が一段落したあと、胸に吸い込む外気は格別で、少しだけ遠回りをして帰りましょう、とサリーが誘った。

「あの小高い丘に登ってみましょうか」

マリアには重いかごを、サリーが手伝って交互に持ちながら、緩やかな坂道をゆっくり上った。

「メルフェノ森であなたに会ったときから、私ね」

サリーが、歩調と同じやわらかさで話し始めた。

「あなたのことをずっと夢見てきたの。おかしいかもしれないけれど、あなたの中に何かがあるのを感じ取ってしまった、と言っていいのか、あなたの中の何かが私を打ちふるわせ、私の心をつかんでしまった、と言っていいのか——これは自分でもよくわからない。とにかく、ロンショー中学で、まるで奇跡のようなあなたとの出会いがあるまでに、私はすでにあなたという人を夢の中で作り上げてしまっていたの。そして、実はね、そのころからその〈夢の子〉を童話にしたいと思っていたのよ。だって、それまで聞いたこともなければ、本で読んだこともないほど、独特に気高い心の持ち主だったんですもの。でも、実際のあなたは、夢の子以上の存在だったわ。夢がかすんで消え去ってしまうぐらいの、大きさだった……」

マリアが返してくるであろう言葉を、サリーは次のように予想していた。大変な誤解です、私はそんな大きな人間ではありません――予想は外れた。

マリアは下を向いて黙って聞いていたが、丘を登り切ったときに、ひと言だけつぶやいた。

「お姉さまが、いつまでもそれを信じていてくださいますように……」

小高い丘の頂上に立つと、前方が広く開け、さんさんと日の当たるアナリサンラの家々、遠くにバオの街、そして南の地平線上に蛮族の山々などが一望できた。

「世界がこんなに明るくて、私たちがこんなに幸せだと、きっとほかの人達もみんな幸せで、何もかもいい具合に行っている、という感じがするものね、マリア」

マリアは遠い目をしながらうなずいた。だが、西の空に黒っぽい雲を見つけると、そう願っているけれども、いいことばかりではないような予感に顔を曇らせた。

丘を下って、川沿いの小径に出ると、横丁から、そのまま川に突入するほどの勢いで老婆がやってきた。落ちずに川っ縁で立ち止まれたのが不思議なくらいで、川に恨みでもあるのか、流れに向かって目を血走らせ、憤懣やるかたないといったように悪態をついた。黒いしわしわの手を、汚い衣服のポケットに突っ込んでたばこを取り出し、火をつけて、高ぶった感情をむき出しにパクついた。どこかで見たことがあるが、とサリーは頭の中で考えて、ああ、そうだ、ミンダの父親の馬車に危うく轢かれそうになった人だ、と思い出した。マリアがサリーにささやいた。

「小さなリヤカーでおもちゃを売っていた方です」

サリーは、え？　と言ったあと、首をひねった。なぜそんな人がこの辺をうろついているの？　サリーはマリアの手を引き、老婆の後ろをよけるようにして、急いで通り過ぎた。

家に帰り着くと、サリーは自分の部屋の衣装ダンスを開けて、数少ないドレスの中から、明日のパーティに着ていく服を選び始めた。やはり空色や紺色の普段着のワンピースを着ていくわけにはいかない。しかたなく、ロンショー中学へ旅立つときにイルーネの指示で仕立てられてトランクに入れられ、一度も着たことのない二つのドレスを見比べた。一つは、ラメ入りの黒と緑のシックなイブニングドレスで、いかにもパーティにふさわしい服であった。それを着て、綿のオーバーブラウスと麻のショートパンツのマリアを、部屋に呼び入れた。一緒に鏡の前に立ってみると、二人の衣服はあまりにもかけ離れ過ぎて、調和するところがなかった。サリーは脱ぎ捨てた。

もう一つの衣装は、背中と胸元の開いた、一面に地模様のあるクリーム色がかったワンピースだ。この上に透き通るように薄いケープを羽織って、半分むき出しの肩を覆ってみると、こちらのほうがマリアの質素な服装と、まだしっくり合うように思えた。

衣装選びに夢中になって、ふと気づくと、マリアが赤くなっていた。

「どうしたの？　……恥ずかしかったの？」

マリアが小さくうなずいた。サリーは口元がほころびてしまうのを隠し切れなかった。

パーティ当日の午後が来た。まもなく迎えの馬車が来るだろう。サリーは真珠のイヤリングをつけ、造花を胸元に差し、コートを羽織り、手に白い手袋を持って、長椅子に座って待った。マリアは、自分にとって場違いなパーティに出ることに、やはり気が進まないようで、留守番をしていてはいけないかと何度も聞いてくるのだった。

「あの人がいつ現れるか知れないのに、夜一人で留守番などさせるものですか」

しかしサリーは、マーガレットに対する恐怖が、自分の中でかなり薄らいでいるのを感じていた。病魔に侵されたあの彼女の印象が、もうここへはやって来られないだろう、という確信を支えている。

「あの人は歩くのさえ大変そうでしたもの。そして、絶対に逃げる、とあなたが約束してくださったから、安心はしているの。それでも、あなたを一人にはしません」

パーティ会場で自分のそばから決して離れないこと、人に話しかけられたり、何か困ったりしたら、いつでも知らせること、などを言い聞かせた。

「あなたにいやな思いはさせないわ。私だって、ただ仕事が欲しいために、こんなものを着なければならないのよ。飾らない水色のワンピースのほうがずっと好き。本当に、こんな仰々しい装いは不本意だわ」

そうは言ったが、このドレス姿をマリアに、ときどきそっと感嘆を込めて見られることは、さしていやでもなさそうだった。迎えの馬車が来た。

バオシティの中心地より西寄りの工場街に、バオ支社となった新しいビルが建ち、馬車はそこに立ち寄った。一人の若い男が、今後サリーの仕事連絡を担当することになった係長です、と自己紹介してきた。優しそうだが気弱なところがうかがえ、馬車に一緒に乗り込んでさっそくサリーの翻訳技術を褒めるのだが、実際彼にはわかるまいとサリーは思った。的外れなことを言い、ちょっとしたサリーの質問にも答えられず、この人が担当なのかと先が思いやられた。だが、パーティ会場に着いて、てきぱきと部下に指図するところなどはどうやら一人前で、一生懸命なのは一応買っておきましょう、と考えた。

コートをフロントに預けながら、サリーはしばらく忘れていたことを思い出した。昔はいやでたまらなかったことだが、これからのマリアとの生活を安定させるために、神から与えられた天性の容姿をせいぜい利用することにしたのだ。

靴の音を吸い込む厚い絨毯が敷き詰められ、ドレスを七色に引き立てるシャンデリアが輝き、大テーブルには見たこともないような料理が並んでいた。すでに大勢の客人が集まる中を、蝶ネクタイのボーイが縫って歩き、一隅に構えた楽団がムードのある音楽を奏で、花で飾られた壇上では、まもなく親会社の製作所社長がお見えだと、司会者がよく通るマイクでしゃべっている。

婦人たちが纏った豪華なイブニングドレス、大胆に露出した肌を飾る本物の宝石類、元の目鼻立ちがわからなくなるほどの厚化粧、気取ったわざとらしい言葉づかい、色恋沙汰を物色する媚や流し目やひそひそ話、そして、つかの間の夢を追う紳士連中、うの目たかの目の好き者たち――こうした中では、普段交わされている何気ない会話も意味あるものになり、平生だったら何ということもない親しげな言葉が『男性』として、あるいは『女性』として受け止められる。サリーはそんな雰囲気にのまれるたちではなかった。淡いクリーム色のワンピースをさわやかに着こなし、勧められたワインを手に、素直で聡明で控えめな話しぶりをし、目につく飾りと言えば質素なイヤリングと造花だけだったが、多くの人がサリーと話そうと声をかけてきた。それに負けまいと、若い係長がサリーを独占したがり、言葉の洪水を浴びせてくるありさまだった。

やがてエレムの本社で顔見知りの部長がやってきて、サリーに握手を求め、期限に遅れることのない仕事ぶりに感謝し、全幅の信頼を寄せている、と手放しの褒めようをした。それからサリーの陰にいるマリアに気づき、何カラットもあるダイヤモンドでも見たかのように目を丸くした。

「いまどきリムの少女がお供とは、最高のアクセサリーですな。お美しいあなたには、いかなる宝石よりもお似合いですよ」

マリアはサリーの後ろに影のようにピタリとついて、肩から腕にかけてひらひらする長いケープのあたり以外に、何も見ようとしないでいた。

「アクセサリーではありません。大事な妹ですわ。養女にしましたの」

サリーはそっけなく言った。部長はなおびっくりした。

「それはまた変わったことをなさいましたな。リムといったって、しょせん匪賊は匪賊――」

会場が急に静まり返り、皆が壇上に目を移した。社長が拍手に迎えられて壇上に登り、マイクの前に立って長い挨拶を始めた。サリーは礼儀上グラスを置いて、皆と同様の姿勢を取り、耳を傾けたが、いままでうんざりして聞いていた係長のと同じ、それらの言葉の無意味さに、だんだん気分が悪くなってきた。いったいこの人たちは何語をしゃべっているのだろう。これが、苦しみと喜びを背負って生きている人間の言葉だろうか。これはきっと言葉を覚えた猿か、あるいは、後ろで操られているロボットに違いない――いきなり現代の機械文明のただ中に放り込まれた田舎娘よろしく、サリーはめまいを覚えて、後ろのマリアを振り返った。聞き慣れない厳めしい言葉の羅列と、人いきれと、たばこの煙でむんむんする空気の中で、マリアは心を洗われる清涼剤のようにそこにいた。競争の激しい社会で他人を蹴り倒して生きる我勝ちの目とは対照的に、マリアの瞳は深い森の中の汚《けが》れない安らぎの世界そのものに見えた。

そう、マリアはそこにいた。スポットライトから遠く離れた陰に、かけがえのない自分自身の存在とともにいた。マリアは黙って立っていた。部屋の隅っこの置き物とたいして違わないくらい、無に近い自分の存在を甘受して小さく立っていた。だが、心そのものを表す瞳によって、与えられた自分の小さな場所を、女王の栄光の台座にも匹敵する輝かしさに高めているのだった。生か死か、鞭か抱擁か、神か悪魔か、そんな世界に生きる無垢な魂に比べて、この人間社会のなんという雑多さと無意味さか！

　どうしたのかと、マリアが見上げた目で問うので、サリーはほほ笑み、たったその何秒間の慰めで生き返ったように前を向き直った。あの瞳は誰のもの？　マリアは誰のもの？　私のもの!!

　社長の挨拶が終わると、会長の挨拶、各支店長の挨拶、子会社社長の挨拶と続き、賑やかな立食パーティが始まった。

「今あそこで番号札を渡していますよ。抽選で写真撮影機が当たるんです。早い者勝ちですから、妹さんに受け取ってきてもらってください」

　担当の係長がサリーに知らせに来たが、そういうものには興味がありませんので、とサリーは断った。

　サリーと同じ仕事をしている、競争相手とも言える年配の女性三人を連れて、部長がサリーのそばへやってきた。手に持ったグラスワインを飲みながら彼が仕事の話を始めるので、サリーと女性たちは一緒に耳を傾けた。話では、新式電話回線をバオ全域及び近隣市町村に、試験的に張り巡らせる工事が再来年に計画されており、それにあたって大量の翻訳受注があるだろうということだ。その仕事を回してくれるなら、借金がかなり返せるのではないかと、サリーは集中して聞いた。そこへマリアが「お姉さま……」と控えめに呼ぶので、振り向いた。係長に話しかけられて困っている様子だった。

「何ですの？」

「飲み物を持ってきてあげようと思って、妹さんに紅茶とジュース、どっちがいいか聞いたんですが、うんともすんとも言ってくれないんですよ」

「マリア。何か飲み物をいただく？」

サリーに聞かれて、首を振った。サリーが係長にやんわり断り、他人《ひと》にはなかなか慣れない子なので許してやってください、と言うと、部長と話していた競争相手の女性の一人が口をはさんできた。

「でもさっき、フロントで妹さんと話しましたわよ」

「フロントで？」

「ええ。『よくいらしたわね。お楽しみなさい。それとも頑張っていらしたのかしら』と、話しかけましたら、

『本当言うと、ここは優先順位が三番目なんです。ほかの会社からも仕事を受けているので』と、おっしゃるじゃありませんか。もうびっくりしましたわ、正直なお妹さんで」

サリーはにっこりした。それを信じるくらいなら、月が落っこちてくるといっても、ずっと容易に信じましょう、と心の中で言ったが、声には出さなかった。部長は年配女性の話を信じかけたが、サリーが見事に相手にしないので、仕事の話の続きに戻った。

二度目にマリアが呼んだとき、サリーにはそれが聞こえなかった。係長の指図に翻弄されて

いた一人の新入社員が、僭越ながら、と話しかけてきたのだ。あなたの出身校がノストラサン大学だと経歴書に書いてあるのを拝見した、大伯母がそこの副学長をやっているが、ご存じないか、と言うのだ。たちまち銀髪の上品な優しい顔が目に浮かんできて、そのころの淡い憧れを思い出し、サリーはなつかしさで胸がいっぱいになった。それで二人して副学長のエピソードに夢中になってしまった。マリアは何度か呼んだが、あきらめてそこを離れ、ボーイたちが出入りする裏口のほうへと、人を縫って急いで行った。途中で声をかけられたり、頭を撫でられたり、腕をつかまれたりするので、なかなか前に進まない。

副学長の大甥《おおおい》の目の動きから、サリーは後ろを振り返り、マリアがいないことに気づいた。遠くのほうで見知らぬ男性が、屈めていた身を起こしてこちらを見た。彼の前にいるマリアが、そのすきにくぐり抜けて、何か目的を持った人のように急ぎ足で裏口を通っていった。サリーは副学長の大甥に中座する失礼を詫び、マリアのあとを追った。ワゴンに乗せて料理が運ばれる道筋を通って、マリアは廊下をずんずん行き、両開きに開いている調理室の入り口に立った。

「何かご用でございますか？」

複数の人にそう言われながら、首を伸ばして人を捜していたが、まもなく、

「ナダ」

と呼ぶと、中へ駆けていった。白いエプロンの下から茶の麻服をのぞかせ、床に座り込んで割れた皿のかけらを拾っている初老の女が顔を上げた。片目がえぐられて無いために、首がねじ

れるほど大きく振り向いた。

「おまえさん、リミ？　まさかね」

マリアはナダの前にひざまずいた。

「おやまあ、おまえさんなんだねぇ。いい服を着て、きれいになったもんだ……泣いちゃおかしいよ、みんな見てるじゃないか」

マリアは涙ぐんだ目を上げて、ナダの顔を見た。片方の眉の下の、もと目があった所が痛ましくへこみ、そのあたりが、もう一方と一緒に子供を見ようとして、もぞもぞ動いていた。

「辛い目に遭ったのね、ナダ」

「早く召されたいものさね、全く……」

ナダは持っていた皿のかけらを置いて、マリアの悲しみに暮れた顔に触れようとしたが、途中で汚い自分の手に気づいて止めた。ためらったその大きな手の中へ、マリアは自分から顔を寄せて、頬をつけた。

「おまえさん、大きくなったんだねぇ。あんなにちっちゃかったのに……あれから、さあて、何年たつかねぇ。おまえさんに会えるとは思ってなかったよ。幸せそうで何よりさ。あたしらの前のご主人様のことを知ってるかい？　マーガレット・ホルス様さ。あの方は解放以来うまくいかなくてね、破産したり刑務所に入ったりしてらしたが、今はなんでも体をひどく壊されていて、もう長いこたないらしいとさ」

マリアはうなずいた。

「バオの慈善病院の看護婦をしている人から聞いたんだが、内臓がめちゃめちゃになってるそうだよ。ムショで病気をもらったとか本人は思い込んでるそうだが、専門家にゃ隠せない、長年の患いなんだそうだ。もう末期だと。まあ、あたしも似たようなものさ。どこもかしこもぼろぼろでね……幸い天国じゃ、あの方に会わずに済むだろうよ。たぶんあちらは地獄へ行きなさるだろうからね。あたしが死んだと風の便りにでも聞いたら、花の一つも手向けておくれね。近ごろ無性にさむしくて仕方がないんだよ」

マリアはナダの大きな手の中に顔をうずめた。

「もう仕事をしなくちゃならないよ。お給金をもらってるんだよ。もう奴隷じゃないからね、それは有難いことさ。でも片目がないと、こうしてしょっちゅう皿を割るんで、よく叱られるのさ。おまえさんだって、行かなくていいのかい？　入り口に立って、さっきからずっとおまえさんを見てるお方がおいでだよ。ご主人様だろう？　ご機嫌を取って、ぶたれないようにおしよ」

ナダの手から顔を上げて入り口を見ると、人の出入りをよけながら柱に体を寄せたサリーが、こちらを見ていた。マリアはナダから体を離して立ち上がった。

「さようなら、ナダ……神様のご加護がありますように」

「ありがとうよ」

「知っている人だったの？」

二人で会場に戻ってから、サリーが聞いた。

「マーガレットお嬢様のお屋敷にいたころ、小さかった私のめんどうを見てくださった方なんです。見覚えのある入れ墨の腕が裏口に見えたので、お姉さまにお断りしないで抜け出してしまいました。ごめんなさい」

ただいまから抽選発表を行いまーす、とアナウンスがあった。一等賞は何番、二等賞は何番、と読み上げられ、楽しい悲鳴が上がり、賞品が手渡され、にぎやかに抽選会が終わった。

「こんな祝賀会に子供をお連れになるとは、非常識極まりないですな」

中年の紳士がサリーの後ろを通りがてら、聞こえよがしにつぶやいた。サリーが振り向いて、彼に謝った。

「申し訳ありません。でも、何も悪いことはしておりませんでしょう」

「いやいや、先刻抽選番号を並んで受け取ったが、僕はその子に割り込まれましたよ」

「妹が割り込みましたの？　でも、妹は番号札など持っていませんわ」

「悪いと思ったのか、あとで僕に渡してくれましたがね」

サリーはため息で返し、紳士は尊大な態度で通り過ぎていった。

パーティは盛況のうちに終わった。サリーが後ろにマリアを従えてフロントに向かっていたとき、入り口でちょっとしたざわめきがあった。そのあと周りからささやき声が聞こえてきた。あの若社長がかけつけてくれた、いま業務提携を交渉している相手方の社長だぞ、デュラン・ブルーゼン社長だ、成長著しいL&B建設の——

こちらの製作所社長が奥からやってきて、デュランを出迎えた。二人は握手をし、にこやかに話をしながら、サリーの目の前を通って別室へ向かった。デュランが気づかなければ、サリーはそのまま出ていくつもりだった。デュランとちょっと話をしても構わないし、話さずにすれ違ってもいい。輝かしい社長の座についた彼が、二社の業務提携後でも、相手側の会社の子会社の、さらに小さな支社の一契約社員と、再び顔を合わせる機会など、まず無いことだろう。

しかしデュランはサリーに気づいた。ハッと立ち止まり、隣の社長に失礼を詫びて、五分お待ちください、大事な人に会ったので、と正直極まりない表情で言った。製作所社長は一瞬戸惑ったが、そこにサリーの容姿を認めると、どうぞどうぞ、と理解した気持ちを示し、思わずニヤッと笑ってしまった。

人々がフロントに向かう中、デュランは会場を見渡し、外のベランダを指さして、あちらへ行きましょう、とサリーに目でうながした。サリーはうなずいたが、そちらへ向かう前に、後ろのマリアを見た。若き日のボーイフレンドとの再会など、マリアに見せなくてもいいものだ。かといって、マリアを一人にしておくわけにいかず、迷った末、ついていらっしゃい、と手を引いて歩き出した。

デュランはベランダまでの短い距離で二、三の人に挨拶され、話しかけられたため遅れ、サリーが先に来た。長い廊下のようなベランダには、さっきまで多くの人が憩っていたが、今は向こう側の隅に一カップルが残っているだけだ。二人で手すりに寄りかかって、外を見ながら話に夢中になっている。いくつか椅子もあったが、サリーは大きな鉢植えのゴムの木の横を、マリアの居場所と決めた。

「いい、マリア。私から離れてはだめ。少しの間だけ、何があってもここにいる、って約束してくださる？」

マリアがうなずき、そのあとサリーの後方に目を移したので、サリーは屈めていた身を起こして向き直った。デュランと目を合わせ、やさしいほほ笑みを作ると、すばやく手を差し出した。デュランが、おそらく抱擁するために足早に近寄ってきたからだ。二人は手を取り合った。

「あなたのお父さまには、この命を助けていただきました。言葉では言い表し切れないほど、深く感謝しています」

「父から話はざっと聞きました。直接訪ねてきてくれた君を、なんて勇気がある娘さんだ、と褒めてましたよ。そして、自分が役に立てたことを喜んでいました。僕も、それは本当によかった、と思っています。いつか詳しく聞かせてください。で、なぜ君はここにいるんです？」

「こちらで翻訳のお仕事をさせていただいていますの。このバオ支社所属なんです」

「そうですか。翻……でも、君は教師を目指して大学へ行きましたよね？」

サリーは握られていた手を引っ込めた。

「事情がいろいろあって、今は翻訳の仕事にかかり切りなんですの」

「いろいろあったんですね……とにかく、この会社所属ならちょうどいい、あとで僕が口利きしておいてあげますよ」

「そういうことはやめてください。私は自分の実力以上のものをお引き受けできませんから」

「余計なお世話ですか？」

「ええ。余計なことはなさらないで」

「君らしい——わかりました。それで今は、どこにお住まいですか？」

「デュラン。私たち……お互い、それぞれ幸せになれて……よかった」

「すると、君はいま幸せなんですね？」

「とっても」

「ああ、それは何よりだ。僕たち父子《おやこ》への、あらぬ疑いも晴れたようだし——」

「それについては自分を責めています。あなたのお父さまを、あたかも殺人者のように言ってしまったことは、返す返すも後悔するところです。本当にごめんなさい」

デュランは息を吸い、長く吐き出した。やっとわかってくれたか、と安堵するため息に聞こえた。

「僕はいまエレムの郊外に住んでいるんです。いつか遊びに来てください。妻と子供を紹介しますよ」

「いえ――」

サリーはゆっくり横に首を振った。

「それはできない……」

「こんな場所では十分に話せませんよ。サリー、僕は――」

「デュラン。もうお会いすることはないと思ってください――本当に心から感謝しています。けれど、こうしてまた偶然に出会うことがあっても、もうあなたにお話することは、私には何もない……」

「これで終わり、と言うんですか？」

「不運が私たちを引き裂いてしまったのかもしれないけれど、引き裂かれたその先で、それぞれが幸せをつかんだのです。ですもの、もう何も言うことはないでしょう？」

「サリー。僕は君をとても大事に思っているんです――」

「デュラン、大切なご用がおありなのじゃありません？　いま、どなたかが顔を覗かせて、こちらを見ましたわ。時間なのでは？」

デュランはもう一度手を取って、サリーを見つめた。サリーはほほ笑み、あなたの気持ちは十分わかっています、とでもいうように優しい目をして見つめ返した。

「社長！」

中から声がした。デュランの握る手の力が少しずつ弱まり、やがて諦めたようにサリーの手を離した。そのあともしばらく二人は見つめ合った。そして別れの言葉ひとつ口にすることなく、目でうなずき合った。互いに相手の人間力というようなものを、そこに感じた。同時に自分たちのこの再会に、潔い気高さと美しさも感じて、誇り高く顔を上げるのだった。デュランは襟を正し、踵を返して、サリーから去っていった。

振り向くと、鉢植えの横にいたはずのマリアが、大きなゴムの葉に隠れるように、鉢の後ろに移動していた。かくれんぼで見つけたみたいに、サリーは首を傾げて名を呼んだ。

「マリア」


帰りの馬車を並んで待っているとき、マリアの後方から話し声が聞こえてきた。

「会場でこの子を見ていたんだけどね、何か〈音〉のようなものをこの子から感じたの。木の葉がすれる音とか、川のせせらぐ音とか……それで、私、変な話、うちに帰って無性にピアノが弾きたくなったの。どういうわけかわからないけど、ウズウズするくらい無性に弾きたくなったの」

馬車の中で二人きりになったとき、サリーが笑うようにして尋ねた。

「さっきは、どうして鉢の後ろに隠れてしまったの？」

マリアがどう答えるのか知りたかったが、マリアは口を閉じていた。目をつむって首を振ったようにも感じたが、そうでもなかったようだ。これはしっかり話をしておく必要がある、それもできるだけ早いほうがいい、その意味ではいいきっかけになったのかもしれない、とサリーは考えた。

「私ね」

話を変えた。

「大学の卒業式のときに、ワインを飲み過ぎて気分が悪くなったのよ。酔った自分がとても恥ずかしくて、副学長と最後のお話ができなかったのを覚えているわ。今夜は、あなたに恥ずかしくないように、勧められるワインをたくさん断ったの。あなたに嫌われるようなことはしたくない、これが私の生き方の指標になっているの」

マリアが下を向いたまま何か言った。嫌いになったりしません、と聞こえた気がした。

「確かな原点を、私も持つことができたような気がするわ。あなたという原点、これほど崩れないものはないもの。ステキな生き方だと思わない？」

「本当に、お姉さまはとんでもない錯覚に入り込んでいらっしゃいます。私が崩れないだなんて。私は――いつも気持ちが揺らいでいます」

「ええ、わかるわ。でも、その〈揺らぎ〉の意味が違うの、マリア。どうやってお話したら、十三歳のあなたにわかってもらえるのか、これから考えてみるわ」

マリアは窓の外に目を移していた。

「今日はいろいろな方とお会いしたけれど、わかったことがあるの。あなたのことが全然見えない、という人がいるのね。あなたの姿は認識するんだけれど、あなたの澄んだ瞳や、無言の息づかいに秘められたもの、ほかにないほどきれいな心を、見る力がないんだわ。でも、それが見える人は、ちゃんとあなたを自分の中、魂の中に入れて、何かを感じる、あるいは大切に思うの。あなたはそういう人なのよ、マリア。自分ではわからない？」

マリアは首を振って、「そんなこと、わかりません」と言った。

「あした来るレナは、しっかりあなたのことが見えている子だわ。……マリア？　さっきから何を一生懸命考えているの？」

「マーガレットお嬢様が、とてもお悪いそうなんです」

五

翌朝、サリーは目が覚めると同時に叫んだ。

「マリア！」

マリアは朝食の準備をしていたが、悲鳴のようなものを聞くと、急いでサリーの部屋へかけつけた。ドアの前で一瞬立ち止まり、そら耳だったかもしれない、とドアを開けるのを躊躇した。聞き耳を立てながらノックをしようとすると、

「マリア！」

と、また聞こえた。ドアを開けて中に入った。高いベッドから足を下ろしたところで、サリーが頭を押さえていた。

「あなたがいいの、マリア——」

マリアを見るとサリーは片手を伸ばし、わけのわからないことを言った。

「何か、悪い夢をご覧になったのでしょうか？」

涙ぐんで思いつめた、余裕のないサリーの表情から、マリアが尋ねた。そして、サリーの手のほうへ自分の手を伸ばしたのだが、サリーはそれに目をとめると、たちまち張りつめた気持ちがやわらいでしまった。

握手するときや、人に手を預けるときには、互いの手のひらを合わせるようにするものだということを、マリアは知らない。そういう経験をしてこなかったのだろう。いつも、うずらの卵を軽く握った形の手を、相手に差し出すだけなのだ。それでこのときも、サリーが助けを求めて伸ばした手のひらの上に、マリアは自分の軽く握った手を置いた。サリーはそれを卵そのもののように受け取り、指を折ってやさしく包んだ。

「ええ。変な夢を見てしまった……。恥ずかしくて、言えないわ」

「私もゆうべ夢を見ました」

マリアはそっとサリーの手の中から自分の手を抜いた。

「その夢で、はっきりわかりました。私は本当に小さくて……。こんな私が、サリーお姉さまをお幸せにできるとは、とても思えないんです……」

「その反対だわ、マリア。私は本当に、あなたのほかには何も要らないの」

何度も聞いた言葉だったが、このときにはマリアの頭に或る確信が芽生えていた。

「私に遠慮なさることはありません。私をお気づかいになる必要はないんです。お姉さまが思い通りのご自分の人生を歩まれることを、私も心から望んでいます」

サリーはため息とともに首を振り、着替えたいから、と言ってマリアをひとまず部屋から出した。レナは昼頃に来る予定で、次の翻訳仕事が送られてくるのは明日以降だろうから、しっかり話をしておくには、今朝がちょうどいい機会だと考えた。夜ではなく、すがすがしい朝日の中でするべき話でもあることだし。

簡単な朝食のあと、マリアが片付けや洗濯など、朝の仕事を終わらせるのを待った。それから、クリーム色のスカートを持って着替えに行こうとするところを引き止めた。

「少しお話ししましょう」

向かい合った長椅子にマリアを座らせた。

「この間あなたは、私が結婚するときには、メードでいいからそばに置いてほしい、と言ったでしょう？　その夢がふくらんでいる、と」

真剣な顔でマリアを見つめたまま、話を始めた。

「でも、よく考えてごらんなさい、マリア、その状況を。私がその夫と何か大事な話をしている時に、あなたは家事をしていて間には入れないのよ。でも、それぐらいのことはよしとして、夫のことで悩んで、苦しんだり泣いたりしている私の姿を、ちょっとでいいから想像してごらんなさい。家具の陰に隠れて涙ぐんでいる私の背中を見ながら、あなたは手出しができないの。あなたの立場では、夫に関する私の悩みをどうすることもできない。それで平気で掃除を続けられるの？　そんな私の姿を何度も目にするようになる。あなたは、そういうことに耐えられるの？　私に味方することも、夫に味方することもできない。見て見ない振りをするしかない。そんなことが、あなたにできるのかしら？」

マリアが動揺するのを、サリーは微動だにせず見つめながら続けた。

「昨日、私がハイスクール時代にお付き合いしていたデュランと会って、あなたが何か感じたのは、わかっているの。デュランは立派な体躯の男性で、社会的な立ち位置も人格も申し分ないと、私も思っているわ。でも、デュランが『いつかうちに遊びに来てください、妻と子供を紹介します』と言ったときに、私の目にはまざまざと別の光景が浮かんでしまったの。私がデュランみたいな誰かと結婚して、やがてその夫がかつての大切なガールフレンドを家に誘う、そして私が悩み始める、そんな光景が頭にパッと広がってしまったの。それと同じでないにしても、似たり寄ったりのトラブルで、私の苦しみが始まる──私は結婚生活を、どうしても現実的に見てしまうんだわ。夢を描いて結婚するということは、私には決してできない……。

マリア。あなたは、デュランと自分の姿を比べてしまったのじゃない？　私と一緒に暮らすのに、デュランのようなたくましさや社会的な地位が、自分にはない、って考えたのじゃない？　確かに、デュランのような男性と結婚したなら、女性としての身体のことや、暮らしぶりの面で満たされるかもしれない。でも私が満たされたいのは、マリア、〈心〉なの。そこを、わかってくださる？

人は、地位でなく、収入でなく、体の大きさでなく、肌の色でなく、そして性別でもなく、年齢でもなく、ただ〈心〉によって、見られるべきだと思うわ。

けさ私が見た夢の、恥ずかしくないところだけ、お話するわね。あなたが、逃げてしまったか何かして、突然いなくなってしまったの。私は傷心の思いながら、残りの人生を送るの。愛したり憎んだり、傷ついたり傷つけたりする五十年を過ごして、あっという間におばあさんになるのよ。そんなあるとき、フッとあなたを思い出すの。そして、あなた以上の出会いなんてなかった、と悟るの。あなたほど愛した人なんていなかった、とわかるの。そのときの恐ろしさ──五十年を無駄に費やしてしまったと知る情けなさ──いえ、そんな生ぬるいものではない、五十年経って、あなたのかけがえのなさを思い知ったときの、その戦慄に私は耐えることができない——死んでも死に切れないほど辛い、そんな状況に、どうもがいて生きていけばいいというの？　私にはとてもとても、忍耐できるどころの話ではない——そんなものを経験するぐらいなら、今まだ汚《よご》れていない若いうちに死んでしまったほうが、はるかにましだ、って思ったわ……。

自分を汚《けが》すものでしかない恥さらしの五十年。自分が落ちて行くだけの見苦しい五十年。人はそれを〈成長〉と呼ぶでしょう。円熟だの、達観だの、と。純粋さを失って、ただ汚れていくだけの五十年のことを。あなた無しの五十年の、ああ、なんて恐ろしい汚らわしさ！　もし、自分の五十年は美しかった、と言える人がいたなら、その人はきっと〈夢〉と一緒に生きた人だわ。

ごめんなさい……あなたに、こんなことまでぶちまけるつもりはなかったわ。今朝うなされて……その恐怖からまだ立ち直れていないの。

たった十三歳のあなたに、どこまで理解できるのかわからないけれど、はっきり言いたいのはね、マリア、いま私は、まさに自分の望み通りの人生を送っている、ということなの。あなたの言うその〈思い通りの人生〉というのを。

あなたが私を幸せにできるとか、できないとか、そんなことが問題ではないの、マリア。あなたのそばにいて、私が勝手に幸せを感じているの。あなたの——いつでも己を無にできる人となり、天から降りてきたような崇高な魂……いいえ、いくら言葉を並べても、あなたをすべて言い表すことなんてできない。そんなあなたに、ただただ魅せられて、ずっとそばにいたい、と私が願っているだけ。

もしいつか、あなたが結婚したいというのなら、あなたの幸せを願っているのですもの、喜んで送り出してあげるわ。ときどき私と会ってくださるだけで、私は生きていける。姉として、妹のあなたの人生を陰ながら見守って生きていきたい。あなたが泣いて帰ってきたときには、いつでもやさしく受けとめてあげたい。でも、そんな私を、あなたは邪魔に思うかしら？　私の存在をうとましく思う、そんな日が来るのかしら？」

マリアは首を横に振り続けていた。そしていつの間にか、膝に置いていたスカートを、せっかく鏝当てしたばかりなのを台無しにするほど、胸に抱きしめているのだった。

「ずっとあなたのそばにいられるこの幸せ。あなたは私の夢、私の良心、私の半分、心のよりどころ。あなたのたたずまいをそばに感じるだけで、私の前に道が見えてくる。迷い込んでいた暗闇に光が当たる。いつでもあなたとお話ができるこの幸せ。あなたの飾らない、魂の奥から発せられる何気ない言葉は、私の心にしみ入る。もっともっと、いろいろなことについてたくさん、あなたとお話がしたい。いつもあなたの声に耳を傾けられる自分でいたい。

あなたと共に生きるって、なんて強い力でしょう。あなたと一緒に世界を見ていきたいわ、マリア。あなたと一緒に生きられるのなら、一生馬車馬のように働くことも、一生貧乏にあえぐことも――」

けたたましい車輪の音が聞こえてきた。サリーの長椅子からは窓越しに外が見える。軽快な箱馬車が飛ばすようにしてやってきて、木戸の前で止まった。

「レナ？　もう来たの？　こんなに早く？」

サリーは立ち上がったが、マリアはスカートを抱きしめたまま、なかなか立てないでいた。

「ああ、なつかしいサリー先生」

レナが降りてくるのを、サリーが木戸まで行って出迎えた。

「あそこにマリアがいるわ、レナ。行きなさい」

マリアはやっとのこと、入り口まで出てきていた。赤いバラをちりばめた半袖のオーバーブラウスを着た姿は、朝日に映えてまぶしく見え、レナの手の届くものではないように思われた。

尻込みしてサリーを見上げると、耳元にやさしくささやかれた。

「行きなさい、レナ。前と変わらない、私たちのマリアよ」

レナは不安げに歩き出したが、マリアがほほ笑んだので、途中から駆けていった。マリアは両手を差しだし、レナがそれを包むように握りしめた。そんな二人をサリーは家の中に入れ、感極まって口もきけないでいるレナに、長椅子を勧めた。だがレナは、至急の用事を思い出したらしく、落ち着いて座ってなどいられないといった様子で、持ってきたバッグの中から分厚い封筒を取り出した。

「ミンダが危篤なの、サリー先生」

レナの横にいたサリーは、真顔になってレナの前にきた。

「きのう学校から家に戻る前に、ミンダのうちへお見舞いに寄ったの。そうしたらベッドに横たわる姿が、ほんとに骸骨なの。お医者様も注射を打つよりほかにすることがなくて、エレムの大きな病院に連れていったほうがいいんだけど、でももう動かしてはいけない状態なんですって。何日か前からずっとサリー先生の名を呼び続けていて、それでミンダのお父様もやっとわかってくださったみたい。で、私が明日サリー先生の所へ伺うことを話したら、ぜひ先生をここへ連れて来ていただきたい、って私に頼まれたの。自分が悪かったってことを走り書きなさって、なんだか知らないのだけど、お詫び代とお医者代と、きょうの往復分の馬車代だとおっしゃって、ここに包んでくださったの」

レナから渡された封筒を開けてみると、走り書きの便せんと一緒に、前回の翻訳代金の三倍近くの現金が入っていた。

「これは受け取れないわ。お医者様に払った往診分だけいただいて、あとはお返ししましょう。そしてね、レナ。いくら頼まれても、私はミンダの所へは行けない。マリアを連れていくわけにいかないでしょう？」

「でも、先生。もうすぐ死んじゃうかもしれないミンダが、先生を呼んでいるの」

「ええ……」

隣で話を聞いていたマリアが、サリーを見上げた。

「お姉さまとご一緒に行って、あちらへ着いたら、私だけどこかに隠れています。それではだめでしょうか？」

「三人で行きましょう、先生。私の馬車を使ってくださって、ちっとも構わないの」

先週金曜日、ミンダの父親の吐いた捨て台詞に『売女』という言葉があった。ミンダが父親に学校での出来事を何か話したのだろう。マリアをそう呼んだ男が、いくら便せん一枚で謝ってこようと、サリーとしてはそう簡単に信じられない。こうなったのは全部マリアのせいだ、というような言葉を、山のようにミンダから聞かされていることだろうから、実際マリアに何をしてくるかしれない。愛娘が自分の体をボロボロにしてまで憎む相手だ、馬小屋に閉じ込めるぐらいの侮辱では済まないだろう。それ以上のどんな復讐をしてくるか知れはしない。そして、滞在中にミンダにもしものことでもあれば、あの父親ならマリアに襲い掛かりかねない、と思ってしまう。マリアを守りたい、という気持ちのほうが強い。

「今すぐミンダに手紙を書くわ。それをあなたが午後帰るときに届けてくださらないかしら、レナ。それで許してほしい……」

「先生お一人がいらして、私がマリアと一緒にお留守番をしているというのは、どうしてだめなの、先生？」

「マリアを狙っている怖い人がいるからよ」

「あのマーガレット・ホルスっていう人のこと？　一度マリアを買おうとお手付けした？」

「ええ、その人よ。重い病気らしいのだけれど、それでも油断はできないわ。そういう人なの、あの人というのは」

レナは「でも、先生」と言って、外へ出ていき、木戸の前で待っている山高帽をかぶった御者台の初老の男に「ロビック」と呼びかけた。ロビックは読んでいた新聞をレナに渡し、レナはそれを持って戻ってきた。

「今日の新聞、ごらんになって。先生、ここ」

開いて見せられた『訃報欄』に、『マーガレット・ホルス』の名が載っていた。サリーはレナから新聞を取り上げて、最初から読んだ。

「亡くなった？」

マリアの呼吸が速くなったのを隣に感じながら、サリーも、

〈これで終わった……〉

という思いに、張りつめていたものがスーッととけていくのを感じた。二人とも言葉なく、サリーはテーブルに手をつきながら長椅子に座り、マリアはその後ろに回って背もたれに両手を置いた。サリーは片手を後ろへやって、マリアの手の上に自分の手を重ねた。お互いのぬくもりを通して、しばらく心を通じ合わせていたが、やがてサリーが声をかけた。

「さぞ辛いことでしょうと思うわ、マリア。でも、受け入れましょう」

「苦しまれずに召されたことを、お祈りします」

あの恐ろしい人が死んだことで、なぜ二人がうれしがらないのか、レナには不思議だった。

「それでは、ミンダの所へ行きましょう。話は簡単になったわ」

サリーが長椅子から立ち上がった。

「あなたたち、お留守番をしていてくださる？　ミンダがどういう状態かわからないけれど、どちらにしても午後には一度帰ってくるわ。レナ、あなたの馬車をアナリサンラ駅まで貸してくださる？　そこから貸し馬車に乗り換えてミンダの家へ行くことにするわ。お父様からのこのお金、とりあえずお預かりしておきましょう」

サリーは支度をしに慌ただしく部屋へ行き、レナは事態の展開を喜んで、ロビックの所へ新聞を返しに行った。庭に首を巡らせ、厩らしきものが見当たらなかったので、先生を送った後アナリサンラ駅で馬を休めながら待っているように、とロビックに言い、午後二時ごろ、またここまで迎えに来てほしいと頼んだ。まもなくサリーが部屋から出てきた。

「マリア。知らない人が来ても、中に入れてはだめ。お庭にいたなら、すぐ中に入って鍵をかけなさい。明るい昼間のことだから、何もないとは思うけれど、念のため、あのおもちゃを用意しておいて。必要ならレナに声を出してもらいなさい。でもレナは、あなたのようにすばやく逃げられないでしょうから、レナを守ってあげてね」

マリアはサリーを見上げて聞いていたが、なかなかその目を離そうとしなかった。サリーは〈何？〉と目で尋ねたが、マリアはただ見つめてくるだけだった。さっきの話で、何か言いたいことでもあるのかもしれないと考えたが、あとで聞きましょう、というように、レナに目を移した。

「レナ、今日あなたはマリアを独占できるのよ。いっぱいお話なさい。私抜きであの曲を完成させてもいいわ。とにかく二人とも、くれぐれも気をつけて」

そうしてサリーは、レナの軽快な箱馬車に乗り込んで出かけていった。

〈待っていて、ミンダ。いま行くわ〉


レナにとっては、マリアとの楽しい時間がやってきた。マリアは戸締まりをし、スカートを片付け、紅茶を入れた。二人は並んで長椅子に座った。

「とうとう明日お会いできると思ったら、ゆうべは興奮して眠れなかったの。なんて羨ましい暮らしでしょう。お庭の横を川が流れていて、こぢんまりしたおうちにサリー先生と二人だけなんて！　先生に毎日勉強をみていただいているんでしょう？」

壁に貼ってある『学習時間表』を見てレナが聞き、マリアがうなずいた。

「もし先生が、このおうちで小さなお教室を開いてくださったら、私、いまの学校をやめて、ここへ通いたいわ。だって、いまの学校には……好きな先生があまりいらっしゃらないの。それにここなら、寄宿生活をしなくても、うちから通えそうな距離なんですもの。ああ、本当に、私もこんなふうに暮らせたら、どんなにステキかしら――でも、どこもそうだけれど、ご近所は人相のいい人たちばかりが住んでいるとは限らないのね、マリア。来るとき、すぐそこの角に、痩せたおばあさんが立っているのを見かけたけれど、そばへ寄りでもしたら噛みつかれそうな、すごい顔だったの。……それで、あなたとサリー先生は姉妹になったの？」

「そのおばあさんて、タバコを吸っていらっしゃいました？」

「そうなの、タバコを吸いながら立っていたの」

「ね、レナ。もう一度新聞を見せてください」

「ロビックに返しちゃったんだけど」

「訃報欄て、どなたかが申告すれば、真実かどうか調べることなく、すぐ載るものなんでしょうか？」

「えーと、それは知らないけれど、でも、そこで嘘を申告したって、しょうがないのじゃない？」

マリアは不安な表情になり、もう一度鍵を確かめに部屋を回って、窓のカーテンを閉めた。

「きょうはお庭には出ないで、お姉さまが——サリー先生がお帰りになるまで、ずっとうちの中で過ごしましょう……そうなんです、サリー先生が、こんな私と姉妹の契りを結んでくださいました。身に余る光栄どころのお話じゃありません、いくら考えても、こんな私には許されない、あとで罰せられるようなことに思えてならないんです……あまりひどい罰でないといいんですけれど……。体がふるえてしまうほど、怖い幸せを感じています」

サリー先生とマリアが、姉妹に！　聞いたレナは長椅子に横倒しになって、目がくらむようなものでも見たみたいに、両手を胸の前で握りしめた。そうなると、ぜひ聞いてみたいことがあった。体を起こして尋ねた。

「それで、マリア。いま神様とは、どんなお話をしているの？」

「神様は……もう私とお話してくださらないんです。こちらで暮らし始めるようになったときから、お怒りになってしまって、どんなにお許しを願っても、もう何も聞いてくださらない——」

突然、耳に耐えられないほど騒々しい馬車の音が聞こえてきた。それがこの家の前で止まったので、二人は窓に走り寄り、カーテンを少し開けて外を覗いた。そして、馬車から降り立つマーガレットを見た。

六

午後二時ごろ、サリーが貸し馬車で帰ってくると、家は木戸が開いたままになっており、入り口のドアも開けっ放しだった。急いで家の中に入ったが、居間にもどの部屋にも誰もいなかった。

「マリア！　レナ！」

戦慄が体を走った。庭へ出て、家の裏、川岸、向かいの野原を、名を呼びながら捜しているところへ、レナの馬車が迎えにやってきた。

「ロビック！　マリアもレナもいませんの。来る途中、二人に会われませんでした？」

ロビックの顔が青くなった。サリーと一緒に捜すため、御者台を降りようとするのだが、慌てたため、たづなが足に絡まり、もたつくうちに高い所から何かを見つけたようだった。

「あれ、ごらんください！　うちのお嬢さまが――」

駅と反対の、遠く草原のほうから、苦しそうにこちらへやってくるレナの姿が見えた。サリーが走っていった。

「マリアはどこ」

サリーの声は鋭かった。レナは息も絶え絶えにサリーに寄りかかり、早くしゃべろうと焦るので、何を言っているのか、後ろからやってきたロビックにはさっぱり聞き取れなかった。だが、サリーはロビックに馬車をUターンさせるよう頼み、レナの背中をさすって介抱した。馬車がそばへ来ると、レナと一緒に乗り込み、全速力で走るように言った。

「方角を言いなさい、レナ」

のけぞって息をしながら、ああ、どうしよう、どうしよう、と騒いでいたレナは、サリーに引っぱたかれるような調子で言われて、小窓に飛びつき、大声を出した。

「あっちなの、ロビック」

馬車は通りを出て草原に入り、斜め右の方向へ突き進んでいった。

「その馬車がどこで見えなくなったのか、言いなさい」

また鋭く言われて、レナは遠くの山陰を指さした。

「あそこを右へ曲がって、隠れてしまったの」

「バオシティの方角だわ」

「先生が行ってしまわれたあと、私たち、お茶をいただきながらお話をしていたの」

レナは息が少し楽になると、一部始終を話し始めた。

「しばらくして馬車の音がしたので、戻っていらしたのかしら、と言ったけど、窓から覗くと、それは私の馬車ではなくて、古ぼけた貸し馬車だったの。そして中からあのホルスさんが出てらしたので、マリアが私の手を引っ張って、一緒に奥の部屋へ逃げ込んだの。新聞の訃報欄て、いい加減なものなの、サリー先生？　とにかくホルスさんは、生きていたの。

ドアには鍵がなかったから、二人でマリアのベッドを何とか持ち上げて、ドアの前をガードしたの。カーテンもぴったりと引いて、

『どんなことがあっても外へ出ないでください』

って、マリアが言うの。二人でじっとなりをひそめていると、

『リミ、リミ』

って、外から呼ぶ声が聞こえてきたの。あの人の声って、獣の吠え声のように太かった記憶があるのだけど、それが何だか今にも死にそうなか細い声だったので、びっくりしてマリアを見ると、マリアも驚いているらしかったの。マリアのお部屋の窓からは、南のお庭が見えないのね。

『リミ、リミ』

って、ずっと呼び続けるので、『リミって、あなたのこと？　マリア』と聞くと、マリアは辛そうにうなずいたの。そしてベッドを少しどかして、部屋から出ていったの。私も気になって、あとを追いかけたの。二人でカーテンをちょっとだけ開けて外を見たの。ホルスさんは木戸の所につかまって、こちらを見ていたんだけど、ボロボロの黒マントを羽織って、痩せさらばえて、それはそれは哀れな姿で、庭を入ってここまで来る力もないようだったの。そして、

『リミ。出てきておくれ、リミ』

って、悲しそうな声で哀願するように言うの。隣のマリアのほうを見たら、同情でいっぱいだったの、先生。出ていきたそうな様子だったけれど、でも顔を背けて、長椅子の所まで下がったの。長椅子の背につかまって、まるで泣いているような息をしていたんだけれど、外であんまり、リミ、リミ、って悲しげな声が続くものだから、しまいに長椅子に座り込んで、耳をふさいでしまったの。それから声が聞こえなくなったので、私、不安になってカーテンをめくって見たの。ちょうどホルスさんがゆっくり倒れていくところだったの。貧血か何か起こし

たみたいじゃ全然なくて、もっと硬直した感じの、息が止まったみたいな倒れ方だったの。私、心臓がドキンとしたけれど、カーテンを閉めてマリアのそばに行って、一緒に耳をふさいだの。

もう死んだんじゃないかしらと思われたころ、私が身動きしたので、マリアが耳から手をどけたの。そうして耳を澄ましたけど、何も聞こえてこないので、立っていってまたカーテンを開けてみたの。そしたら、木戸の所にペチャンコになって黒いものが倒れているの。

『死んじゃったのかしら？』

と私が言うと、マリアは急にドアを開けて飛び出していったもんだから、私もあとを追ったの。マリアはホルスさんの心臓に手を当ててから、助け起こそうとするんだけど、いくらホルスさんが痩せているといっても、マリアの力では持ち上がらなかったの。それで私も一緒に手伝おうとしたとき、停まっていた馬車の中から人相の悪いおばあさんが、やれやれ、と言いながら降りてきたの。来るとき角で見かけたおばあさんだったの。当然おばあさんはホルスさんの足のほうでも抱えるのだとばかり思っていたら、そうじゃなくて、いきなり私の腕をつかんだの。マリアが驚いてこっちへ来て、おばあさんから私を引き離そうとすると、それまで倒れて動かなかったホルスさんが、突然むっくり起き上がったの。そして、マリアじゃなくて、私の体を鷲づかみにしたの。

『この子の首をねじり曲げて殺してやろうか。でなけりゃ、おまえが自分でこっちへ来い』

ホルスさんがそんなことをマリアに言ったの。

『おまえが来れば、この子を放してやる』

『わかりました、お嬢様。どうか、放してください。行きますから、先に放してください』

マリアは私のために、私のために、自分からホルスさんの腕の中に入っていったの。私が放されたあと、逃げられる一瞬のすきがあったのに、マリアはそうしなかったの」

レナはサリーのひざに顔をうずめて、わんわんと泣き出した。その縮れ毛の上に、サリーの涙が落ちた。レナはひとしきり泣いてから、早く話さなければと、涙声のまま続きを語った。

「馬車が走り出したので、私、夢中であとを追ったの。だって、ひどくおんぼろで、よたよた走っていくんですもの、追いつけると思ったの。でも、馬は息を切らさないけど、私の息が切れてしまって、どんどん引き離されて、とうとう山陰に隠れて見えなくなってしまったの。それでへたり込んでしまって、でも早くサリー先生にお知らせしなくちゃと思って、立ち上がって戻ってきたの。ああ、サリー先生、どうしたらいいかしら。私がいなければマリアは逃げられたの。なのに、私のせいでマリアが盗まれてしまった。ごめんなさい、ごめんなさい……」

「あなたが悪いのではないわ、レナ。訃報欄にだまされて、マリアのそばを離れた私が悪かった」

サリーの言葉は短く、視線は前方の小窓から動かなかった。

「マリアは帰ってくるかしら」

サリーの唇が、もちろんよ、と動いた。

馬車は走り続け、草原を抜けてバオシティ郊外へ入った。田舎道が縦横に通っている。

「どんな馬車だったのか、教えて、レナ」

「一頭立ての箱馬車で、あんなぼろっちい馬車なんて、今まで見たことがないくらいなの。だって、ドアの角が斜めに半分も欠けていて、後ろの横木が朽ちかけてはずれそうで、車輪がきれいな円じゃないの。だから、よっこらしょ、よっこらしょ、というみたいにガタンガタン走るの。あれじゃ、そんなに遠くへ行けないんじゃないかしら」

北へ進めばラザール、そしてロンショーへと街道が通じている。東の道を真っすぐに行けばバオシティの街中だ。そう遠くへは行けないはずだというレナの言葉を信じるなら、このバオのどこかにいるだろう。サリーは馬車を止めて、道行く人に尋ねた。だが、見かけた者は一人もなく、バオシティの工場街を通って街中へ入っていった。貸し馬車を数台常駐させている小屋へ行って聞いてみると、ドアの角が欠けて車輪が丸くないような馬車など、ここらには一つもない、と言われた。

「人をさらって、街中へ来るはずはないわね」

サリーは自分に腹を立てながら、誘拐事件の届け出をするために、ロビックにこのまま役所へ行ってくれるように頼んだ。

バオ市役所は先ごろ改築工事が終わり、白いコンクリート造りの建物に生まれ変わっていた。

「犯人はわかっておりますの。マーガレット・ホルスという人物です。すぐに捜索隊の出動をお願いしたいのです。一刻を争いますの」

土曜の午後だったこともあって、マーガレットとなじみのある役人達はいなかった。それに大改築された役所には、新人の役人が多く配属されていたのだ。応対した役人は頬っぺたの広がったガーローゴ人で、人が良さそうなのはいいが、頭がすばやく回転するというタイプでなく、まず目をむいて驚き、棚へ駆け寄った。何をするかと思えば、住民台帳を広げて、マーガレット・ホルスという人物を調べ始めた。つい九月までは、バオの南東二十キロばかりの所で牧場を経営していたが、悪質詐欺で逮捕され、ムショ入りしている、ところが重い病気になったので、仮出所して病院に送り込まれた、というのだ。

「そんなことが知りたいのではないのです。たったいま馬車で妹を連れ去られたので、大至急捜索していただきたいんですわ」

「わかりました」

彼はサリーに、カウンターを回って中に入り、椅子に腰かけるように指図した。

「では、誘拐された子供の人相、服装、誘拐時の状況など、詳しくお話ください」

「そんな悠長なことをしている暇はありません」

サリーも冷静さをなくしており、役人と睨み合った。

「ぐずぐずしていては、遠くへ逃げられてしまいます」

「しかし、それがわからないことには、こちらも捜しようがないんですよ」

サリーは外で待っているレナを呼んで、役人に詳しい話をしてくれるように言い、細かい手続きなど一切を小さなレナとロビックに任せて、自分は役所を出た。

貸し馬車を雇ったものの、さてこの広い街のどこをどう捜していいのか見当がつかず、落ち着かなくては、と思えば思うほど焦るのだった。

「お客さあん、どちらへ行きたいんですか？」

気づけば、御者が叫んでいた。

「慈善病院へ」

十分とかからずに着くところを、サリーがいちいち止めて、こんな馬車を見なかったかと人に聞くので、三倍も時間がかかった。

バオシティ慈善病院はレンガ造りの立派な建物だったが、医者も看護婦も足りないのか、包帯を巻いた患者たちが外にたむろしており、これでは逃げ出すのは簡単だろうと思われた。受付には誰もおらず、幅広い廊下を入っていくと、遠くのドアから、スイ、と車付きの椅子が滑り出てきた。それは患者ではなく白衣の看護婦で、患者が通りかかるのをひょいとよけたり、曲がったり、向きを変えたりして自由自在に運転していた。ドアからドアへテキパキと仕事を片付けていく中で、サリーに気づき、こちらへ向かってきた。輪の大きい車を両手でひと振り回したあと、スピードが落ちて次に回す必要のあるまで、その両手をぶらんとさせておいた。両足は骨の分しか太さがなく、縮まっているが、座った上体は背筋が伸び、後ろに付いた低い背もたれが要らないほど真っすぐに起きている。その誇り高く、音もなく滑っていく姿は、歩く人たちのほうがもたもたと揺れて、みっともない感じがするくらいだった。

彼女はマーガレット・ホルスのことを尋ねられると、よく覚えていて、九月の下旬にここへ担ぎ込まれてきたときには、洗面器一杯の血を吐き、もう助かるまいと誰もが思った。だが、その後の手当てのかいがあって、幾分持ち直してきた、そう思われたとき病院を抜け出してしまい、それから一カ月ほどしてまた運び込まれたときには、虫の息だった。

「今度こそもうダメだろうと思いましたわ。ですが、何か思い残すことでもあったのでしょう、生きたい、という強い願望と精神力で乗り切りました。ところが、少し良くなると逃げ出してしまう人なんですね、数日前にまたいなくなって、それっきりですわ。どこかで行き倒れているのじゃないでしょうか。良くなったといっても、それはもうひどい状態ですから」

「入院中に、誰かお見舞いに来た人はいませんでしたか？　あるいは何か連絡があったとか」

「痩せたおばあさんが、ときどき見えていましたけれど、ほかにはどなたも。連絡も何も」

「本人やおばあさんから、何かお話とか、言葉を聞いたことはありません？　たとえば地名とか、人名が出てくるような」

「あの人がしゃべることと言えば、『痛い目に遭わせやがって』とか『いつまで治療にかかっておるんだ』とか『藪医者めが』とか、そんな悪態ばかりでしたわ。おばあさんとは、寄るとさわると喧嘩していましたけれど、さあ、注意して聞いていませんでしたから、何を言っていたものやら」

サリーがざっと事情を説明し、何でも情報が入り次第連絡してほしい、とアナリサンラの住所を書き渡すと、快く引き受けてくれた。

病院を出、馬車で役所に戻ると、レナとロビックが別の役人とまだ話をしていた。サリーが慈善病院の看護婦の話をその役人に伝え、弱っている体では、レナの言うように、遠くへ行けないと思う、と言うと、彼はマーガレットをよく知っているらしく、早速捜索隊を組み、バオ一帯をしらみつぶしにする、と言ってくれた。サリーはレナを介して事件の受付番号を受け取った。

「家には鍵をかけてこなかったから、レナ、何か用があったら——私に何か伝言があったら、いつでも中に入れるわ。万一マリアが一人で帰ってきても、中に入れる……」

こんなに時間がたってしまっては、相手がよぼよぼの馬の引く馬車だといっても、もう追いつくことは無理だ。おそらく綿密な計画を立て、考えておいた予定の場所へたどり着いたころだろう。それは、どこか。

「レナ、私がミンダの所へ出かけて、どのくらいしてからM・ホルスが来たの？　落ち着いて思い出して。大事なことなの」

「そう……四、五十分かしら。それ以上ではないと思うんだけれど」

マーガレットのバオの旧牧場にいた老婆の顔を、サリーはしっかり見ていない。だが、その老婆と、おもちゃ売りの老婆、アナリサンラの家の周りをうろついていた老婆は、つまり同一人物だったというわけか。よく考えなければならないところを、うかつにも怠ってしまった。しかしその老婆に、いままで自分たちの動向を見張らせ、マリアが一人になるのを狙っていたとすれば、近くに拠点を持っていたはず。マリアをさらってそこへ行くのでないとしても、その拠点がどこかわかれば、何か手がかりがつかめるかもしれない。あの信頼できそうな看護婦が、マーガレットの病はひどい状態だと言うのだから、その拠点が野っ原や山の中ということはあり得まい。病人と老婆は野宿できるものではないから、必ず屋根の下にいることだろう。老婆が何らかの方法で知らせ、古馬車であの家に駆けつけるまでに、約四、五十分。その距離というと——

「どこへいらっしゃるの？」

「じっとしていられないの。バオ周辺は捜索隊に任せて、私はラザールへの街道を行ってみるわ。バオシティに入らなかった可能性があるからよ」

サリーは話しながら、もう外へ出ていた。

「私はどうしたらいい？　先生」

レナが追いかけてきた。

「家へ帰りなさい」

頭にただ一つのことしかない人の、ゆとりのない返事だった。

「いや！　お手伝いしたいの、先生」

「これは命がけのことなの、レナ。あなたを巻き込むわけにいかない」

サリーは貸し馬車の窓から言い、血が噴き出すような眼差しで前方を見た。雲の広がり始めた空の下を、馬車は砂煙をあげて走り出した。

鉄道線路に近いほうの、人通りの多い新街道と、山道や荒野を横切り、石ころの転がる東側の旧街道とがあったが、まさか人目を引く大道を行くまいと考え、サリーは遠回りの旧街道を選んで馬車を走らせた。時おり民家が見えると、聞きに立ち寄り、遠くに牧夫でもいれば、わざわざそこまで行って尋ねた。見かけた者が誰もいないとなると、新街道だったかと思いが残り、途中道を外れて、穴ぼこに車輪を落としたり、馬車ごと沼地に突っ込んだりしながら、新街道に出てみた。が、やはりここでも目撃者は見つからなかった。それでまた旧街道に戻った。

そんなわけで、あまりに我がまま勝手なことを要求されるのと、道程が大変なのとで御者が怒り出した。初めから言ってくれれば断ったところだのに、この分では日暮れ前にバオに帰り着けるかわからない、悪いが今すぐに折り返してバオに戻る、と言い出す始末だった。サリーがいくら事情を説明して頼んでも、がんとして聞いてもらえず、結局ラザールに着く前に降ろされてしまった。あとは歩くしかなかった。

ラザールはマーガレットにとって、かつての誇らしい栄華の地であり、マリアとともに過ごした忘れ得ぬ故郷とも思える場所なのではないだろうか。残り少ない寿命を抱えた人は、故郷に帰りたがる。マーガレットの生まれ故郷はアメリカだと聞いているが、そこまで行ける体ではない。とすれば、ここラザールこそ、瀕死の命を抱え、愛する子を連れて、身を隠そうとする場所なのではないか。

なんとかラザールにたどり着いたサリーは、ドアの欠けた馬車を捜して、駅前の貸し馬車屋を訪ね回った。果たして見た者はなく、次に安宿を軒並み当たってみた。マーガレットほど特徴のある人間を、一度見れば忘れる者などいない。しかも地元の名士として、この近辺では名を馳せていたはずだ。しかしながら、マーガレットを泊めた者も、乗せた者も、見かけた者も、全く誰一人いなかった。

朝なのか、昼なのか、夕方なのかわからない、太陽がどの方角にあるかもわからないような、地上に重くのしかかった厚い雲の層に、それでも新聞が読めるぐらいにはあった明るみが、吸い取り紙に吸い取られるように消えてなくなっていき、日が暮れた。どんどん時間が過ぎていく。

サリーは『貸し馬車組合』と看板の出ている小屋のドアをたたいた。出てきた御者頭らしい老人に、割増を上乗せした金を見せ、前払いするのでナボ村まで往復したいが馬車を出してもらえないだろうかと頼むと、ふざけるんじゃないよ、と突っぱねられた。どうしたらいいだろうと考えていると、御者頭の後ろから顔を出してサリーを眺めていた若者が、

「おらが行ってやる」

と、言い出した。サリーは好意に甘え、ランタンをぶら下げた若者の馬車に乗っかって、月も星も出ていない夜道をナボへ向かった。

中ごろの草原まで来たとき、若者が命じられもしないのに馬車を止めた。サリーは何事かを直感したが、そのまま座っていた。若者が御者台から降りて、ドアを開けて入ってきた。

「帰りではいけない？」

体に腕を回されながら、サリーが穏やかに言った。

「いま急いでいるの。帰りならゆっくりできるわ」

彼の機嫌を損じないようにやんわり唇をよけると、息遣いを首筋に感じ、まもなくそこに荒々しい唇が押し付けられた。サリーは必死な気持ちを見せないようにして彼を押しやった。

「いまだったら、私、がむしゃらに抵抗してよ。急ぎの用事があるんですもの。そのかわり帰りだったら、あなたの言うなりになるわ。こんな暗い夜に引き受けてくださったんですもの、私もお返しが必要だと考えていたのよ」

「約束するか？」

若者はサリーの肩を抱き、ワンピースの上から腰や太ももを愛撫しながら聞いた。

「ええ、いいわよ」

サリーは蓮っ葉女のように笑って答えた。若者は、かわいいヤツだというようにサリーの腰をたたき、再び御者台に登っていった。

暗い中をランタンを頼りに進むので、二倍も三倍も時間がかかり、ナボに着いたときには真夜中近かった。ひっそりと寝静まった村の中を、マーガレットの古い屋敷の門までやってくると、表札に他人の名前が書いてあり、全体は見えないものの、人手に渡って大改造されている様子だった。根気よく門をたたき続けると、迷惑そうな顔をした門番がランプを掲げて出てきた。夜分騒がせて申し訳ないが、ぜひともご主人にお会いしたくお伝え願いたいと言うと、うちの旦那様はこんな真夜中にゃ誰にも会わない、と言った。

「おっしゃることはごもっともです。重々わかっております の」

それでも、とサリーが頼みに頼むと、門番は一度引っ込んだ。まもなく従僕らしい男を連れてきたのだが、彼もまた渋面で門番と同じことを言い、お休みになられた旦那様をお起こしするぐらいなら、洞穴へ入って虎を起こしてきたほうがまだましだ、などと言うのだった。サリーはあきらめず、この屋敷の前の持ち主が起こした今回の誘拐事件のあらましを語って、この村へ逃げ込んだ可能性があり、屋敷の売却時の状況、支払いが今も続いているのかどうかなど、いろいろ尋ねたいことがあるのだと説明した。従僕はそれを聞きながら、サリーの顔にぶしつけなぐらいにランプを近づけてジロジロ見回し、一時は主人を起こす価値があるのではなかろうか、と考えたらしい心の動きがうかがえた。が、結局同情しただけで終わり、首を振って肩をすくめた。

「私の助言できることと言えば一つ、今夜はどこか宿にでもお泊まりになり、明朝また出直されることでございますな。夜以外の旦那様は、この村きっての分別ある立派なお方で、村人たちも悩みごとをよく相談にまいります」

「悩みごととか、もめ事のレベルではありませんの。子供が誘拐されたんですのよ。事件番号ももらってありますわ」

「事件番号——なるほど。ご忠告差し上げますが、こちらのお役所というのは、まだまだ半人前でございましてね、お嬢様。事件番号を渡したら、それで彼らの仕事は終わりなのでございますよ。捜索隊を出すだなど、まして土日にそんな面倒なことはしやしません。首都にいるような頼もしい警官だの警備隊だのが、こんな西側の田舎までやってくるには、まだまだ年数がかかりましょうよ。ですから、どこの町もしっかり自警団を組織しております。なんならそちらのほうへ行かれてはいかがでございましょうか。それでは、また明朝に。おやすみなさいませ」

門が閉じられた。

いまごろマリアが何をされているかと思うと、気が狂いそうになり、感情が先走って冷静な判断ができなくなるため、自分は犯人を追う一捜査員なのだと無理にも考えようとしながら、待っている馬車に乗り込んだ。

いったいどこへ逃げていったのか。明日をも知れぬ重病人、寄るとさわると火花を散らす老婆、レナのような少女でも追いかけることができるおんぼろ馬車、そして抵抗するマリア、これだけ不利な条件を抱えて、いったい逃げ切れるものだろうか。真っ昼間に誘拐事件が起こったのに、なぜ一人も目撃者が見つからないのだろう。こんな魔法使いじみた軽わざが、果たしてやってのけられるものだろうか。何かを見落としているのか——

前方の馬を操る若者の、ランタンに照らし出された何やら楽しげな背中を見ながら考えるうちに、サリーは危うく彼との約束を忘れるところだった。幸い速度はランタンを掲げながらの並足だ。ガラガラという木車の音が草はらに入ってやわらかくなったとき、サリーはそっとドアを開けて飛び降りた。草の上に転がり、痛い思いをしたが、運良く打ち身の二つ、三つで済んだようだ。馬車は何も知らずに遠のいていった。

あたりは真っ暗闇だった。いくら目を凝らしても、黒い目隠しをされたように何も見えない。遠くに消える馬車のランタンの明かりから方角を見定め、手探りで歩き出した。が、だめだ。これでは穴に落っこちるか、ヘビを踏ん付けるか、ウサギ捕りのわなに引っ掛かるかが関の山である。獣に食われるなら食われよ、という思いでサリーは地べたに座り込んだ。草は夜露に湿っていて、衣服にしみ込み、肌に冷たさが伝わってきた。

もし自分がマーガレットだったら、短い命でマリアを連れて、どこへ行くだろう。東側の都市の雑踏の中へ紛れ込むだろうか。山奥にニッパ小屋でも建ててひそむだろうか。それとも、舟を仕立てて海へ乗り出し、一番近い隣国へ密航でもするだろうか。どれもピンとこない。何かがサリーの胸につかえている。考えることが恐ろしいので、自分でも知らずに避けて通ろうとしている。それは何だろう。

サリーは座り直し、恐れずに真実に立ち向かおうと考えた。非人解放以来マリアと逃げ回って知り尽くしている各地の隠れ家へ、再び行くことはあるだろうか。何よりもそれが一番ありそうなことだが、そうなってはお手上げだ。鉄道線路と蛮族の山々との間の南東側一帯は、草原あり、山岳あり、沢あり、沼地ありで、広漠としてつかみどころがなく、マリアからもそれらの詳しい場所などについて、何も聞いたことがない。が、一つ希望が持てることは、そうした場所でマリアと暮らそうと思っても、マリアが逃げる機会をのがさないだろうということだ。自分サリーからさえ窓を飛び降りて逃げたではないか。どうしてマーガレットから逃げずにいないだろう。

だが、状況が違う。マリアは逃げるだろうか。瀕死のマーガレットを置き去りにして、逃げたりする子だろうか。相手が誰であれ、自分が役立ちさえするなら、命を惜しむ子ではない。まして元の主人の哀願を、どうして無視できよう。情にほだされ、頼みに負けて、マーガレットが回復するまで看病する子ではないか。相手の幸せを願って逃げもし、逃げずにもいる子ではないか。

それで、マーガレットの望みは、何なのだろう。そうやってマリアに自分を看取らせることか。否！　マーガレットの望みは——サリーの胸につかえていたことが明るみに出た。そして、拳で地面をたたいて、歯を食いしばった。マーガレットの望みは、マリアと一緒に死ぬことだ！　鞭でマリアを打ち殺し、自分の死の道連れにするのだ。それこそ彼女の願い、自分の棺の枕にする、と豪語したマーガレットの、昔からの望みだったではないか！

一夜まんじりともせず、座って手をついたままの姿勢で夜明けを待ち、最初のほのかな光が東の空にかかったとき、サリーはまるでクッションの効いたベッドでたっぷり眠ったかのように、力いっぱいに起き上がった。そして決意をみなぎらせ、ラザールの方向へと歩き出した。二度も生死の境をさまよいながら、マリアへの愛のために死に切れなかったマーガレットの執念に、負けてなどいられない。必ず取り返してみせる。必ず！　生きているマリアを、もう一度この手に！

七

歩き通してラザール駅まで戻ってきた。捜索状況を問い合わせるためにバオの役所に電話を入れたが、日曜日なので誰も出なかった。

ふとサリーの頭に疑問が浮かんだ。自分がマリアを引き取ったことを、マーガレットはいつ知っただろうか。もし獄中でも病院でも知らなかったとすると、病院を抜け出して真っすぐに向かった所が、愛する子のいるロンショーでなくてどこだろう。しかし、病人にとってはなんと遠い道のりだろうか。そのあたりに住まいながら、アナリサンラの家を探し当てたとしても、早速もっと近い所に移ったに違いない。それがどこかわかりさえすれば……。とにかくロンショーまで行ってみることにしよう。

汽車に乗ってロンショーに向かったものの、揺られながら頭は迷走し、ロンショーに行っても無駄なだけだ、早く引き返さなくては、もう一刻の猶予もない、などと迷いに迷うのだった。そして、また頭があれこれと考え始める。そうだ、ラザールに来る前に、線路を越えて南東の沢へ入っていった、ということは考えられないだろうか。あの南東の沢は、マーガレットがマリアと二人で最初に隠れひそんだ地域だ。そこを捜そうというにはあまりにも広大で険し過ぎる。しかし、マリアとともに死ぬには、なんと恰好な場所だろう——サリーは震え上がった。そんな所に行かれては、こちらは手も足も出ない。

ロンショー駅に着いた。服は汚れ、足にはまめができ、あちこちすり傷だらけ、きのうの朝から一口も食物を取っていない体は、自分のものでない、まるで棒きれみたいになっていたが、食べる気にも休む気にもならず、ただひたすら歩き続けた。

ふと、こちらを見る視線を感じて振り返った。いま通り過ぎた数人の婦人たちの中に、知人がいたのだろうか？　歩き去る集団の真ん中から、再び視線がこちらに向けられたのに気づいた。が、すぐに人の体に隠されてしまい、顔が確認できなかった。数人の集団は遠のいていった。あの目は誰だったのだろう？　知っているような気がする。こちらを蔑み、哀れみ、笑い頭に浮かぶ顔は、シモーヌかイルーネだ。どちらだろうか。しかし、いまのサリーにはどちらでもよかった。もう一度振り返ろうとは思わなかった。

こんな馬車を見ませんでしたか？　こんな人を見ませんでしたか？　と、道行く人に尋ねているとき、すれ違おうとした男が、サリーのくたびれ果てた様子を見て同情してきた。

「かわいそうに。何十遍も同じことを聞いて回っているんだね」

だが、サリーはさらさら嘘をつく気はなく、答えた。

「いえ、二度目か、三度目ぐらい……」

百遍目だよ、と誰かが教えたとしても、サリーは信じなかっただろう。

不親切な人も、無礼な人も、意地悪な人も、いやらしい人もいたが、何びともサリーを怒らせることはできなかった。命をかけて一つの魂を追い求める狂気は、他の一切の感情を麻痺させた。或る宿屋の女将に近寄っていったとき、彼女は桶に水を汲んできて、わざとのようにサリーのスカートに引っかけた。

「あいにく残飯はないよ」

上品ぶった娘の落ちぶれた姿が面白く見えるのか、それともほかに何が気に入らないのか、意地悪い言葉で追い払おうとしてきた。そんなときでさえ、サリーは同じ一心不乱な熱心さで問いかけた。そして、思わぬ手ごたえに遭遇した。

「あののっぽの、男みたいな女かね？」

女将は、サリーをてっきり汚い商売女かと誤解してしまった、と詫びた。

「十月下旬に一週間かそこら、うちの宿にいたがね。そのあとどこへ行ったか、あたしゃ知らないよ。体のぐあい？　土色の顔してさ、とても元気いっぱいにゃ見えなかったね。いや、一人じゃない、賄い婆さんを連れていたよ。どんな会話をしてたかって？　んなこと、覚えちゃいるもんかね。一週間ほどして、慌ただしく出ていったが、なんせ婆さんの小荷物一つきりだから簡単なもんさ。一番安い貸し馬車を呼んで、それに乗っかっていったよ。老いぼれ馬の古馬車にゃ違いないが、ドアの角なんか欠けちゃいないし、車輪だってまん丸いに決まってるさ。持ち主のじいさんのうちはすぐそこだが、もう口はきけないよ。土の中で目も口も冷たく閉じたまんまさ。ああ、それで思い出したが、客の二人を乗せるときに、ぼやいていたよ。

『「全速力だ、一気にアナリサンラまでやれ」ったって、それじゃ馬がくたばっちまわ』

馬より先に、自分がくたばっちまったわけさ」

アナリサンラ！　図々しくもアナリサンラ！　あの小さな町に一緒にいた！　なぜこんな簡単なことに、早く気づかなかったのか。サリーは急いで駅に戻り、ちょうどやってきた下りの汽車に飛び乗った。

アナリサンラ駅に着いて、二、三の宿屋らしきものを当たったあと、日曜日の役所へ行った。表は当然閉まっていたが、サリーだと知って宿直の男が裏から通してくれた。バオの役所から連絡を受けており、事情は聞いている、だがこんな小さな町には忍び込みようがないと思う、と宿直が言うのを、なんとか頼み落として、住民台帳を調べてもらった。もし下宿人を入れたならば、役所への届け出が家主に義務づけられている。事件番号を確認した宿直は、住民台帳を広げて細かく見てくれた。

九月下旬に監獄から病院に送り込まれたマーガレットは、一カ月ほどのち病院を抜け出してロンショーにやってきた。そこに約一週間いたが、マリアがアナリサンラにいることを嗅ぎつけてすぐに馬車を飛ばし、サリーがエレムに行っている間に、あの家へ踏み込んできた。それは十月末のことだ。それから虫の息で病院に担ぎ込まれて入院。数日たって再び抜け出し、やってきた所と言えば、老婆を住まわせ、同時にあの家を見張らせていたアナリサンラの同じ場所ではないだろうか。同じでないとしても、アナリサンラのどこかには違いないだろう。つまり、十一月の台帳に重要な鍵があるはずだ。

「十一月分の件数は、そう多くありませんよ。もしかしたら偽名を使ったり、変装しているかもしれませんから、読み上げてみましょう。怪しいものがあったら、言ってください。十一月の初めから言いますよ。ビル爺さんの所へ、甥っ子が引き取られて来てます。それから、タバコ屋のチーノの所に、小学校の先生が間借りに来てます。ええと、男と女の二人連れが、皮商いの下宿屋にやってきました」

「男と女？」

「ええ。若い男女ですが、翌日心中してますよ。噂が流れてきたでしょう。聞きませんでしたか？　それから、二人のドイツ人学者が野鳥の研究に来ています。こちらはまだ滞在中ですね。あとは……日本人親子が葬儀屋のオーツの所に間借りしてます。まあ、こんなところですかね。以上です」

サリーがあまりがっかりした様子だったので、宿直はコップに水を汲んで持ってきてやった。

アナリサンラへ来て、いったいどこで寝泊まりしていたというのか。こんな幽霊人間みたいな話があるだろうか。マーガレットがアナリサンラのどこかで、先のない病身をもたせながら、老婆に見張らせ、マリアが一人になるときを虎視眈々と狙っていたことは、確かなのだ。そこにはドアの角の欠けたぼろ馬車を、いつでも出発できるように待たせてあったはず。それほど目立つ一隊が、なぜこうも見つからないのだろうか。何かを見逃している。焦っているために何かが見えないのだ。見開いた目にも、ああでもない、こうでもないと考える頭にも、惑わせる薄雲がかかっているのだ。もう一度落ち着いて考えてみなければならない。服もみっともなく破けており、ここはひとまず家へ戻ろう。

サリーは、自分の手に空のコップがあるのを不思議そうに眺め、これはどうしたのか、という目で宿直を見上げた。

「まだおかわりするんですか？　もう四杯目ですよ。大丈夫ですか？」

どうやら無意識のうちにのどの渇きをいやしていたようだ。役所を出て、疲れ切っていたので貸し馬車に乗った。家に着くまでの短い時間に、さっき読み上げてもらった台帳の人物たちを、一件一件思い出してみた。マーガレットの年齢はいくつなんだろう。五十ぐらい？　喧嘩ばかりしている五十歳ぐらいの背の高い色黒の大女と、七、八十歳の痩せた老婆は、他人から見てどう見えるだろうか？　それは、親と子！

馬車が止まり、家に着いた。すぐに折り返し役所へ行きたいので、このまま待っていてほしい、と御者に告げるや、サリーは家の様子にドキッとした。自分がここを出るとき、木戸に横木を通して閉めた覚えも、マリアとレナが閉めたカーテンを、開けた覚えもなかったのだ。馬車を駆け降り、入り口のドアに飛びついた。

「マリア！」

叫びながら部屋部屋を回った。……いるはずがなかった。マリアとレナの飲んだ紅茶のカップがテーブルにあるはずだったが、きれいに片づけられており、かわりにオレンジと缶詰と一枚の紙切れがあった。紙切れにはレナの字で、食べ物を召し上がってください、明日またここへ来ます、などとあったが、これは昨日のものらしく、数センチあけて、きょう来たことが書いてあった。少しでも体を休め、何か召し上がらなくてはいけない、角の欠けた馬車は依然、バオにもアナリサンラにも見つからない、きょうはあの街道をラザール方面へ捜しに行こうと思っている、云々。サリーはざっと読んでテーブルに置き、寝室へ行ってシャワーを浴び、服を着替えた。

馬車で折り返し役所へ戻った。ごく普通に見て、あの二人は親子に見える。たしかどことかの葬儀屋と言っていなかっただろうか。オーツ。そこだ！

「ミモザという女と、その母親です」

宿直の男が再び台帳を出してきてくれた。

「年齢は、ミモザが四十九歳、母親が七十二歳とあります。しかし、この人たちは日本人だと——所番地？　アナリサンラ西五丁目、七鉢山のふもと——」

町の西の外れ、乾田を越えた辺鄙な場所にオーツ葬儀屋があった。大小の墓石の積まれただだっ広い庭に、キリストの像があるかと思えば、木陰で日本人男が黙々と仏像を彫っているし、削りたての棺桶に寄りかかった別の男は、哀れっぽい声でインドかどこかの歌を歌っている。こちら側の庭には、大柄の少女が両手を前に差し伸べ、すぐそこにチョコレートケーキでも見つけたみたいなまん丸い目をして、駆けている。長いスカートが横に突っ張るぐらい股を広げ、ペンギンのように左右に揺れながら、うれしそうに駆けていく先には、しかし、原っぱしかない。

サリーは馬車を降りると、三つ並んだ木造の建物のうち、母屋と思われる真ん中の建物のほうへ真っすぐに進んでいき、呼び鈴を鳴らした。黒縁の眼鏡をかけ、白シャツに白ズボンをはいているが、どこか清潔感のない四十男が顔を出した。オーツさんにお会いしたいのですが、と言うと、

「おれだよ」

と、笑った。まだ年寄りでもないのに、上体をまっすぐ起こしていられない人のように、腹とひざを前方に突き出し、両肩を後ろに引いて、首を前に折っている。サリーの性急な質問にも、彼はしまりのない笑いを浮かべながら答えるのだった。

「その二人、確かにうちにいるよ」

サリーが殺気立って勇み足を踏んでも、彼はのんびり話した。

「きのうからまだ帰っちゃいないが、またぐあいでも悪くなって病院に担ぎ込まれでもしたんじゃなかろか。最初十月末にやってきたが、何日もたたないうちに、娘のほうがひどいことになって入院しちまったんだよ。それから一週間ほどして退院してきて、しばらくうちにいたんだがね、血の気の多い女だよ。寝たっきり動けなくて、粥を食う元気もないってのに、母親を罵るわ、罵るわ、終日責めて急き立てて、そのたんびに年寄りの母親は外へ出ていくんだが、どうも頼まれた用事が思うようにいかないらしいんだよ。母親も負けちゃいない、二人で悪態の付きっこさ。

それが、きのうの朝——いや、昼前だったか、おれが娘から部屋代を勘定して受け取っていたとき(金はみんな娘が管理していたからね)、母親が大あわてで外から帰ってきたんだよ。寝ていた娘の肩を、やおらガバとつかんで起こすのさ。さあて、この年寄り、いよいよ我慢の緒が切れて娘を殺すか、と思ったね。だが、違った。枕の下から財布を取り出すのもやっとという娘が、母親にマントを引っかけられると、あんた、二段跳びで階段を降りていったよ。メアリが正気に戻ったって、と言ったって、おれはあれほどたまげないね。え？　そうなんだ、いつの間に呼んだのか、ぼろ馬車が家の前まで来ていたんだよ。それに乗ってどこかへ行ったんだが、荷物がまだ部屋に置いてあるから、いまに戻ってくるだろうよ」

サリーは事件のあらましを述べ、おそらくここには戻ってこないと思う、だが戻ってきたらすぐさま役所に連絡してほしい、何とかして糸口をつかみ、逃亡先を知りたい、二人の会話を思い出してほしい、地名を口にすることはなかっただろうか、と聞いた。オーツは他人の不幸や、自分に害のない事件が楽しいらしく、もったいぶって思い出し顔をした。

「ここんところ、よく怒鳴っちゃいたが、さあ、地名と言われてもねえ——そう、一人でいるとき、リミ、リミ、と泣くような声を出しているのを聞いたことがあるよ。ほかに？　おれも寝ずの番をしてたわけじゃないからねえ」

二人の部屋を見せてほしい、とサリーが頼むと、捜索令状がなければだめだ、と言った。

「人違いってことがあるからね、部屋代を取れなくなるようなことはしたくないんだよ。庭にいる奴らに聞きたい？　ああ、それなら構わないよ。だが、まともな人間は、こんな所にゃいないよ」

サリーは屋敷の周りにいる人たちに、ぼろ馬車のことや、たばこ好きの老婆のことを尋ねて回ったが、オーツの言うとおり、時間の無駄だった。四方を見渡せば、小高い丘、こんもりと茂った森、広い草原、馬車はどこからでもやってこられそうだと感じた。

オーツ葬儀屋を出て、気にかかっている最後の場所へ出発する前に、アナリサンラ駅からバオの役所に電話を入れた。やはり、いいかげんだということがわかった。

「わかってます、わかってます。やってますよ。捜索隊の人数を集めるのに苦労してましてね」

サリーは駅前で貸し馬車を雇い直した。疲れていたが、力をふり絞らなければならない。マリアのことを思えば、一刻の猶予も許されないのだ。

遠出の割増料金を払うからと、新しい御者に約束し、バオシティの手前で線路を南へ超えた。午後も四時を過ぎたというのに、太陽の直射が馬車の屋根を焼く果てしない荒野を、やがて東にとり、蛮族の山々が近くに見えてくるまで、御者に頼み頼み進んだ。黄昏が始まり、いくつかの牧場小屋を見間違えながら、ようやく腹立たしい覚えのある板小屋が見つかった。牛が十頭余り草を食む中を行くと、馬車の音を聞きつけて老人が出てきた。頬をピクピクさせ、疑い深そうな目をしてサリーの降りてくるのを待ち、隠していた猟銃を出し抜けに構えた。サリーは驚いて立ち止まり、老人を正視して、マリアはどこにいるのか、と武者震いをしながら尋ねた。

「マリアだ？　何じゃ、そりゃ」

銃口を突き付けられたまま話をすると、この老人は競売でこの牧場を手に入れただけで、先住者が誰か興味も持っておらず、何も知らなかった。

バオシティに入ったときには、すっかり日が暮れていたが、役所へ行ってほしいと言うと、もう馬が疲れてだめだ、と御者に断られた。馬車を降り、所々街灯の灯った夜道を役所まで歩いた。宿直の役人が出てきて、一応少人数の捜索隊を出したが、何も見つけられずに戻ってきた旨の伝達事項を受けている、と言った。中へ入れられ、椅子を勧められて、サリーはしばらく腑抜けたように座っていたが、バッグを持つのも忘れて立ち上がり、役人に追いかけられた。

万策尽きてしまった。本当にどこへ消えてしまったのだろうか。どこへ行ったにしても、真っ昼間にもかかわらず、レナの言うあり得ないほどおんぼろの馬車を見かけた者が、これほど捜してもいないというのは、いったい全体どういうことなのだろうか。余計な憶測をのけて、はっきりとわかっている事実だけを考えてみよう。事実だけを。

レナに追われながら、草原を北へ走った。山陰を右へ曲がるところまではレナが見ている。問題はその後だ。バオシティには入らなかったと思われる。ラザールへの旧街道も取らなければ、新街道も取らなかった。目撃者が一人もいないのだ。では、山陰を右へ曲がったあたりに隠れているとでもいうのか。しかし、あそこらへんは、遠く工場街が見える見晴らしのいい草原で、周りには農家や牧場がある。

山へ登る？　まさか。周囲は切り立った崖だった記憶があるし、樹木が繁茂していて、馬車で登るのはとうてい無理な話だ。それとも、どこかに登る道でもあったのだろうか。

サリーは自分でも知らずに線路を越え、北東へ向かって歩いていた足を、急に速め出した。

雲間からわずかに星が出ていたが、石につまずいて転んだり、道から外れて穴に落ちたりしながら二時間も歩き通し、バオの郊外を抜けて草原に出た。暗くて、山の周囲がどうなっているのか全く見えない。ただわかることは、山は塔のようにそびえ立っており、たとえ山道があったにしても、ぼろ馬車が登るなどというのは不可能に近いということだ。

あれからもう、だいぶ時間が過ぎてしまった。今夜が明ければ二日がたつことになる。マリアは生きているのかどうか……。

「マリア、私を置いていかないで……」

アナリサンラの家までの草原は果てしがないように思え、サリーはちょっとばかりの草に足を取られて、くたくたと倒れ込んだ。両手を地面に着いたまま、起き上がる力がなかなか出てこない。口を一文字に結んで、長いことそんな姿勢でいた。それから、ふっと唇を開いて、涙の流れる顔を上向けた。

「神様」

激しい息遣いをしながら、天に向かって呼びかけた。

「マリアをお返しください。私がどんな悪いことをしたというのでしょう？　私があなたから、どんな恨みを買ったというのでしょうか？　お願いですから、マリアを連れていかないで……どうかマリアを返してください。私にマリアを返して……」

草はらに泣き崩れそうになったとき、いきなり両手の下の草をつかんで握りつぶし、根っこごと引き抜いて立ち上がった。それを天に向かって振り上げ、声を限りに叫んだ。

「マリアを殺さないで！　マリアは私のものです！」

神と張り合うばかりの力を奮い起こし、両手の草を投げ捨ててバッグをつかみ、やがて薄暗い草原をとぼとぼと歩き出した。たわけたその狂気を笑うかのように、星がまたたいた。

八

色のない夜明けが始まったころ、家にたどり着いた。中に入り、壁際のマリアの椅子に倒れ込むように座ってうつ伏した。弱い脈に合わせて、うっとうしい光模様が、閉じたまぶたの裏にチカチカしている。

と、廊下へ通ずるドアが開いた。ハッとして顔を上げると、水色の寝間着を着たマリアがそこに立っていた。

「マリア！」

サリーはガタンと椅子を後ろへ倒して、駆け寄った。抱きしめようとしたとき、がっくりと床にひざをつき、両手も落ちた。

「サリー先生……」

何を勘違いしたかがわかって、レナは言葉もなく、サリーの肩にそっと手を置いた。濡れた頬にへばりつくひと筋の髪の毛が、美しさを真っ二つに裂く短刀の傷痕のように見えた。その横顔が崩れて、弱々しい遠吠えのように、悲しげな泣き声が聞こえてきた。顔を背けたままレナの手を握りしめて泣き続けるサリーを、レナはじっと待っていた。

「マリアは生きている……私、わかるの、先生。……ミンダはそんなことしない」

サリーが顔を上げた。

「ミンダ？」

「おとといミンダが亡くなったって、ミンダのお父様から昨日連絡が入ったの。うちの父が受けたんだけど、ミンダのお父様は、ひどく打ちひしがれたご様子だったそうなの。だって、奥さんに続いて、同じ年に一人娘まで失ってしまったんですもの。ああ、かわいそうな、かわいそうなミンダ……それで先生は、ミンダには間に合わなかったの？」

「いいえ。ミンダはまだ生きていたけれど、ミンダ、ミンダと呼んでも、衰弱していて、もう私の顔がわからなかったの。それからまもなくして、息を引き取ってしまった……。人には、レナ……乗り越えられない愛というものがあるのね」

「先生、違うの。『乗り越えなければいけない愛』があるの」

「ええ……あなたが正しいわ」

教師のはしくれとして過ごした思い上がりの一場一場を、レナが思い起こさせた。理想と現実の間にあるのは、なんと埋まらない深いギャップだろうか。サリーは立ち上がるのに、レナの小さな手も借りなければならなかった。やっと歩いて、疲れた体を長椅子に沈めた。

「いい先生になろうと思って、私、努力したわ。私なりに生徒たちを一人ひとり大切にしてきたつもりだった。それなのに、多くの生徒の心を傷つけ、そのうちの一人を殺してしまった……新しい先生は生徒にあまり心をかけていないようだけれど、生徒は全員元気にしていて、自分たちの道を歩んでいる。私が努力してきたことって、いったい何だったの？　死なせるためにお話を聞いてあげたり、抱いてあげたりしたの？　だったら私は、ミンダを怒鳴ったり、ぶったりしていればよかったんだわ」

「ご自分を責めないで、先生。先生のお人柄が忘れられない人は多いの。私もその一人なんだけれど、これからの長い人生で、その思い出が救いになったり、慰めになるとしたら、サリー先生の存在価値はいまのワグロマ先生の比ではないと思うの。ミンダは本当は、お母様が亡くなったときに死んでいたのかもしれない。それを先生が、寿命を何カ月間か延ばしてあげたの。そう考えましょう、先生」

「あなたはなんていい子かしら、レナ。あなたとマリアに出会えて、ロンショー中学を選んだ私は、世界一幸せな教師だったわ……。それでミンダが、何を『そんなことしない』と言うの？」

「マリアを呪い殺してやる、ってさんざん言っていたけれど、ミンダは言葉だけだったと思うの。自分と一緒にマリアを連れていくなんてこと、ミンダはしないと思うの。ミンダは、本当はとてもやさしい子なの、先生」

「ええ、もちろんわかっているわ。ミンダがマリアを道連れにしたとか、復讐したなんて、いっさい考えていないわ。悪い、と唯一私が思うのは――」

マーガレットだ、と言おうとしたのではなかった。神様だわ、と言おうとして、サリーは言いやめた。なぜ自分がそう考えるのかもわからなかったし、道理にも合わず、いずれにしろレナに言うことではなかった。サリーは虚ろな目をして、長椅子に身を横たえた。

「先生は少し休んでください。きょうは私が捜しに行きます。きのう夕方になってここへ来たときにも、まだ先生がお帰りにならなかったので、ロビックに、

『今夜はここに泊まるから、お父さまにそう言ってちょうだい。そしてあしたの朝、迎えに来て』

と言ったの。ロビックは、

『めっそうもない。こんな物騒な所でお嬢さまがお一人泊まるなど、もってのほかでございます』

なんて、怒るの。私だって負けていないで、

『内側からしっかり鍵をかけるから大丈夫。お願いを聞いてくれないなら、私もきょうから何も食べ物を取らないで、ミンダみたいに死ぬから』

って言ったら、震えあがって一人で帰っていってくれたの。だから今朝は、私を学校へ送り届けなくちゃならないから、もうすぐやってくると思うの」

サリーは返事をする力も、ほほ笑みを見せる気力もなく、動かず、長椅子に横たわったままだった。

「それで、ロビックが来る前に早くお話しておきたいんだけど、ゆうべマリアの寝間着を借りて、二人でドアまで運んだまま斜めになっているベッドに寝て、それを全部おまじないみたいに思いながら、一生懸命に考えたの」

ガラガラと音がし、馬車が来てしまったようだ。

「考えたの。ホルスさんのあの体では、絶対に遠くへは行けないって。だって、あの倒れ方が演技だったとは、どうしても思えないんですもの。そうすると、一番近いシティはバオで、一番近い村はオルトなの」

山高帽をかぶったロビックが窓から見えた。レナは、いま行くから少し待ってほしい、と外のロビックに聞こえるように叫んで、話を続けた。

「マリアから聞いたことがあるの。オルトって、マーガレット・ホルスさんのお祖父さんが住んでらした所なんでしょう？　そして海に近い、人里離れた村なんでしょう？　前にうちの父から聞いたんだけど、マーガレット・ホルスさんはアメリカの極悪人の娘なんですって。でも、そのお祖父さんのジェームズ・ホルスという人は、悪い人間ではなかったようなのね。お祖父さんがいい人だったなら、オルトの村には、その孫娘をかくまう人がいるかもしれないと思うの。どうお思いになる？　先生」

サリーはすでに身を起こしてレナを見ていた。

「私が追いかけたあのとき、馬車に乗った人には、追いかける私が見えたんじゃないかしら？　だから、山陰《やまかげ》を右に曲がって、私がまだついてくるかどうか様子をうかがっていた、ということも考えられるの。それで、私を振り切ったと確信したころ、引き返してきて、あの山陰を左の方向へ行ったんじゃないかしら？　私をごまかすために右へ曲がったふりをして、あとから左のほうへ行けば、そこはオルトよ、先生。それに、あんなぼろっちい目立つ馬車を、誰も見なかったなんて――」

サリーの全身が鳥肌だった。すぐさま立とうとしたが、意思に反して力が全く出ず、その場に転んでしまった。何とか起き上がると、ゆうべレナがサリーのために用意したまま手つかずのテーブルから、ねじりパンと冷めた焼きベーコンを取り上げた。さっき黒い男の子が持ってきたんだけど、とレナが生卵を手にして見せたが、二人とも調理の仕方を知らなかった。

「オルトには気がつかなかったわ、レナ」

涙を手のひらで拭いながら、喉につかえたパンを無理やり飲み込もうと苦心しているのを見て、レナがコップに水を汲んできた。

食べ物を体に入れると、馬車を貸してほしい、あなたをアナリサンラで降ろすから、汽車で学校に行きなさい、十分間に合うから、と時計を見もせずにレナに言った。

「学校なんかどうだっていいの。私も連れていって」

非常に危険なので一緒には連れていけない、としゃべりながら、サリーはレナの手を引っ張って馬車に乗り込んだ。

「オルトに何か手がかりがあって、万一とどまるようなことがあっても、馬車だけは午後までに必ず返すわ」

「ずっと使ってらしていいの。でも午後に一度、私の家に連絡してくださる？　ワグロマ先生に頼んで学校から家に電話を入れれば、先生の伝言が聞けるでしょう？」

「わかったわ。何がどうなるかわからないけれど、必ず連絡しましょう」

馬車の中で会話し、レナをアナリサンラ駅で降ろしたあと、サリーはあのときの道をたどって草原を北へ走った。そして山陰を右へ曲がらずに左へ折れて、一路オルトへ向かった。

田畑や人家をまばらに見ながら進み、潮のにおいがしてきたところで、北西へ進路を変え、オルト村に入った。村人の不審な目に出くわしてサリーは警戒し、道をそれて林の中でロビックを止め、馬車から降りた。昼までここで待っていてほしい、昼を過ぎても私が戻らなかったら、レナの家に帰ってほしい、そのときには私は貸し馬車を見つけて帰るから、とロビックに説明した。

「承知いたしました」

ロビックは礼儀正しく返事をし、御者台から降りて、のんびり馬の世話を始めた。

サリーは注意深くオルトに乗り込んだ。頭に桶を乗せた土地の女が歩いてくるのにも、さりげない顔ですれ違った。マーガレットの祖父ジェームズという人物が村人たちに愛された老人ならば、その孫娘をかくまう者がいるだろうと言ったレナが正しいとすると、うかつに人に聞けないと考えたからだ。幸い今朝はワンピースを着替えなかったので、ぼろを纏って遊ぶ子供たちに比べても、そうかけ離れた人間には見えまい。そう思ってサリーは子供たちに話しかけた。まず役場がどこにあるか。次に貸し馬車屋を知っているかどうか。

「おら、知ってる。馬車屋じゃないけど、たまに馬車を貸してるよ」

大きい子が答えてくれた。教えられた道を歩いていき、何気ない振りをして、板囲いの貸し馬車屋の前で立ち止まった。粗末な布を纏った女が、馬糞をバケツに集めていた。背中の赤ん坊がむずかって泣いていても、気にならない様子だ。サリーはちょっと首を伸ばして板囲いの中を覗いた。馬車はたった一台しか置かれてなかった。それがドアの角が欠けたぼろ馬車だとわかったとき、気が動転して倒れそうになった。思い切り舌をかんで気持ちを落ち着けた。

「なんか、用かい？」

年寄りの御者が藁ぶきの小屋から出てきた。誘拐を手伝ったのだから、口止めされているに違いない、それとも知らずに巻き込まれただけなのか、などとサリーは考えて、どう話しかけたものやら、探るような視線を注ぎながら思案した。

「近ごろ事件が多くて、いやになりますわ」

「そうかね」

誘拐事件とは言えなかったが、老人は動揺したかげもなかった。潔白のようだ。サリーは思い切って尋ねた。

「この馬車、おとといの午前中にアナリサンラへいらしたわね？　そこで男のような大柄の女の人と、おばあさんと、少女を乗せたでしょう？」

「ああ、乗せたよ」

「どこへいらしたのですか？」

語気が鋭くなるのを抑えようがなかった。

「ここだよ。あんた、馬車に乗るのかい？」

「ここのどこ？　もちろん乗りますわ」

「シャートフ長屋さ。どこまで乗るのかね？」

「もちろんシャートフ長屋まで」

ドアが欠けたどころの話ではない、乗って走り出すと、道が悪いためにどこかの木がカタカタ鳴るまではいいが、車輪の或る箇所へ来るたびに、ボコン、と穴へ落ちたようになる。四六時中キーキーと油切れの音がする。座席にはスプリング一つない。おまけに足の短い不細工な馬は、ときどき御者の言うことをきかずに立ち止まってしまう、といったありさまだった。

「どうした？　ん？」

馬の機嫌を取りながら進むので、途中で降りて歩き出したいぐらいだった。

「あそこだよ」

どうにかこうにかシャートフ長屋という建物が指さされる所までやってくると、サリーはそのずっと手前で降ろしてもらい、請求された安い料金を払った。

だだっ広い通りの両側に貧しい家が建ち並んでおり、貝殻が山と積まれていたり、干し網に魚がぎっしり干されていたり、壊れた舟の傍らで子供が遊んでいたりした。そばにある丸桶と同じぐらい乳房の大きな太った女が、長屋の数軒手前の家の外流しに立っていた。ごつい出刃包丁で魚をぶち割っている。サリーは彼女に近づいていった。昔、この辺にジェームズ・ホルスという老人が住んでいたと聞いているが、向こうのシャートフ長屋がそうなのか、と用心深く尋ねた。

「んだ」

女は気軽く答えた。いま誰が住んでいるのかと聞くと、シャートフ夫婦と子供たち、それに間借り人たちだ、と返事が返ってきた。つい最近新しく来た人はいるかと尋ねた。

「よく知らねぇが、新しい人間は見かけねぇ」

サリーはシャートフ長屋を目指して歩いていった。ただもうマリアが無事でいてくれることを祈り、心臓の高鳴りを抑えて足を運んだ。

母屋の隣に六世帯分の貸し部屋を持つ、細長い木造家屋がシャートフ長屋だった。その六世帯の窓を眼光鋭く次々と盗み見ていき、そのうちの一つに近寄ろうとしたとき、自分に注がれる視線と笑いを感じた。振り向くと、色白の女が母屋の入り口に立って、こちらを見ていた。

「お部屋を借りに来ましたの」

衣服の汚れは疑いを起こさせないだろうと高を括って、サリーは笑みを返した。

「部屋はいっぱいだよ」

女の目はずるそうに笑っていた。

「空いていると聞きましたわ。新しい人は入って――」

「嘘を言いなさんな。あんたが誰だかわかってるんだよ」

サリーは真顔になり、傾げていた首をまっすぐに立てた。

「それなら、話が早いわ。あの人達はどこにいますの？」

「教えてやるさ」

女は四十過ぎと思われたが、妊娠しており、大儀そうに柱に寄りかかって、教えてやることをちっとも急がなかった。よちよち歩きの幼子が片手に魚のしっぽを持ち、もう一方の手で彼女のエプロンをつかんでまとわりついていた。そのほかにも子供たちの声がどこからか、わんわんと響いてくる。

「あたしがお嫁に来る前から、ジェームズ爺はここに住んでたんだよ。作った籠をくれたり、靴をくれたりしたものさ」

妊婦はサリーの焦りを楽しむかのように、ゆっくり昔話から始めた。

「あたしはこの村の外れで生まれて、貧しくてね、お返しに何もあげるものがないと言うと、

『いいんじゃよ。そのかわりマーガレットが戻ってきおったら、仲良くしてやっとくれ。わしが死んだら、あいつはこの国でひとりぼっちなんじゃ』

と言うのさ。ジェームズ爺とあたしの爺ちゃまが兄弟で、マーガレットとあたしとは血がつながっているんだが、顔も覚えちゃいないほど遊んだ記憶がないんだよ。

『おまえよりいくつか年上での、なんせ体の大きい子じゃ。顔はかわいそうに、わしにそっくりなんじゃよ』

そう言って笑うのさ。それが、神様のお引き合わせであたしがここにお嫁に来てから、だんだん孫娘の愚痴をこぼすようになって、あいつと仲良くしてくれ、とはもう言わなくなったね。びっくりしたんだが、死ぬ二、三年前に、ちっちゃな非人の子を引き取って、それを孫娘よりかわいがり出したのさ。

ジェームズ爺が死んで、あたしはテーブルクロスやランチョンマットを編んで、葬儀の日にマーガレットを待っていたが、結局来なかったよ。それから何年かして、マーガレットの所からあのちっちゃな非人の子が逃げ出した、てんで、みんなで、へえ、って噂し合ったぐらいで、風の便りもとんとなかったねぇ。あたしもそれきり忘れていたんだ。

それがついこないだ——先月の末だったか、みすぼらしい男がひょっこり訪ねてきてね、

『ジェームズ爺の部屋は空いてるか』

と聞くのさ。

『空いちゃいないが、おまえさん、誰だい』

と聞くと、

『孫娘のマーガレットだ』

と言うから、びっくりこえたねぇ。事情を聞けば、盗まれた小間使いを盗み返してくるから、そのときにひと月ふた月、人目につかない部屋がほしいのだ、と言うじゃないか。小屋でもいいかい、と聞きゃ、いい、と言う。

『それなら任しときな』

だけんど準備して待っててても、なかなか来なくて、あんとき夢でも見たのかと思ったが、とうとうやってきたよ。おとといのことさ。小間使いというのを見て、たまげたもんだ。ジェームズ爺のかわいがってた非人の子じゃないか。縄で縛られて、ばあさんに口をふさがれていたが、あの子はあたしのことを覚えてて、目つきですがりついてきたね。これは事情がありそうだと思ったが、いくらジェームズ爺がかわいがったと言ったって、あの子はしょせん非人の子、孫娘は孫娘だからね。誰にも内緒にしてほしい、助けてくれ、とマーガレットがやせ細った体で言うんだ。

『ついておいで』

って、三人を小屋へ案内してやったさ」

「それはどこ？」

サリーがいくら苛立って足を踏み出そうが、妊婦は悠然と構えて話を続けた。

「『誰が来ても、この場所を教えるな』

としつこく言うから、

『あたしゃ尻も軽くなけりゃ、口も軽かないよ』

と言ってやった。本当さ。だけど、きのうの昼に食糧を足しに持っていってやったら、

『もういいぜ』

と言うんだ。何がもういいのか聞けば、

『そろそろ二十六、七の飛び切りのべっぴんがやってくる。そうしたら、おれがここにいることを教えてやれ』

と言うんだよ。まあ、ジェームズ爺が嘆いていたのも何となく、うなずけるね。我がままなのさ」

「そこへ連れていってください」

サリーの顔からは血の気が引いていた。妊婦は、魚のしっぽをしゃぶる幼子を抱え上げた。

「あわてなさんな。あの人はどこへも行きゃしないよ。いばりくさっちゃいるが、すごくぐあ

いが悪そうなのさ」

彼女は幼子を家の中に入れ、長靴を履いて出てきた。

「小屋の見える所まで連れていってやるよ。あとは一人で行きな。あたしゃ忙しいのさ。いつだって一ダースの口がおまんまを待っているんだから」

一つきりしか口の待っていない母親でも、彼女よりはよっぽど忙しそうに見えるだろう。

長靴をぶかぶかいわせて歩くシャートフの女将の後ろに付いていくと、だだっ広い通りが次第に草むらになっていき、人家が途絶え、前方が見えなくなるほど丈の高い雑草の原っぱに出た。女将がスカートの裾をたくし上げて絡げると、ひざ下まで届く黒ずんだ長パンツが見えた。その格好で、背丈まで伸びた雑草をかき分けて進むのだが、下は泥沼だ。サリーの少々ヒールのある革靴はずぶずぶと沈み、脱げてしまい、サリーはそれを手に持って裸足になった。雑草の細長い葉っぱは、両刃のナイフのように鋭く、サリーの手を切り、素足を刺し、ワンピースを裂いた。見れば、女将のほうは慣れたもので、かすり傷ひとつ負わずに、造作もなくガポガポと長靴の音をさせながら進んでいく。ようやくそこを抜け出たとき、手足を血だらけにし、おこもも敬遠するほどワンピースを泥と裂き傷でぼろぼろにしたサリーを見て、女将が笑った。

「小屋はどこです？」

石や岩の多い荒地を見渡して、サリーは泥に浸かった足に頓着せず、これまた泥まみれの靴を履いた。

「あそこだよ」

遠くの林の方角が指さされた。

「行ったら、まずバケツの水をもらって、腰から足に引っかけることだね。もっとも、この雲行きじゃ、ひと雨来そうだ――いや、ひと雨じゃ済まない、でかいスコールがやってきそうだよ」

女将は西の空から押し寄せる真っ黒な雲を見ていたが、小屋の方角を指さされたときからサリーの目は、その一点を見据えて離れなかった。それはみるみる、中央へ集められた力によって、見つめたものが切り裂けるほどの鋭い眼差しへと、変わっていった。おかみは肩をすくめ、またガポガポと引き返していった。

石につまずきながら荒地を突き進むにつれ、小屋らしいものがはっきりしてきた。それは、暑さをしのぐためだろう、地面から少し浮かせた奥行きのある丸太小屋で、周りを樹木に囲まれ、居心地が良さそうにも見えた。遠くからすでにサリーを見つけていた老婆が、そばの石に腰かけ、鼻を上向けて見下したようにタバコを吸っていた。小屋の入り口に、ヌッ、とマーガレットが現れた。

「おいでなすったか」

背は高かったが、めっきり胸が薄くなり、目が白く濁り、顔の輪郭がボヤッとしてはっきりせず、その薄笑いは今にもあたりに溶け出しそうに力なかった。

「マリアはどこです？」

何者も止めることができない気迫をみなぎらせ、自分とマリアの間にあるすべての障害を抹殺し去る勢いで、サリーはマーガレットに歩み寄っていった。その距離がずんずんと縮まり、五歩の近さになったとき、薄笑いに開いていたマーガレットの口から、ひと言が漏れ出た。

「あいつは死んだ」

サリーの歩みが止まった。目の前が真っ暗になり、体が揺れた。世界にただ一点の光もなくなり、あらゆるものが価値を失い、自分の命が綿ぼこりほどの重さもなくなったのを感じた。

「おれが鞭で打ち殺してやったのだ」

マーガレットは勝利の凱歌をあげて笑い、安らかな満足をたたえて目を細めた。その目で、茫然と立ち尽くすサリーを、振り乱れた髪から、切り裂けた服、泥だらけの足元へと、なめるように見下ろしていった。

サリーは狂乱の眼を開いた。走り、マーガレットに飛びかかり、その胸ぐらに両こぶしで体当たりして、ドーッ、と床に押し倒した。サリーの体力は限界まで弱っていたが、それでもマーガレットよりは倍も力強かった。マーガレットは身を守ろうとせず、笑みを浮かべたまま仰向けに転がって、快いもののようにサリーの重みを受けた。

「リミは死んだ。リミはおれのものになった。完全におれのものになったのだ。おれから取り上げることは、もうできん。おれと一緒に逝くのだ。ざまあみるんだな。おれのものだぞ。リミはおれのものだぞ」

おれのもの、と言い続ける唇の端から赤い血が流れ出し、耳を伝ってしたたり落ちた。仰向けになったマーガレットの上から、サリーはもがいて起き上がり、丸太小屋の中へ入っていった。それまで石に腰かけて、笑いながら見物していた老婆が、タバコを投げ捨て、落ちているサリーのバッグを、それとなく石の陰に隠してから、後についた。サリーは奥の仕切りドアを開け、ベッドの下を覗き、戸棚、箱、くずかごにいたるまでひっくり返した。

「マリア！　どこなの。どこにいるの。答えて、マリア！」

「あの子は死んだのさ。旦那が鞭でたたき殺してくれたのさ」

老婆は、転がって起き上がらないマーガレットを気にかけながら、サリーのすることを見ていた。

「嘘を言いなさい！　あの弱った体で人がたたき殺せますか」

「全く不思議なもんさ。水を飲む力がないときだって、あの子を抱え上げる力はあるんだからさ」

老婆はマーガレットのそばまで行き、その顔をのぞき込んだ。血を吐きながら天井を見つめて、まだ笑っていた。

「だがもう、ある力はみんな出し切ったらしいね。一日じゅう子供をたたいていたからね。これで最期だろうさ」

隅の床板に太い鉄くぎが二本突き刺さって、それに縄が絡まっているのを、サリーは見つけた。

「これは何」

「それに縛り付けて打ったのさ。ほれ、壁に掛かってるそいつでね」

老婆のあごの先に目をやると、べったり血のこびりついた鞭がかかっていた。サリーの目はくぎづけになり、やがて両手がおろおろと伸ばされた。

「マリアの血なの？」

サリーは鞭を取り上げて、そっとさすった。

「疑い深い人だね。本当に死んだんだよ。死体を焼いた跡だってあるさ」

「死体を焼いた？」

「そうさ」

サリーの体がグラッと揺れた。痙攣し始めるひざを持ちこたえ、やっとの思いで震える声を出した。

「見せてください」

「面倒なこった。空は雨もよいだってのに」

「お願いです。でなければ、信じません」

老婆はまんざら気が進まなくもないようで、展示会でいい成績をおさめた自分の作品を、もう一度見せてほしいと言われた作者のように、自信ありげにサリーを手招きした。サリーは老婆に続いて、入り口をふさいでいるマーガレットをまたぎながら、その顔がまだ動いているのを見た。声もなく、唇も形をつくらなかったが、その動きを見慣れた老婆と、そしてサリーには、はっきりわかる言葉だった。リミ。リミ……リミ……おれもいま行く。いま行くぞ、リミ。待っておれ。いま逝くからな……。

サリーは目をそらし、血ぬられた鞭を胸にして外へ出た。老婆は林を入っていき、通り抜け、石ころの多い荒地を川の近くまでやってくると、ある場所で立ち止まった。

「ここさ」

見ると、すっかり片づけられた黒焦げの一角があった。

「油をかけて、きれいさっぱり焼いちまったよ」

老婆は汚らしいエプロンのポケットから新しいタバコを取り出し、マッチを擦って火をつけた。

「灰や骨は川へ流しちまった。変に人に見つかっても困るからね」

黒い焼け跡には、まだかすかに焼いたにおいが残っている。サリーは鞭を置いて這いつくばり、骨のひとかけらでも見つけようと、手のひらでそっと焼け土を撫でていった。砂粒ほどのものでも見逃すまいと手を滑らせるうちに、金属が指先に当たった。拾い上げて土を払うと、S字型の留め金だった。にせのダイヤが溶けてこびりつき、メッキがはがれ落ちて鉛色がむき出しになっている。老婆がそれを見下ろして、「ふん、偽物さ」と鼻を鳴らし、煙を吹き出した。

「マリア……マリア、どうして……どうして私を置いて行ってしまったの？」

泣き崩れるサリーの背中に、大粒の雨が落ちてきた。

「そおら、言わんこっちゃない。あたしゃ、戻るよ」

サリーは体を起こして、キッ、と老婆を睨みつけた。

「人を殺しておいて、よくも——」

「あたしじゃないよ、旦那がやったのさ。文句なら旦那に言いな。あたしは、死んだのを焼いただけなんだからね」

「マリアはいつ死んだの？」

「翌朝さ」

「話してください。どんなふうに死んだのか」

タバコに雨がかかるのをいまいましく思うのか、老婆は眉をしかめた。

「おととい、ここへ来た日、旦那は自分がぶっ倒れるまで鞭を使ったね。あの子の手足を縄で縛っておいてさ、そのうち子供のきれいなおべべが破れて、背中から血が出てきたよ」

サリーは苦痛のあまりに身もだえした。

「そうして翌朝まで打っていたというの？」

「いんや、旦那は休み休みやってたんだが、そのうち参っちまって、続きはまた明日だ、と言ってベッドに倒れ込んだのさ。あのときひと思いにやっときゃよかったものを」

「よかったものを？」

老婆は空を見上げて、雨の様子を憎らしそうに眺めた。

「ひと思いにやっちまや、夜じゅう苦しがらなくて済んだだろうに、ということさ」

「マリアは夜じゅう苦しんだの？」

雨が地面を叩きつけるように降ってきており、まもなく土砂降りになることが目に見えていた。

「おまえさんもしつこいね。こうしてしゃべっていりゃ、びしょ濡れになるじゃないか」

「マリアは、何か言って？」

「何も言いやしないよ。声も上げずに打たれていたよ」

「人の名――私の名を呼ばなくて？　サリー、とか、お姉さま、とか。あるいは……神さま、とか」

「打たれ始めてからは、ひと言だって口を開かなかったね」

「打たれる前には？」

「うちに帰して、帰して、とすがっていたよ」

「それでひと晩じゅう苦しんで、翌朝になったら死んでいたというの？」

「きりがないったらありゃしない」

老婆は湿って火の消えたタバコを投げ捨てた。

「お願い、答えて」

「そうさ。だから、旦那は翌朝、打つ楽しみをなくしちまったってわけさ」

「マリアは本当に、私の名を呼ばずに死んでいったの？」

「ああ、全くうるさいこった」

老婆は両手をあげ、もう終わりだ終わりだ、と言いながら、サリーを残してすたこら引き返していった。

あたりは夜のように暗くなり、遠くで雷鳴が鳴っていた。小石のような大粒の雨に打たれてサリーはしばらく座り込んでいたが、やがてそばにあったマリアの血の付いている鞭を抱え込み、立ち上がった。それから、しっかりと前方に目を据え、歩き出した。

どこをどう通ったのかわからない、幾度も転び、泥沼に靴を取られ、雑草に服をちぎられたが、一歩一歩足を運び続けた。雨は一時止んだかに見え、戸口に顔を出したシャートフ長屋の女将が、首を巡らして雲行きを眺めていた。その隙間から子供が表へ飛び出そうとするのを、襟首をつかんで中へ引っ込める。不気味な静けさの中で厩の馬がいななき、鶏小屋の鶏が騒ぐ。湿気を含んだ風に逆らって翼を広げた鳥が、暗黒の絵模様の大空を流されながら飛んでいく。とっくに昼を過ぎており、林の中に当然ロビックの馬車はなかった。

村を出、広い草原へ踏み入ったとき、再び暗さを増してきた空が、一瞬太陽を落としたみたいな鋭い光線に包まれた。サリーはすかさず顔を上げ、天を睨んだ。

「あなたを恨みます！」

サリーが叫んだ直後、耳をつんざく雷鳴が轟きわたった。不思議にその轟は、人間の言葉のようにも聞くことができた。

「マリアは、おまえのものではありません」

サリーはひるまず、雷鳴と張り合う声を出した。

「あなたはマリアを見放しましたわ！　マリアを返してください！　マリアは私のものです！　それをあなたが嫉妬したのです」

空に何者かが見えたような気がした。と思うと、天上から怒った声が聞こえてきた。

「何を言いますか。マリアは最初から私のもの。嫉妬したのはおまえのほう」

サリーは即座にその声に向かって口答えをした。

「あなたはなぜ『マリア』と呼びますの？　マリアと名付けたのは私だわ。そしてマリアは私を選びました。あなたではなく、私を！」

「罪深い女よ。悔い改めるがよい。純真な少女をかどわかしたことを認め、私の前にこうべを垂れなさい」

サリーは昂然と頭を上げ、神に食ってかかった。

「私はマリアを愛しています。そのために地獄へ落ちようと、そのために八つ裂きにされようと、あなたよりもはるかに高い心でマリアを愛しています。あなたに対して恥ずかしいとは思いません、後悔もしません。このことで悔い改めることは何もありません。マリアを私に返しなさい！」

言い切った途端に、爆弾を落としたような雷の爆発が起き、サリーは自分の頭が割れ、体が木っ端みじんになったかと思った。が、その音と光の洪水の中に目を開けて、天上の影が去ろうとする後ろ姿をかいま見ると、あわてて呼びとめた。

「待って！　待ってください。どうかマリアを返してください。連れていかないで。お願いです、神様。二人で地獄に行きます」

「地獄へ行くのはおまえ一人！　マリアは最初から私のもとへ来たがっていました。私のそばで永遠に幸せになりましょう」

「それが幸せかどうか、マリア自身にお尋ねください。私と離れ離れになって、幸せかどうか――」

「私のそばに来て、幸せでない者など一人もおりません」

天の声の、上へ、上へと昇っていく姿が、あるところでくっきりと見え、サリーは悲鳴をあげて大地に倒れた。

「泣きわめくがよい、恥知らずな女よ」

サリーはグイと頭を上げた。そして、眼差しに軽蔑を込めて叫んだ。

「あなたは神ではないわ！　あなたの名は——あなたの名は『世間』だわ！」

天の影は一瞬立ち止まった。が、何も言わず、そのまま静かに昇り続けた。サリーは追いすがるように、両手を伸ばして哀願した。

「マリアを返してください。どうか返して」

それから顔つきを変え、狂ったような大声を出した。

「返しなさい！　どろぼう！　マリアは私のもの！　あなたが私からマリアを盗んだ！」

泥棒呼ばわりされた影は、最後の雲間からチラリと怒りの目を向け、「何の権利があって」とつぶやき、それからすっかり天上に消えた。再び激しい雨がふり出した。

九

レナは汽車で学校へ行き、午後になってから、担任のドロシー・ワグロマに頼んで家へ電話をかけてもらった。執事が出て、サリーからは何の連絡もないとのことだった。二度目にかけたとき、やはり何も連絡はないが、ロビックが空の馬車で家に帰ってきている、と執事が答えた。それを聞いたレナは、風邪を引いたみたいで気分が悪くなった、とドロシーに訴え出た。

部屋で寝てなさい、と言われたが、それより家に帰りたい、と言って、貸し馬車を呼んでもらった。

日が暮れる前に家に帰り着き、ロビックを呼んで、なぜオルトにサリー先生を置いてきたのか、とレナには珍しい剣幕で怒った。すぐに自分を乗せてオルトへ行ってほしい、と命じると、今日はオルトなどへの往復で馬が疲れていて、これからまたオルトまで行くのは、馬をみすみす死なせるようなものです、とロビックに反論された。つべこべ言わずに、いますぐ大急ぎでオルトへ行かないならば、おまえを首にするから、とまでレナは言った。

「ようございます。旦那様がお帰りになりましたら、一部始終をお聞かせして、私めが正しいか、お嬢さまが正しいか、ご判断いただき、私めが間違っておりましたなら、仕方ございません、出ていくといたしましょう。ですが、お嬢さまが間違っておられた場合には、さあ、どうなりますことやら」

レナはあわててロビックに泣きついた。

「首にするなんて言って、ごめんなさい、ロビック。私が悪かった……でも、お願いだから、オルトまで行ってほしいの。そのあとには何でも言うことを聞くから、ね、ロビック、私の一生のお願い。お馬さんにはゆっくり走ってもらえばいいから」

ロビックはため息をつき、ゆっくりでよろしいんでございますね、と確認して、雨ゴートを羽織り、山高帽をかぶった。

「お嬢さまも私も、帰ったら風邪を引きましょう」

ロビックは首を振り振り、レナを乗せてオルトへと向かっていった。

「もっと急いで、ロビック」

「ゆっくりでいいとおっしゃったではございませんか。それに、この雨ではノロノロ歩かせるしかございません」

レナが落ち着かなく腰を浮かせて、早く早く、と小窓からせきたてるのを、彼はぶつぶつ言いながら、何度も馬に鞭を当てるふりをした。

「たぶん、あちらから貸し馬車を雇ってお帰りになったに決まっております。そうおっしゃっていたのですから。昼を過ぎたら帰ってよい、自分は貸し馬車で帰るから、と。これは無駄足でございますよ、お嬢さま。ゆっくり行きましても同じこと」

すれ違う馬車に一台も会わずにオルトに近づいたころ、ロビックは突然、馬の手綱を引いて馬車を止めた。

「どうしたの」

レナが小窓から叫んだ。

「行く手に長々と——小鹿？　のようなものが寝そべっております。危うく引いてしまうところでした。ですから、こんな薄暗い雨の中では、ゆっくり進まなければだめだと、申し上げたのです」

追い立てるために、ロビックが御者台から降りていったので、レナはドアを開けて見ようとした。しかし雨が激しくて、数メートル先がかすんでいる。頭にノート用の下敷きをかざして目を凝らすと、ロビックが何かを抱えてこちらへやってきた。それが人間だとわかり、誰だかがわかると、レナは下敷きを放り出して飛び出していった。

ずぶ濡れのサリーが、ロビックに抱きかかえられて馬車の中に運ばれ、足を曲げて座席に横に寝かされた。ぐったりして意識がなく、呼んでもたたいても、反応がない。

「体が冷え切っております。このまま濡れた服を着ておりましては、危のうございます。お嬢さまが服を脱がせておあげください。そのあと座席のシーツなど巻いてはいかがでございましょう」

「わかった、やってみるわ」

その前に、サリーの胸に手を当てた。

「ロビック！」

レナの悲鳴を聞いて、御者台に上ろうとしていたロビックがやってきた。彼はサリーの胸に手を当て、しばらく神経を研ぎ澄ませていたのち、肩の力を抜いた。

「大丈夫、動いています」

本当かどうか、レナは、裂けた服を広げてじかに耳をくっつけてみた。すると、いまにも止まりそうな、ほんのかすかな鼓動が聞こえてきた。

「大至急！　アナリサンラへ、大至急よ、ロビック！」

言われるまでもなく彼はアナリサンラへと馬首を向け、今度は本当に馬に鞭を当てて飛ばした。

レナは揺れる座席の上で、無残に破れ、濡れ汚れたサリーの服を、苦労して脱がせにかかった。と、その胴体に、何やら硬いものが巻き付いていた。ほどいて引っ張り出してみると、細く、長い、しなやかな鞭だった。

サリーの衣服をすっかり剝ぎ取り、自分のハンカチを絞りながら、ぐしょぐしょの髪から、靴も履いていない足先まで、泥と血に汚れた傷だらけの白い、冷たい体を拭いていく。それが終わると、座席の下から乾いた腰かけ用のシーツを取り出して、サリーをすっぽりくるんだ。サリーは目を覚まさなかった。もう死ぬかもしれないと思い、レナは足置き場に腰をおろして、うずくまってすすり泣いた。

雨が降り続く中をアナリサンラの家にたどり着くと、シーツに包んだままサリーを抱き運んでくれるように、ロビックに頼んだ。ロビックはサリーの顔を見て首を振り、丁寧に抱きかかえ、レナに案内されるまま寝室のベッドまで運んだ。彼は馬車で医者を探しに行き、レナは幾枚もの毛布をかき集めて、冷え切ったサリーの体にかけてから、炊事場へ行って、湯を沸かすにはどうしたらいいものか、考えた。

前回ミンダのために呼ばれた同じ医者が、連れてこられた。

「また、ムダ足踏ませてすみません、と言うんじゃなかろうね」

彼はサリーを診て強心剤と太い栄養剤を打ち、極度に疲労しておる、と言って絶対安静を告げた。レナがそれでは満足せず、もっとたくさん注射を打ってほしい、命を保証してほしい、などと無理を言って医者を困らせた。

だが、ロビックが医者を送り届けている間に、サリーが目を開けた。

「レナ?」

枕元に屈み込んでめそめそしていたレナが、サリーの顔をのぞき込んだ。

「サリー先生」

サリーは目を薄く開け、レナとあたりの様子をうかがったが、やがてまた目を閉じてしまった。

「サリー先生! 何か言って。死んじゃ、いや!」

サリーは目をつむったまま、重い唇を開いた。

「マリアは死んだわ」

レナのひざがガクンと折れ、ベッドの下へと沈んでいった。

「先生を見たとき、覚悟したの……。ああ、マリア……」

床にうずくまったレナの遠いすすり泣きが、雨の音の合間に聞こえてきた。幾枚もの毛布の中でサリーがゆるゆると身動きした。やがて目を開けて、レナ、と呼んだ。レナは涙が止まらず、返事ができなかった。

「私――裸なの？」

サリーが眉をひそめて聞いた。

「びっしょり濡れて、体が冷たくなっていらしたので、私が脱がして差し上げたの」

レナがしゃくりあげながら答えた。

「鞭はどこ？　私の体に巻き付けておいた鞭があったでしょう」

レナは不思議そうに顔を上げて、ここにあると答えた。厳しいサリーの顔つきがそれで落ち着き、物静かに頼みごとをした。

「あなたにお願いがあるの」

毛布の中から手を出したいようだったが、あまりその量が多いので、押しのける力がなかった。

「マリアはその鞭で打たれて死んだの。私も同じ鞭で打たれて死にたい……。レナ、私の背中をそれで打って。息が絶えるまで、そう手間取らせないと思うわ」

「いや！　いや！　サリー先生。そんなこと、できるわけがないでしょう」

「最後のお願いよ、レナ……私の望みをかなえて」

「できません！　そんなことをして、天国にいるマリアが喜ぶと思われる？　しっかりなさってくださらなければ、いや、先生」

いつまでも終わらないかのような、長いため息が漏れた。

「マリアのいない世界って、なんて殺伐として、色あせて見えることでしょう。まるで死の世界そのもの……こんな世界に生きていたくない」

雨は降り続き、部屋の中は暗かった。サリーは息を止めてみた。それで死ねるかと思ったが、それではだめだった。すでに死に絶えた魂に、肉体がまだウロウロとこの世に生き恥をさらして、待って、待って、と追いつく術をさがしあぐねている。

「私も同じ気持ちなの、先生。でも……でも……」

レナは言いよどんで口を閉じた。やがて声を低くして続けた。

「サリー先生とマリアが行っておしまいになったとき、私、先生とマリアがお幸せになるならと思って、歯を食いしばって我慢したの。いま……神様に召されて、マリアはこの世のいっさいの苦しみから解き放たれて、幸せ、だと思うの。だから先生も、我慢なさらなければいけないの。そうでしょう？」

『神』という名は、サリーにとっていま一番聞きたくない言葉だった。死のうとしているのに、何を教師ぶる必要があるだろう。

「神の支配する天国や地獄に、私は行かない……何にもない無の世界で、マリアの魂をさがしましょう。見つからないかもしれないけれど、ほかにすることもないでしょうから、永遠にさがし続けましょう……だって、マリアは私のものですもの。マリアは永遠に私だけのもの

「……」

レナは身じろぎしてしばらく考えていたが、心やさしい優等生の落ち着いた声を出した。

「マリアは、たぶんみんなのものなの。マリアはサリー先生のものでもあるけれど、私のものでもあるし、神様のものでもあるの。マリアは、マリアを愛するみんなのものなの、先生」

「ああ、レナ――」

サリーは歪めた顔を反対側へ向けた。

「これ以上苦しみたくない……私を放っておいて、レナ。もう苦しませないで。私を一人にしてほしい。うちに帰りなさい。ここから出ていって」

サリーがこちらを向いてくれるのを、レナは息を荒らげて待っていた。

「ごめんなさい、先生」

あなたはちっとも悪くない、とサリーは言いたかったが、もう唇を開く力が出なかった。そして目が閉じられ、魂も閉じられたように、動かなくなった。レナは泣きながら出ていった。

十

閉め切ったカーテンのすき間から、朝日が幾筋かの細い糸になって差し込んでいる。あたりはひっそりとして物音ひとつしない。

〈まだ生きていた……〉

なぜ死なないのか、理解できない。こんなにも死を望み、体のほかの部分はとっくに死に瀕しているのに、なぜ心臓だけ、そんなにむきになって動くのか。

起き上がる気力などなかった。しかし、起きる必要があった。首を巡らせて、床にとぐろを巻いている鞭を見つけた。力を集めてベッドから出、ふらふらしながらタンスを開けて身支度を整えた。

床の鞭を取り上げた。マリアの血に染まって重く、細かくささくれ立ってざらざらし、ひんやりと冷たい。サリーはそれを胸に抱き、柳のように垂れている細い先を手に絡げて握りしめた。

自分の部屋を出、マリアの部屋の前で立ち止まり、ドアを開けてそっと中へ入った。ベッドがドアの近くに斜めになって置かれていた。そのベッドに触れたり、小机に向かったりして、しばらく過ごした。

引き出しに古いノートを見つけた。サリーが与えた最初のノートで、頁を繰ると、心にしみるほどなつかしいマリアの筆跡があり、ところどころサリー自身の目障りな赤が入っていた。最後のページに、詩集から写し取ったという詩があった。マリアはこの詩について、何と言っていたのか……あのときは自分のうちにある愛情を伝えるのに夢中で、マリアの言葉を覚えていない。思い出そうとするが、その気力が出てこない。
サリーはノートと鞭を持って部屋を出た。居間のテーブルに、レナが受け取ってくれたのだろうか、新しく届いたらしい翻訳資料と、小切手在中と記された郵便物があった。そのわきに、簡単な食事の用意がしてある。おそらく馬車の中の備えか何かを、置いていってくれたのだろう。見ると、紙切れに走り書きがしてあった。

『ごめんなさい、サリー先生。あんなふうに自分のことなんか言うつもりじゃなかったの。私も苦しかったので、おぐあいが悪いのにサリー先生に当たってしまいました。
ロビックと言い争いまでしましたが、やはり今夜は家に帰らなければなりません。お父さまに叱られて、あしたは学校へやられることでしょう。でも、また学校から抜け出してくるつもりなの。私にはもう、サリー先生しかいないの。マリアが愛した、大事な大事な先生なの……私を許してくださるでしょう？　ね、先生、あしたまた来てもいいでしょう？』

読み終わると、サリーは紙切れを戻し、窓側のマリアの机に鞭とノートを置いて座った。カーテンを通したやわらかい光の中で、ノートを開き、詩を読んでみた。エミリー・ディキンソンの詩だった。

純白の選択の権利によって私のもの
王の調印によって私のもの
緋色の牢獄の署名によって私のもの
鉄格子だって隠せやしない

生あるうちは直感と拒否権で私のもの
死によるご破算によって私のもの
お墨付きの、確証された狂気の特許状
幾代を経ても、私のもの

錯乱した心が、一本の細い糸に引っ張られ、出口を見つけて流れ出すのを、サリーはしばらく感じていた。広い、より高い所へ流れていき、そこに、天国に匹敵する一つの世界があるのを、かいま見たのだった。

ノートを閉じた。鞭を手に取って輪を作ってみると、十分に長い。輪を頭に通して大きさを決め、引き抜いて細い先端を二重に縛り上げた。炊事場の仕切りと横の壁には、一本の横木が渡っている。硬い柄のほうをそれに絡ませれば、それで十分だろう。

鞭を持って立ちあがった。椅子が要る。持ち上げる力がないので、背もたれをつかんで引きずった。その背もたれに引っかかって、カーテンが少し開いた。光が庭いっぱいにあふれ、咲き誇る花々が水を求めて首《こうべ》を垂れている。サリーの目には眩しくて痛い。

と……。木戸に、小さな人影が見えた。汚れたぼろぼろの衣服を纏い、弱々しい力で木戸を開けようとしている。ずぶ濡れ……レナ？……

自分がどうやって、鞭も椅子も投げ出し、ドアから飛び出していったのか、サリーはわからない。ただ気づいたときには、庭の真ん中で、愛する人を無我夢中で胸に抱きしめているのだった。

「マリア……マリア……」

しっかり力の入らない腕をはがゆく思いながら、自分の体の中に吸収してしまおうとするように、かき抱いてやまなかった。

「私も一緒に連れていって。置いていかないで、マリア……」

まもなくマリアがスーッと消えて、あとには一枚の花びらが、足元にひらひらと舞い落ちるばかりだということを、サリーは知っていた。

〈日の光に溶けて無くなるまでの、ほんの少しの間、どうかこのまま、この幸せの中に居させてください。あともう少し……もう少しだけ、この中に居させて……〉

遠い意識の向こうから声のようなものがするのを、サリーはそのまま体に受け入れて聞き入っていたので、あともう少し、もう少し聞いていたい、と願い続けるのだった——

「最初の日に、身動きできないように手足を縛られて、日が暮れるまで鞭で打たれました。これが重い病人かしらと思うほど、初めは激しくて、殺されることを覚悟しました。でもやはり、マーガレットお嬢様は弱っていらして、だんだん勢いがなくなってきて、休んでしまわれました。次に鞭を持ったときには、それを振り上げることさえ大変そうでしたが、それでも気力で私を打ち続けました。

でもあたりが暗くなってきて、ランプが灯ると、鞭を取り落としてしまわれたんです。私の足に重みが乗っかって、見ればマーガレットお嬢様が倒れていらっしゃいました。

『やれやれ』

と、おばあさんが言いながらやってきて、お嬢様を引きずって毛布の中に休ませて差し上げました。おばあさんの力で何とかなるほど、お嬢様は軽くなってしまわれたんです。

そのあとしばらくすると、おばあさんがこそこそとこちらへやってきて、私の髪をつかんで、胸の下に手を入れてきました。光る留め金を外し取ろうとするのです。昼間に見つけて、一度手を出したのですが、マーガレットお嬢様に怒鳴られて、おとなしく引っ込めたものです。でも、やっぱり欲しかったのでしょう。なかなか外れないので、ナイフを持ち出してきました。でも、私はうつ伏せに縛られていましたから、私の胸を刺さずにナイフを使うのは難しいようでした。どうせ殺すなら同じことに思えましたけれど、ナイフで殺してしまっては、お嬢様に叱られるのでしょう。服の破れた脇から手を入れたり、ボタンを外したり、いろいろ試していましたが、ついに私の両手の縄をほどきました。そうしてブラウスを脱がせて、下着ごと盗りました。

それからブラウスを着せて、元通りに縄で縛り始めると、物音にお嬢様が目を覚まされたんです。おばあさんはあわてて寝床へ戻りました。

『何をしておる』

と、お嬢様が怒鳴りました。でも、くたくたに疲れていらしたらしく、起き上がってここまでは来られませんでした。

『リミはどうしておる？　もう死んだか？　ついにおれのものになったか。これでおれの棺の枕ができたぞ。もう誰にも盗まれんぞ。あの若い女はまだ見つけられんと見える。あれがもたもたしておる間に、リミ、おれたちは旅立とう。もうあの女に邪魔されることは二度とないのだ。おれたち二人きりで逝くのだぞ……あの頃みたいに二人きりだ……もはや捕まることもない――』

怒鳴り声が話し声になって、いつしか寝言になりました。おばあさんは頃を見計らって、もう一度起き出してくるつもりだったと思います。でも、ダイヤモンドが手に入ってうれしかったのでしょうか、お嬢様の声が長い間続いて子守唄のように聞こえたのでしょうか、それとも、私が打ちすえられて動けないと気を抜いたのでしょうか、おばあさんはいびきをかいて眠ってしまいました。

私は二人を起こさないように、ゆっくりゆっくり動いて、足の縄をほどきました。それから少しずつ体をずらして、ドアのほうへ這っていきました。背中が痛くてとても立ち上がれませんでしたし、床板がすぐにきしむので、用心して動かなければなりません。お嬢様がすぐそこで寝ていらっしゃるので、出口の錠を外すのに苦労しました。寝ていらしても、とても敏感で、寝言か何かわからないようなことを、突然話されるので、そのたびにドキッとして、長いことじっとしていなければなりませんでした。

やっと外へ出ましたが、いくらお嬢様の腕の力が弱ったといっても、何時間も鞭打たれていた体では、歩くことさえままなりません。それで丸太小屋の床下へもぐり込みました。そこは、覗けばすぐに見つかってしまう隙間なので、どうしたらいいかしらと暗い中を手で探っていましたら、運良く深い穴を見つけました。でもそこは一匹の大ギツネの住みかで、『俺の縄張りだ』と怒られたのですが、一生懸命に頼んで一緒に居させてもらいました。

翌日いち日じゅう、水一滴飲まずに息をひそめて、体の回復を待ちました。のどの渇きが一番つらくて、大ギツネが出かけていってはお腹をふくらませて帰ってくるのが、うらやましくてなりませんでした。

上の騒ぎは、手に取るように聞こえてきました。私がいなくなったことを先に見つけたのが、おばあさんでした。外へ出て小屋の周辺を捜したり、床下をのぞき込んだりしたと思います。

『あの手負いで遠くへ行けるはずぁないんだが』

ぶつぶつつぶやいていましたが、逃げられたことがお嬢様に知れれば、大変です。まもなくおばあさんは、黙ってどこかへ出かけてしまいました。

日が昇ってだいぶたってから、マーガレットお嬢様が目を覚まされました。

『リミはどこだ？』

『ゆうべのうちに死んだよ』

おばあさんは戻っていて、そう答えました。

『まことか？　死体はどこだ？』

『焼いちまっただよ』

『なんだと？　なぜおれの許可も得ずに、焼いた？』

すると、おばあさんは暗記したものでも唱えるように、言い訳しました。体を揺すって旦那を起こしたけれども、ぐっすり眠り込んでいて、いっかな起きやしない、死体はここに置いておいたら、暑さですぐに腐り始める、川のそばまで運んで火をつけて焼いたら、灰と骨が残った、舟人にでも見つかれば大ごとだから、大方きれいに川へ流しておいた、というのです。

『なんだと？　おれにそこを見せろ』

おばあさんの肩を借りて、お嬢様が重そうに足を運んでいかれる音がしました。そのあとずっと声がしませんでしたから、たぶん外へ出ていかれたんだと思います。しばらくして帰っていらした気配がしました。

『よーしよし』

マーガレットお嬢様の声は満足そうでした。何か納得できる証拠でもあったのでしょうか。

二日目の夜が来て、少し体が楽になると、床下を抜け出しました。川があると聞きましたから、流れの音に聞き耳を立てながら、熱のある体を運んでいくと、ありました。冷たい水がなんておいしかったでしょう。そのあと、流れに体を浮かせて、腫れ上がっている熱い背中を冷ましました。流されるうちに海へ出て、声が出そうなほど海水が背中の傷にしみました。

夜の岸へ這い上がりましたが、そこは見覚えのあるオルトの岸でした。勝手を知っていましたから、暗闇でも街道へ出る道がわかりました。でも、いまはアナリサンラまで歩く体力がないことを知っていました。やみくもに歩き出せば、行き倒れになってしまうでしょう。それにオルトの人々は、マーガレットお嬢様の味方をしていらっしゃいましたから、見つかれば通告されてしまいそうで、姿を隠しながら行かなければなりません。

サリーお姉さまがどんなに心配していらっしゃるかと思うと、いてもたってもいられませんでしたが、とにかく体力を回復させるために、小さな森へ入っていきました。木の実や薬草、鳥の卵も一ついただきました。そうして木陰で横になっていると、オルト村の人が話をしながら通りかかりました。

『シャートフのかみさんが弔ってやるそうだよ』

やり取りを聞くうちに、ああ、マーガレットお嬢様が亡くなられたのだ、とわかりました。

その夜、また海へ入りました。わずかな村の明かりを頼りに、もう一つ別の川へ通じる河口を探して、ずいぶん泳ぎました。見つけて入っても、違うかもしれない、と思いながら川を上りました。休み休み泳いで、とうとうここが見つかりました。通り過ぎてしまうくらいうれしくて、木戸を開けたときには、気が遠くなるほど幸せでした……。もう私の罰は、終わったのでしょうか？」

マリアの話は本当なのか、自分の幻想なのか、判断がつかなかった。限界に来た自分の頭が勝手に作り出した妄想なのか、どうなのか、サリーにはもうわからなかった。ただはらはらと泣き濡れて、小さな体に回しているのがやっとの力ない腕で、いつまでもマリアを抱いているばかりだった。望みは一つ。この夢の中に、このまま私をひたらせておいてください。この夢の中に……。この夢の中に……。

命尽きる日まで、見果てぬこの夢の中に……

言田　みさこ（いいだ　みさこ）

1949年生まれ。神奈川県出身。女子大中退。著書『そよ風と風船』。

白夢の子　下巻

2020年8月29日　初版第1刷発行

著　　者　言田みさこ
発 行 者　中 田 典 昭
発 行 所　東京図書出版
発行発売　株式会社 リフレ出版
〒113-0021　東京都文京区本駒込 3-10-4
電話（03)3823-9171　FAX 0120-41-8080
印　　刷　株式会社 ブレイン

ISBN978-4-86641-343-3 C0093
Printed in Japan 2020